데미안

김요한

한국외국어대학교 및 동 대학원에서 독문학을 전공했다.
현재 한국외국어대학교, 인하대학교, 원광대학교에서 학생들을 가르치고 있다.
저서로 『디지털 시대의 문학하기』(2007)가 있고, 역서로 『가슴 뛰는 삶의 이력서로 다시 써라』(2009), 『침대 밑에 사는 여자』(2009) 등이 있다.

데미안

초판 1쇄 인쇄 | 2013년 5월 20일
초판 3쇄 발행 | 2017년 2월 12일

지은이 | 헤르만 헤세
옮긴이 | 김요한
펴낸이 | 김형호
펴낸곳 | 아름다운날
출판 등록 | 1999년 11월 22일
주소 | (121-837) 서울시 마포구 서교동 351-10 동보빌딩 202호
전화 | 02) 3142-8420
팩스 | 02) 3143-4154
E-메일 | arumbook@hanmail.net
ISBN 978-89-93876-35-2 (03840)

데미안

헤르만 헤세 지음 | 김요한 옮김

■ 이 책의 번역 대본으로는 Hermann Hesse, *Demian*(Suhrkamp, 1970)을 사용했다.

차례

1장_ 두 세계 · 10

2장_ 카인 · 37

3장_ 십자가 위의 도둑 · 64

4장_ 베아트리체 · 90

5장_ 새는 알에서 나오려고 투쟁한다 · 118

6장_ 야곱의 싸움 · 142

7장_ 에바 부인 · 172

8장_ 종말의 시작 · 207

작품 해설 _ 221

작가 연보 _ 226

진정 내 마음이 원하는 대로,

그렇게 살아가려 했다.

그게 왜 그렇게 힘들었을까?

내 이야기를 시작하려면 아득히 먼 옛날, 가능하다면 훨씬 더 먼, 유년기의 맨 처음으로 거슬러 올라가야 할지 모른다. 아니 그보다 멀리 존재의 근원에서부터 시작해야 할 것이다.

작가가 소설을 쓸 때는 마치 하느님이라도 된 듯이 누군가의 인생사를 꿰뚫어보는 것처럼 글을 쓴다. 하느님 스스로가 이야기하는 것처럼 온갖 근본적인 비밀을 밝히듯이 그렇게 글을 쓴다. 난 그런 작가처럼 쓸 수 없다. 하지만 내겐 내 이야기가 그 어떤 작가의 이야기보다 중요하다. 나 자신의 이야기이고, 가공된 인물이나 있을 수 있는 혹은 너무나 이상적인, 그래서 존재하지 않는 그 어떤 인물의 이야기가 아니라, 한 번뿐인 삶을 실제로 살아가는 한 인간의 이야기이기 때문이다. 한 번뿐인 삶을 실제로 살아가는 인간이란 의미를 아는 사람은 확실히 예전보다 많지 않다. 소중한 한 사람 한 사람, 자연의 일회적인 시도로 태어난 그 소중한 사람들 모두가 너무나 많이 총에 맞아 죽어 가고 있기 때문이다. 우리 모두가 한 번뿐인 삶을 살아가는 소중한 존재 그 이상이 아니라면, 총알 하나로 이 세상에서 완전히 사라질 수 있는 존재라면, 이런 이야기를 하는 것은 아무런 의미가 없을지 모른다. 하지만 인간은 누구나 자기 자신일 뿐만 아니라 일회적이고 매우 특별하며, 그 어떤 경우에도 중요하고 주목할 만한 존재이다. 세상의 모든 현상들이 교차하면서 단 한 번 만나 반복되지 않는 지점으로서 말이다. 따라서 한 사람 한 사람의 이야기는 소중하고 영원하며 신성하다. 살아가면서 어떻게든 자연의 의지를 실현해간다는 점에서 모든 인간은 경이롭고 위엄 있으며 관심을 받을 만하다. 모든 사람의 마음속에 정신은 형상이 되고 피조물은 고뇌하게 된다. 모든 사람의 마음속에서 어느 한 구원자가 나타나 십자가에 매달리게 된다.

인간이란 어떤 존재인지 아는 사람이 이젠 많지 않다. 많은 사람들이 그걸 느끼기는 한다. 그래서 좀 더 가벼운 마음으로 죽음을 맞이한다. 이 이야기를 완성하고 나면 나 역시 가벼운 마음으로 죽음을 맞이할 것이다.

나 스스로를 학식이 풍부한 사람이라 부를 수는 없다. 나는 무언가를 찾는 구도자였고, 지금도 그렇다. 그러나 별이나 책에서 찾지 않는다. 난 지금 내 안의 피를 움직이게 하는 가르침에 귀를 기울이고 있다. 내 이야기는 유쾌하지 않으며 꾸며낸 이야기처럼 달콤하고 조화롭지 못하다. 더 이상 자신을 속이지 않고자 하는 사람들의 삶처럼 내 이야기는 무의미와 혼란, 광기와 꿈의 맛이 난다.

모든 인간의 삶은 자기 자신에게 이르는 하나의 길이다. 자기 자신에게 이르는 좁은 길의 암시이며 시도이다. 그러나 이제껏 그 누구도 완전한 자기 자신이 되지는 못했다. 그럼에도 가능한 한 그렇게 되려고 노력한다. 어떤 사람은 어두운 세상에서, 어떤 사람은 밝은 세상에서. 자신의 삶을 마칠 때까지는 누구나 출생의 잔재, 그 어떤 근원의 점액질과 껍질을 지니고 다닌다. 많은 이들이 결코 인간이 되지 못해 개구리가 되거나 도마뱀, 개미로 살아간다. 위는 사람, 아래는 물고기인 경우도 많다. 그러나 그 모두는 인간이 되라며 자연이 던진 돌과 같은 존재다. 우리에게는 어머니라는 공통의 유래가 있다. 우리는 모두 같은 심연으로부터 나온다. 그러나 그 깊은 곳으로부터 던져진 존재인 인간은 자기 자신의 목적을 이루기 위해 노력한다. 우리는 서로를 이해할 수 있다. 그러나 해석할 수 있는 대상은 자기 자신뿐이다.

1

두 세계

내가 열 살 때, 조그만 도시에 있던 라틴어 학교에 다니던 무렵의 체험 하나로 이야기를 시작하려 한다.

그 시절을 떠올리면, 갖가지 일들이 짙은 향기로 밀려온다. 어두운 골목, 밝은 집과 탑, 시계 치는 소리와 사람들의 얼굴, 아늑함과 따뜻함이 있던 방, 비밀과 유령에 대한 공포로 가득 찬 방의 추억이 고통과 함께 기분 좋은 전율로 내 마음을 뒤흔든다. 따뜻하고 비좁은 방, 집토끼, 하녀, 가정상비약 냄새가 나고, 말린 과일의 향기가 풍겨온다. 거기에는 두 세계가 뒤섞여 있었고, 그 두 극단으로부터 낮과 밤이 밀려왔다.

그 하나의 세계는 아버지의 집이었다. 하지만 이 세계는 너무나 협소해 부모님밖에 없었다. 이 세계의 대부분이 내겐 아주 친숙했다. 이 세계의 이름은 어머니와 아버지, 사랑과 엄격, 모범과 학교로 불렸다. 이곳에는 부드러운 빛, 밝음과 맑음이 있었고, 온화하고 다정한 이야기, 깨끗한 손, 말쑥한 옷차림, 훌륭한 예절이 깃들어 있었다. 이 세계에서는 아침 찬송가가 들렸고, 크리스마스 파티가 열렸다. 또한 이 세계에는 미래를 향하는 곧은 선과 길이 있었다. 의무와 책임, 양심의 가책과 참회, 관용과 선의, 사랑과 존경, 성경 말씀과 지혜가 있었다. 밝고 맑고 아름다운 삶과 정돈된 삶을 살기 위해서는 이 세계의 편이 되어야 했다.

그에 반해 다른 세계는 집 한가운데에서 이미 시작되었다. 이곳에서는 완전히 다른 냄새가 났고, 다른 언어, 다른 약속, 다른 요구가 있었다. 이 두 번째 세계에는 하녀들과 직공들이 있었고, 귀신 이야기며 추한 소문들이 들렸다. 사람을 미혹하는 무시무시하고 끔찍한 수수께끼 같은 일들이 넘쳤고, 도살장과 감옥, 주정뱅이들과 욕을 퍼붓는 아녀자들, 새끼 낳는 암소와 쓰러진 말, 강도, 살인, 자살과 같은 이야기들이 있었다. 이처럼 무서운 일들이, 거칠고 끔찍한 모든 일들이 바로 주위에서, 바로 옆 골목과 이웃집에서 일어났고, 경찰 끄나풀들이나 부랑자들이 거리를 배회했 다. 도처에서 이 또 하나의 격정적인 세계가 넘쳐흐르며 자신의 냄새를 풍겼다. 다만 아버지와 어머니가 계시는 우리 집만은 그렇지 않았다. 그것은 정말 멋진 것이었다. 여기 우리 집에 평화와 질서, 안식, 의무와 책임, 용서와 사랑이 함께 존재한다는 것이 경이로웠다. 그리고 또 다른 여러 가지 일들, 소란스럽고 요란한 일들, 음침하고 폭력적인 것들이 가득한 세계에서 한달음이면 어머니의 품으로 달아날 수 있다는 것 역시 경이로웠다.

가장 기이했던 것은, 이 두 세계의 경계가 그토록 가깝게 맞붙어 있다는 사실이었다. 이를테면 우리 집 하녀 리나는 저녁 기도를 올릴 때 거실 문가에 앉아 깨끗이 씻은 손을 단정하게 다림질한 앞치마에 모으고 맑은 목소리로 우리와 함께 찬송가를 부르는데, 그럴 때는 틀림없이 아버지와 어머니의 세계, 우리들의 세계인 밝고 올바른 세계에 속했다. 그러나 부엌에서나 장작을 쌓아둔 광에서 머리 없는 난쟁이 이야기를 내게 들려줄 때라든가, 혹은 자그마한 푸줏간에서 이웃집 여자들과 말다툼을 할 때면 비밀로 둘러싸여 있는 전혀 다른 세계의 사람이 되었다. 모든 일들이 그런 식이었는데, 그런 일들은 내게 가장 심하게 일어났다. 분명 나는 밝고 바른 세계에 속해 있었으며 내 부모님의 아들이었다. 그렇지만 눈과 귀를 어떤 쪽으로 돌려도 거기에는 늘 다른 세계가 있었다. 비록 그곳이 낯설고 무시무시하며, 양심의 가책과 불안을 주긴 했지만, 난 다른 세계에도 살고 있었다. 심지어 난 그러한 금지된 세계에서 사는 것을 가장 즐겨한 적도 있다. 그러다 다시 밝은 세계로 돌아오긴 하지만, 그것이 지극히 당연하고 옳은 일임에도 불구하고 별로 아름답지 않은 세계, 왠지 재미없는 세계, 조금은 황량한 세계로 돌아가는 것 같은 생각이 들기도 했다. 물론 내 자신의 삶의 목표가 부모님처럼 되는 일이며 비할 데 없이 밝고 맑게, 그렇게 뛰어나고 단정한 삶을 사는 것임을 잘 알고 있었다. 하지만 거기에 이르는 길은 너무나 멀었다. 그렇게 되려면, 중고등학교 생활을 잘 견뎌내 대학을 졸업하고 각종 시험을 치러내야 했다. 이러한 길은 늘 또 다른 어두운 세계를 관통하거나 그 옆을 지나가게 되어 있어, 그 세계에 머무르거나 빠져버릴 수도 있다. 그러한 운명에 빠져버린 잃어버린 탕자 이야기를 나는 무척 열중해서 읽었다. 거기에서는 아버지와 선의 품으로 돌아가는 것이 언제나 구원이며 옳은 일이라고 가르치고 있다. 나 역시 그렇게 하는 것만이 올바르고 선하고 바람직한 일이라 느꼈다. 그렇지만 그 이야기를 읽으면서 한편으론 악한이나 탕자들이 나오는 대목에 훨씬 더 마음이 끌렸다. 솔직히 말하면 탕자가 회개를 하고 다시 밝은 세계로 돌아오는 것이 유감스러웠다. 하지만 사람들은 그런 생각을 입 밖에 내지 않고 생각도 하지 않았다. 그런 생각은 어떤 어렴풋한 느낌이나 그럴 수도 있다는 가능성으로 감정의 밑바닥에만 막연히 자리 잡고 있을 뿐이었다. 악마를 떠올릴 때도, 그것이 변장하고 있건 아니면 본래의 모습으로 있건 언제나 저 아래 길거리나 시장 골목, 혹은 선술집 같은 곳에 있을 거라 생각했지 결코 우리 집에 있으리라고는 생각할 수 없었다.

누이들 역시 밝은 세계에 속해 있었다. 본질적으로 누이들은 나보다 훨씬 더 부모님께 가까이 있는 존재처럼 보였고, 훨씬 더 착하고 몸가짐이 바르며 결함이 없었다. 누이들에게도 부족한 점과 나

뿐 버릇이 있긴 했지만, 내가 보기에 그렇게 심각한 것 같진 않았다. 악과의 접촉으로 힘들고 고통스러워하던 나, 어두운 세계에 훨씬 더 가까이 있었던 나와는 달랐다. 누이들은 부모님처럼 사랑받고 존중받을 만 했다. 누이들과 싸움을 해도, 시간이 지나 양심에 비추어보면 잘못한 쪽은 언제나 나였고, 용서를 비는 쪽 역시 다툼의 원인을 제공한 나여야 했다. 누이들을 모욕하는 것은 부모님을 모욕하는 일이었고 선과 계율을 모욕하는 일이었다.

내게는 누이들보다는 오히려 더할 나위 없이 불량한 거리의 부랑아들과 나눌 수 있는 비밀이 있었다. 마음이 따스하고 맑고 밝은 날에 누이들과 즐거운 시간을 보내는 일, 착하고 얌전하게 누이들과 함께 지내는 일, 그러면서 훌륭하고 고귀해 보이는 자신의 모습을 발견하는 일은 무척이나 즐거웠다. 천사와 같은 착한 아이라면 마땅히 그래야 했다. 우리가 알고 있던 최고의 것은 천사가 되는 것이었다. 성탄절에 느끼는 행복과 같이 밝은 음악과 좋은 향기에 둘러싸인 천사일 수 있다면, 그것은 분명 달콤하고 멋진 일처럼 생각되었다. 하지만 그러한 시간들은 무척이나 드물었다. 악의 없이 재미있는 놀이를 하다가도 열정과 격함에 사로잡혀 누이들과 다투게 되는 일이 잦았다. 그러다 화를 참지 못해 거친 행동과 거친 말을 하기도 했고, 그러면서 동시에 스스로를 죄인처럼 느끼기도 했다. 그런 다음에는 어둡고 격앙된 후회와 회한이 찾아왔고, 용서를 빌어야 하는 고통스런 순간이 이어졌다. 그러고 나면 다시 밝은 빛의 세계가, 불화가 없는 고요하고 고마운 행복의 시간이 잠시 동안 돌아오곤 했다.

나는 라틴어 학교에 다녔다. 같은 반에 시장의 아들과 산림관의 아들이 있었는데, 가끔 우리 집에 놀러왔다. 거친 아이들이긴 했지만 둘 모두 선하고 허용된 세계에 속해 있었다. 나는 우리가 늘 경멸하던 공립학교에 다니던 몇몇 학생들과도 가까운 관계를 맺고 있었는데, 그들 중 한 명에 대한 이야기로 시작하겠다.

열 번째 생일이 갓 지났을 때였다. 수업이 없던 어느 날 오후 이웃에 사는 두 친구와 함께 거리를 돌아다니고 있었다. 그때 키가 큰 아이가 다가왔다. 열세 살쯤 돼 보이는 힘세고 드센 공립학교 학생으로 재단사의 아들이었다. 그의 아버지는 주정뱅이였고, 가족 모두 평판이 좋지 못했다. 나도 잘 알고 있던 프란츠 크로머라는 친구였다. 내심 그가 무서웠기 때문에, 그가 우리 사이에 끼어들자 기분이 좋지 않았다. 크로머는 벌써 어른 흉내를 내고 다녔고 공장에서 일하는 사람들의 걸음걸이나 말투를 따라했다. 그가 시키는 대로 우리는 다리 옆 강가로 내려가 사람들의 눈에 잘 띄지 않게 첫 번째 교각 아래로 숨어들었다. 아치형의 교각과 천천히 흐르는 강물 사이의 비좁은 강변은 온통 쓰레기들, 깨진 유리조각이나 녹슨 철사 뭉치 같은 잡동사니들로 지저분하고 더러웠다. 가끔씩 쓸 만한 물건들이 발견되기도 했기 때문에 우리는 크로머가 시키는 대로 주변을 뒤지며 찾아낸 것들을 그에게 보여야 했다. 그러면 그는 그것들을 골라 호주머니에 넣거나 물속으로 던져버렸다. 그는 납이나 구리, 혹은 주석으로 만든 물건이 없는지 조심해서 찾아보라고 했고, 그런 것은 모두 자기 호주머니에 챙겨 넣었다. 그중에는 뿔로 만든 낡은 빗도 있었다. 나는 그와 함께 있다는 사실이 몹시 마음에 걸렸다. 아버지께서 아시기라도 하면 이런 만남을 허락하지 않으리라는 것을 알기 때문이 아니었다. 크로머라는 존재 자체가 두려웠다. 그러나 한편으로는 그가 나를 인정하고 다른 아이들과 똑같이 대해주는 것이 오히려 기뻤다. 그는 명령하고 우리는 복종했다. 크로머와 어울린 것이 이번이 처음이었는데도, 그게 마치 오래전부터 당연히 그래야 했던 것처럼 느껴졌다.

얼마 지나 우린 바닥에 앉아 쉬게 되었다. 크로머는 물에다 침을 뱉으며 어른처럼 행동했다. 그는 이빨 사이로 침을 뱉어 자기가 원하는 곳을 맞추었다. 이야기가 시작되자 우리는 또래의 아이들이 할 수 있는 온갖 허풍과 나쁜 짓들을 자랑스럽게 떠벌렸다. 나는 아무 말도 하지 않았는데, 그 때문에 크로머가 화를 내지 않을까 몹시 두려웠다. 함께 있던 두 친구는 처음부터 나를 버리고 크로머 옆에 붙어 있었다. 그들 사이에서 나는 이방인이었고, 내 옷차림이나 태도가 그들에게 거슬리지 않을까 걱정이 되었다. 라틴어 학교 학생인데다 괜찮은 집안의 아들인 나를 프란츠 크로머가 좋아할 리 없었다. 다른 두 친구 역시 여차하면 나를 모른 척하거나 곤경에 빠뜨릴 녀석들이었다. 불안한 나머지 나도 이야기를 늘어놓기 시작했다. 나를 주인공으로 하는 도둑 이야기를 꾸며댔다. 모퉁이 방앗간 옆 과수원에서 한 친구와 같이 밤중에 몰래 사과가 가득 들어 있는 자루를 훔쳤다고 했다. 그것도 보통 사과가 아니라 라이네테와 골드파르매네 같은 최고급 사과만 훔쳤다고 말이다. 순간의 위험을 피해 이야기 속으로 도피해 들어갔던 것이다. 이야기를 꾸며내는 것은 어렵지 않았다. 이야기가 금방 끝나면 거짓말이 들통 날 수 있을 것 같아 이야기를 부풀렸다. 우리 중 한 명이 망을 보는 동안 다른 한 명이 나무 위에 올라가 사과를 따서 아래로 던져야 했고, 결국엔 자루가 너무 무거워 둘이서 들고 올 수가 없어 반은 남겨 놓고 갔다가 반시간 후에 다시 가서 가져왔다고 했다.

이야기를 끝냈을 때 나는 박수를 조금 기대했다. 마지막에는 몸이 달아오를 만큼 지어낸 이야기에 스스로 도취되어 있었다. 키 작은 두 녀석은 심드렁한 표정으로 말이 없었지만, 프란츠 크로머는 반쯤 눈을 감은 채 나를 쏘아보며 위협적인 말투로 물었다.

"그 얘기 진짜지?"

"물론이야."

"틀림없이 진짜로 그랬단 말이지?"

"그럼 틀림없고말고." 나는 분명하게 대답을 했지만, 속으로는 잔뜩 겁에 질려 있었다.

"맹세할 수 있어?"

맹세라는 말에 몹시 마음이 떨렸지만 즉시 그렇다고 말했다.

"그럼 하느님 이름으로 맹세해봐."

"하느님 이름으로 맹세해."

"그래 좋아." 크로머는 그제야 몸을 돌렸다.

난 이걸로 일이 잘 끝났다고 생각했고, 크로머가 자리에서 일어나 집으로 돌아가려 하자 마음이 놓였다. 다리 위에 이르렀을 때 크로머에게 이제 집으로 가야 한다고 머뭇거리며 말했다.

"그렇게 서두를 필요 없잖아. 어차피 집에 가는 길도 같은데." 크로머가 웃으며 말했다.

나는 감히 그에게서 벗어나지 못했고, 어슬렁거리며 걷던 그는 정말로 우리 집을 향해 걸었다. 이윽고 집에 도착해 대문과 육중한 놋쇠 손잡이가 보이고 햇빛에 반짝이는 창문과 어머니 방의 커튼이 보이는 곳에 이르자, 깊은 안도의 한숨이 나왔다. 드디어 집으로 돌아왔다, 밝음과 평화가 있는 집, 선과 축복이 있는 집으로 돌아왔다는 안도의 한숨이었다.

재빨리 문을 열고 안으로 들어가 문을 닫으려고 하는데, 크로머가 문을 밀치고 뒤따라 들어왔다. 마당 쪽으로만 빛이 들어오는 서늘하고 침침한 타일 복도에서 크로머가 내 팔을 붙잡고 나직이 말했다. "그렇게 서두르지 말라니까!"

깜짝 놀라 그의 얼굴을 쳐다보았다. 내 팔을 움켜쥔 그의 손은 무쇠처럼 단단했다. 대체 속셈이 뭔지, 나를 괴롭히려는 것은 아닌지 머리가 복잡했다. 소리를 지르면, 격렬하고 위급한 목소리로 소리를 지른다면, 누군가 달려나와 날 구해줄 수 있을 것도 같았다. 그러나 그렇게 하지 않았다.

"무슨 일인데? 뭣 때문에 그래?"

"별일 아니야. 그냥 뭐 좀 물어보려고. 다른 녀석들은 들을 필요 없는 얘기야."

"그래? 또 무슨 이야기를 듣고 싶은데? 이젠 집에 들어가야 해. 알잖아."

"방앗간 옆 과수원이 누구네 건지는 너도 잘 알지?" 크로머가 나지막한 목소리로 물었다.

"아니, 몰라. 방앗간집 주인 거겠지."

크로머는 팔로 어깨를 감싸며 내 얼굴을 자기 얼굴 앞으로 바싹 끌어당겼다. 크로머의 두 눈은 사악했다. 음흉한 미소를 띤 그의 얼굴에는 잔인한 기운이 넘쳤다.

"그래, 그럼 그 과수원이 누구 건지 말해 주지. 사과를 도둑맞았다는 건 오래전부터 나도 알고 있었어. 게다가 과수원 주인이 훔쳐 간 사람을 알려주면 이 마르크를 주겠다고 했거든."

"뭐라고? 그래도 설마 주인한테 가서 말하겠다는 건 아니겠지?"

그의 명예심에 기대봤자 소용없을 것 같았다. 크로머는 다른 세계에 살고 있었고, 배신은 그에게 있어 범죄가 아니었다. 나는 확실히 느낄 수 있었다. 이런 일에 있어 다른 세계의 사람들은 우리와 달랐다.

"아무 말도 하지 말라고?" 크로머는 가소롭다는 듯이 웃었다. "이봐 친구, 내가 이 마르크라는 돈을 만들어낼 수 있는 위조범이라도 되는 줄 아는 거야? 난 너처럼 부자 아빠도 없는 가난한 놈이야. 이 마르크 벌 수 있을 때 벌어야지. 어쩌면 주인이 더 줄지도 모르고."

갑자기 크로머가 날 놓아주었다. 우리 집 현관에는 더 이상 평화나 안정의 향기가 풍기지 않았고, 나를 감싸고 있던 세계는 무너지고 말았다. 크로머는 나를 도둑놈이라고 말하고 다닐 것이고, 이 일을 아버지에게도 말할지 몰랐다. 어쩌면 경찰이 날 잡으러 올지도 몰랐다. 혼돈의 세계, 끔찍하고 위험한 모든 일들이 나를 위협해 왔다. 내가 도둑질을 하지 않았다는 사실은 이제 전혀 문제가 되지 않았다. 이미 나는 맹세까지 해버렸다. 이럴 수가, 이럴 수가 없었다.

순간 눈물이 나왔다. 돈을 주지 않으면 빠져나올 수 없을 것 같아 절망적으로 호주머니를 뒤지기 시작했다. 사과 하나, 칼 한 자루도 없었다. 그때 마침 시계 생각이 났다. 고장 난 낡은 은시계로 그저 가지고만 다니던 거였다. 할머니한테 받은 그 시계를 난 재빨리 끄집어냈다.

"프란츠, 제발 그러지 마. 그래서 좋을 게 뭐 있어. 내가 이 시계 줄게. 시계 말고는 지금 아무것도 없어. 이거 가져, 은으로 만든 거야, 아주 고급이야. 조금 고장 나기는 했어도 고치면 돼."

미소를 지으며 크로머가 큰 손으로 시계를 받아 쥐었다. 그 손을 보며 나는 그의 손이 얼마나 거칠고 난폭한지를 느꼈다. 적개심으로 가득 찬 그의 손이 내 삶과 평안을 앗아가 버렸다.

"은시계란 말이야." 소심하게 말했다.

"고물 은시계 따윈 관심 없어! 너나 고쳐 써." 경멸하는 표정으로 크로머가 말했다.

"잠깐, 프란츠." 나는 그가 그대로 가버리지나 않을까 하는 두려움에 떨면서 소리쳤다.

"잠깐 기다려 봐. 시계 가져가. 정말 은으로 만든 거야. 진짜라고. 시계 말고는 지금 가진 게 없어."

크로머는 싸늘하고 경멸적인 시선으로 나를 바라보았다.

"내가 누구에게 가려는지 알긴 아네. 경찰한테 갈 수도 있어. 경찰 아저씨들 잘 알거든."

크로머는 몸을 돌려 가려 했다. 나는 그의 소매를 잡고 늘어졌다. 그가 가버리면 안되었다.

그가 이대로 가버릴 경우 벌어질 온갖 일들을 감당해야 할 바엔 차라리 죽어버리는 것이 훨씬 나을 것 같았다.

"프란츠, 설마 바보 같은 짓을 하려는 건 아니지, 장난이지?"

나는 긴장한 나머지 잔뜩 잠긴 목소리로 애걸했다.

"그래, 농담이었어. 하지만 그러려면 좀 비싼 대가를 치러야 할 거야."

"말만 해, 프란츠. 어떻게 하면 돼? 시키는 대로 다 할게."

그는 반쯤 눈을 내리깐 채 나를 훑어보며 기분 나쁜 웃음을 지었다.

"바보 같이 굴지 마!" 친절한 척하며 크로머가 말했다. "말 안 해도 다 아는 거 아니야? 난 이 마르크를 벌 수 있어. 그리고 너도 알겠지만, 난 그런 돈을 그냥 포기할 수 있을 정도로 부자가 아니야. 하지만 넌 부자야, 시계도 갖고 있잖아. 이 마르크만 주면 돼. 그럼 다 해결되는 거야."

그의 말이 맞기는 하다. 하지만 이 마르크라니. 손에 넣을 수 없다는 점에서는 그건 십 마르크, 백 마르크, 천 마르크나 마찬가지였다. 난 돈이 없었다. 어머니에게 맡겨 놓은 조그만 저금통이 있기는 했다. 그 안엔 삼촌이나 친척들이 왔을 때 받았던 동전들만 조금 있을 뿐이었다. 그 외엔 가진 게 없었다. 그 나이 때엔 아직 용돈도 받지 못했다.

"정말 없어. 정말 한 푼도 없다고. 하지만 다른 거라면 얼마든지 줄게. 인디언 책이나 장난감 병정들, 나침반 같은 것들은 있어. 그거 갖다 줄게."

크로머가 그 뻔뻔하고 사악한 입으로 침을 뱉으며 명령하듯 말했다. "쓸데없는 소리 하지 마! 그런 고물 잡동사니 같은 것들은 너나 가져. 나침반! 내 말 잘 들어. 더 이상 화나게 하지 말고 돈 가져오란 말이야!"

"하지만 정말 없어. 구할 수가 없다고. 어떻게 할 방법이 없어."

"아무튼 내일까지 이 마르크를 가져오는 거야. 학교 마치고 저 아래 시장에서 기다리고 있을게. 그럼 끝나는 거야. 돈 안 가지고 오면, 알지!"

"도대체 어디서 그런 돈을 가지고 오란 말이야? 제기랄, 정말 돈 없단 말이야."

"너희 집 돈 많잖아. 알아서 잘 해봐. 그럼 내일 학교 끝나고 보는 거다. 다시 한 번 말하지만 만약 안 가지고 오면, 알지?" 섬뜩한 표정으로 그가 날 쳐다보았다. 그러더니 침을 한 번 더 뱉고는 그림자처럼 사라졌다.

나는 계단을 올라갈 수가 없었다. 내 인생이 산산조각이 나버렸다. 어디론가 도망쳐 버리거나 물에 빠져 죽어버릴까 하는 생각을 해보았다. 그러나 그런 생각들도 명확치가 않았다. 나는 어두운 계단 맨 아래쪽에 웅크리고 앉아 불행에 몸을 맡겼다. 장작을 가지러 광주리를 들고 내려오던 리나가 울고 있던 나를 발견했다.

리나에게 올라가서 아무 말로 하지 말아달라고 부탁하고서 집안으로 들어섰다. 유리문 옆 옷걸이에는 아버지의 모자와 어머니의 양산이 걸려 있었다. 이런 것들을 보자 고향의 따뜻한 온기가 느껴졌다. 내 마음은 마치 탕자처럼 고향 집의 정취를 애원하고 감사하며 반겼다. 하지만 이 모든 것이 이제는 내 것이 아니었다. 그것은 아버지와 어머니가 속한 밝은 세계의 것이었다. 죄를 가득 짊어진 채 낯선 물결 속에 깊숙이 잠겨 모험과 죄악에 빠져버린 나를 기다리고 있는 것은 적의 협박과 위협, 불안과 치욕이었다.

모자와 양산, 오래된 질 좋은 모래자갈 바닥과 마루 장식장 위에 걸려 있는 커다란 그림, 거실에서 들려오는 누이의 목소리, 이 모든 것들은 여느 때보다도 훨씬 더 사랑스럽고 부드럽고 소중했다. 하지만 더 이상 그런 것들은 위로와 안정이 되지 못했고, 오로지 비난으로만 느껴졌다. 그 모든 것들은 이젠 내 것이 아니었고, 나는 그 밝고 고요한 세계에 참여할 수 없었다. 난 신발에 온갖 더러움을 묻혀 왔다. 발 깔개에 닦아낼 수 없는 더러움이었다. 밝은 고향의 세계가 전혀 알지 못하는 어두운 그림자도 함께 가지고 왔다. 그동안 경험했던 수많은 비밀과 두려움은 오늘 내가 이 공간에 끌어들인 것에 비교하면 그저 장난이나 우스갯소리에 불과했다. 어머니조차도 어쩔 수 없는, 어머니가 알게 돼서도 안 되는 운명이 쫓아와 자기의 두 손을 내게 뻗친 것이다. 이미 난 하느님 앞에서 거짓 맹세를 했다. 내가 저지른 일이 도둑질이었든 거짓말이었든, 그건 중요하지 않았다. 내 죄는 그런 게 아니라 악마에게 손을 내밀었다는 사실 그 자체였다. 왜 그때 그를 따라갔을까? 왜 아버지 말씀보다도 크로머의 말을 더 잘 들었을까? 왜 도둑질 얘기를 꾸며냈을까? 무엇 때문에 그런 도둑질 얘기로 나 자신을 영웅시하며 허풍을 떨었을까? 이제 악마가 내 손을 잡고 뒤에서 날 감시했다.

잠시 동안 나는 앞으로 다가올 공포를 더 이상 느끼지 못한 채,

무엇보다 내 앞길이 이 순간부터 점차 내리막길로 향해 마침내는 암흑으로 떨어지리라는 두려운 확신에 몸을 떨었다. 나의 잘못된 행동은 또 다른 잘못된 행동으로 이어질 수밖에 없었다. 누이들과 다정히 지내는 일이며 부모님께 드리는 인사와 입맞춤도 모두 거짓이 되었다. 그들에게 내 운명과 비밀을 숨길 수밖에 없었다.

아버지의 모자를 보자 한순간 신뢰와 희망의 빛이 마음을 스쳐 갔다. 아버지에게 모든 걸 말씀드리고 처분에 따라 벌을 받으면, 그러면 아버지를 내 편이 되게 하고 용서를 받을 수 있지 않을까 하는 생각이 들었다. 지금까지 종종 해왔던 것처럼 힘들고 가혹한 시간, 용서를 비는 후회로 가득한 참회의 시간만 견뎌낼 수 있으면 될지도 몰랐다.

이런 생각이 얼마나 감미롭고 달콤하게 느껴졌는지 모른다. 그러나 그저 생각일 뿐이었다. 그런 행동을 하지 못하리라는 걸 잘 알았다. 내겐 나만의 비밀이, 혼자 스스로 감당해내야 할 죄가 있었다. 어쩌면 지금 내가 서 있는 곳이 갈림길일지도 몰랐다. 이 순간부터 앞으로는 영원히 나쁜 사람 편이 되어 그들과 비밀을 나누고, 그들이 시키는 대로 복종하며 그들과 같은 부류의 사람이 될지도 몰랐다. 어른 행세를 하고 영웅 행세를 했던 대가를 치러야 했다.

방으로 들어갔을 때 아버지가 젖은 신발에 대해 꾸중을 하신 것은 차라리 다행스런 일이었다. 그 꾸중으로 인해 아버지는 더 나쁜 사태를 알아차리지 못했다. 아버지의 질책을 들으며 나는 그 일을 몰래 다른 일과 연관시켰다.

그러자 마음속에서 이상하게도 어떤 새로운 느낌이 갑자기 다가왔다. 그것은 그 끝이 날카로운 낚싯바늘 같은 불길한 느낌이었는데, 이를테면 아버지에 대한 우월감 같은 것이었다. 잠시 동안 아버지의 무지함에 대해 약간의 경멸이 느껴졌다. 젖은 신발에 대한 꾸지람은 소소해 보였다. 혹시 아버지가 알게 된다면 어떻게 될까 하는 생각이 들기도 했지만, 한편으론 내 자신이 마치 살인죄를 고백해야 하는데, 훔친 빵에 대해서만 심문을 받는 범죄자처럼 느껴졌다. 추악하고 꺼림칙한 느낌이었지만, 그것은 마음 깊은 곳에서 강한 매력으로 다가왔다. 그 느낌은 다른 어떤 생각보다도 더 단단하게 나 자신을 비밀과 죄에 결박시켰다. 어쩌면 지금 이 순간 크로머가 경찰에 가서 내 이름을 밝혔을 수도 있다. 내가 집안에서 아직 어린애 취급을 받고 있는 동안, 내 머리 위로는 천둥 번개가 휘몰아쳐오고 있는지도 모를 일이었다.

이때가 지금까지 이야기했던 모든 체험 중에서 가장 중요한 순간이었다. 아버지의 신성한 세계에 균열이 가기 시작한 첫 순간이었고, 유년기의 기반을 이루고 있는 기둥, 누구든 자기 자신이 되기 위해서는 언젠가 반드시 무너뜨려야 할 기둥에 처음으로 상처가 가해지는 순간이었다. 아무도 모르는 이러한 체험으로부터 우리 운명의 내면적이고 본질적인 방향이 설정된다. 그러한 균열과 상처는 다시 늘어나고 치료되고 잊히기도 하지만, 가장 은밀한 방 안에서 계속 살아남아 피를 흘린다.

이러한 새로운 느낌에 나 자신이 두려워졌다. 곧바로 아버지에게 달려가 발에 키스하면서 용서를 구하고 싶은 심정이었다. 하지만 본질적인 것은 그 어떤 것도 용서받을 수 없다. 어린아이도 그런 건 어느 현자 못지않게 느끼고 안다.

당면한 문제를 깊이 생각해보고 난관을 타개할 좋은 방법을 강구해야 할 필요를 느끼고 있었지만 여의치 않았다. 저녁 내내 변해버린 거실의 분위기에 익숙해지기 위해 애를 써야만 했다. 벽시계와 책상, 성서와 거울, 책 선반과 벽에 걸린 그림들이 동시에 나와 작별을 고했다. 선하고 행복했던 나의 삶과 세계가 과거가 되고 내게서 멀어지는 것을 얼어붙은 마음으로 지켜보아야만 했다. 처음으로 죽음의 맛을 본 것이다. 죽음은 쓴맛이 났다. 죽음은 탄생이고, 두렵고 떨리는 새로운 시작에 대한 공포와 불안이었다.

마침내 침대에 누울 수 있게 되자 기뻤다. 잠자리에 들기 전 저녁 기도가 최후의 죄를 사하는 연옥의 불처럼 나를 휘감고 지나갔고, 식구들은 내가 제일 좋아하는 찬송가를 불렀다. 난 함께 부르지 못했다. 노래 한 마디 한 마디가 내게는 쓰디 쓴 쓸개즙이나 독약처럼 느껴졌다. 아버지가 축도를 할 때도 함께 기도하지 못했다. 우리 모두와 함께 하옵소서 하며 아버지가 기도를 마치자, 순간 내 몸을 스쳐간 어떤 경련이 나 자신을 가족이라는 울타리에서 몰아내는 것 같았다. 하느님의 은혜가 가족 모두와 함께 했지만, 나와는 아니었다. 차갑고 어두운 마음에 지친 나는 자리에서 일어났다.

침대에 누워 있는 동안 잠시 따듯함과 안도감이 부드럽게 나를 감쌌지만, 내 마음은 다시 불안에 휩싸였고, 지난 일들에 대한 두려움으로 온몸이 떨렸다. 어머니가 여느 때처럼 잘 자라고 인사를 건넸다. 어머니의 발자국 소리는 아직 방 안에 남아 있었고 어머니가 든 촛불의 가느다란 빛이 아직도 문틈으로 새어들고 있었다.

지금, 어쩌면 지금 어머니가 다시 한 번 내게 와준다면, 그러면 어머니가 어렴풋이 알게 될지도 모르겠다고 생각했다. 내게 입맞춤을 해주고 물으시겠지, 다정하고 희망이 담긴 목소리로 물으시겠지, 그럼 나는 눈물을 흘릴 수 있을 것이고 목에 걸린 돌덩이가 녹아버리겠지, 그런 다음 어머니의 품에 안겨 모든 걸 말하고 용서를 빌 수 있겠지, 그러면 모든 게 다 해결되고 구원을 받을 수 있을 텐데, 그런 생각이 들었다. 문틈으로 비쳐들던 빛이 사라져버린 후에도 한동안 여전히 귀를 기울이며 생각했다. 반드시, 반드시 그렇게 되어야 한다고.

그러고 나서 나는 다시 낮에 있었던 일들을 상기하며 크로머의 눈을 떠올렸다. 그의 모습이 또렷하게 보였다. 한쪽 눈을 반쯤 감은 채 입가에 비열한 웃음을 지어 보이고 있었다. 그를 바라보자 이젠 도저히 피할 길 없다는 절망감이 파고들었고, 그의 얼굴은 더 크고 흉측하게 변해갔다. 내가 잠이 들 때까지 그는 내 곁에 바짝 붙어 있었다. 그러나 그날 밤 내가 꾼 꿈은 크로머나 오늘 있었던 사건에 대한 것이 아니라 부모님, 누나들과 함께 배를 타는 모습이었는데, 우리 주위를 온통 휴일의 평화와 광채가 둘러싸고 있었다. 한밤중 잠이 깨었을 때도 행복감의 여운이 여전히 느껴졌고, 누이들의 하얀 여름옷이 햇빛에 반짝이던 모습이 눈에 선했다. 그러나 얼마 지나지 않아 나는 낙원에서 현실로 추락하였고 다시 사악한 적의 눈과 마주 서게 되었다.

다음 날 아침, 어머니가 급히 올라와 왜 이렇게 늦도록 아직 일어나지 못하고 있느냐고 큰 소리로 말씀하셨지만, 난 몸이 좋지 않았다. 어머니가 어디 아프냐고 걱정하며 물었다. 난 구토를 하고 말았다.

구토를 한 게 나쁘진 않았다. 몸이 약간 좋지 않은 덕분에 아침 내내 카밀레 차를 마시면서 침대에 누워 있을 수 있는 것도 좋았고, 옆방에서 어머니가 청소하는 소리, 리나가 바깥 복도에서 고기 장수와 주고 받는 얘기를 듣는 것도 좋았다. 학교에 가지 않은 오전은 무언가 환상의 세계, 동화의 세계 같았다. 햇빛이 방 안으로 비춰들고 있었는데, 학교에서 초록색 커튼으로 가리던 그런 햇빛과는 달랐다. 하지만 그런 것들도 오늘은 마치 맛없는 음식 같았고, 음정이 맞지 않는 노랫소리 같았다.

차라리 죽어버렸으면 어땠을까! 하지만 평소처럼 몸이 조금 좋지 않을 뿐이었고, 이걸로는 아무것도 되는 게 없었다. 학교를 빠질 수는 있었지만, 이 정도 병치레로 열한 시에 시장에서 날 기다리고 있을 크로머로부터 보호 받을 수는 없었다. 이번에는 어머니의 친절한 간호도 위로가 되지 못했고, 오히려 귀찮고 미안한 마음이었다. 잠든 척하고 누워서 여러 가지 궁리를 해보았다. 그러나 아무 소용이 없었고, 어쨌든 열한 시에는 시장에 가 있어야 했다. 그래서 열 시쯤 일어나 나지막한 목소리로 몸이 다시 좋아졌다고 말했다. 보통 이런 경우엔 다시 침대에 누워 있든지 오후에 학교에 가든지 해야 했다. 나는 학교에 가고 싶다고 했다. 한 가지 계획을 세워 놓았다.

돈 한 푼 없이 크로머에게 갈 수는 없었다. 작은 저금통에 손을 대는 수밖에 없었다. 그 안에 든 돈이 충분치 못하다는 것, 터무니없이 부족하다는 건 잘 알고 있었다. 그래도 얼마는 되었다. 아무 것도 안 가져가는 것보다는 그거라도 갖고 가서 크로머를 달래는 것이 낫다는 걸 직감적으로 깨달았다.

양말 바람으로 살금살금 어머니 방에 들어가 책상에서 저금통을 꺼내 왔을 때 기분이 좋지 않았지만, 어제처럼 그렇게 나쁘진 않았다. 심장이 떨려 숨이 막힐 지경이었다. 아래 계단에서 처음으로 저금통을 살펴보고 그것이 잠겨 있다는 것을 알았을 때도 여전히 가슴은 뛰었다. 저금통을 깨는 일은 어렵지 않았다. 가는 양철격자 몇 개만 떼어내면 되었다. 하지만 뜯겨진 곳을 보니 마음이 아팠다. 처음으로 비로소 도둑질을 한 것이었다. 그때까진 사탕이나 과일 같은 것들만 몰래 손을 댔을 뿐이었다. 내가 모아 둔 돈이긴 했지만, 이건 분명 도둑질이었다.

나는 프란츠 크로머와 그의 세계에 한 걸음 더 가까워졌다는 것과 일이 점차 나쁜 방향으로 빠져들고 있음을 느끼고, 그에 저항했다. 하지만 이제 와서 악마가 나를 잡아간다 해도 되돌아설 길은 없었다. 불안에 떨면서 돈을 세어보았다. 꽤 묵직한 소리가 났지만, 막상 손에 쥐어진 돈은 형편없이 적었다. 육십오 페니히. 현관 아래쪽에 저금통을 숨겨 놓고 돈만 꼭 쥐고는 보통 때와는 다른 쪽으로 집을 나섰다. 누군가 이 층에서 부르는 것 같았지만, 재빨리 빠져나왔다.

아직 시간이 많이 남아 있어 달라진 도심의 골목길을 지나 우회로를 택해 걸었다. 한 번도 본 적 없는 구름 아래를, 나를 유심히 바라보는 집들과 의심의 눈초리를 보내는 사람들 곁을 지나갔다. 언젠가 학교 친구 중 한 명이 가축시장에서 돈을 주운 적이 있다는 얘기가 갑자기 생각났다. 기적을 베풀어 내게도 그런 행운을 주십사하고 신에게 기도하고 싶었지만, 내겐 기도할 자격이 더 이상 없었다. 설사 기도를 한다 해도 깨진 저금통이 다시 채워지는 일은 없을 것이다.

멀리서 프란츠 크로머가 나를 알아보고는 내 존재 따위는 안중에도 없다는 듯이 아주 천천히 다가왔다. 가까이 온 그는 명령을 하듯 따라오라는 신호를 주고는 한 번도 뒤돌아보지 않고 유유히 걸어갔다. 크로머는 슈트로 골목을 따라 내려가 좁은 판자 다리를 건 너 공사 중인 새 집들이 있는 곳에서 멈춰 섰다. 거기엔 일하는 사람이 없었고, 문도 창문도 없이 담장만 삭막하게 들어서 있었다. 주위를 살피고 난 크로머가 문 안으로 들어갔고 내가 뒤따라 들어갔다. 그는 담장 뒤쪽으로 돌아가더니 내게 오라고 신호를 하고는 손을 내밀었다.

"가지고 왔지?" 싸늘한 어조로 그가 물었다.

나는 움켜쥐고 있던 돈을 주머니에서 꺼내 그의 커다란 손에 떨어뜨려 주었다. 마지막 오 페니히 동전의 짤랑 하는 소리가 사라지기도 전에 벌써 그는 얼마인지를 알아차렸다.

육십오 페니히네 라고 말하며 그가 날 쳐다보았다.

"맞아," 소심한 목소리로 내가 대답했다. "그게 내가 가진 전부야. 너무 적다는 건 나도 잘 알아. 하지만 그게 전부라고. 더는 없어."

"꽤 똑똑한 녀석인 줄 알았는데." 그가 비교적 부드러운 어조로 나를 나무랐다. "명예를 존중하는 남자들 사이에는 질서가 있어야 해. 너한테 결코 부당한 걸 받으려는 게 아니야. 이런 쇠붙이 따위는 도로 가져가라고, 알겠어! 너도 잘 알겠지만, 사과농장 주인은 그렇게 값을 깎는 사람이 아니야. 그 사람이라면 셈을 다 해준다고."

"하지만 이것밖에 없어, 더 없다고! 이게 내가 모아 놓은 전부야."

"그건 네 사정이지. 널 불행하게 만들고 싶진 않아. 나한테 아직 일 마르크 삼십오 페니히 빚진 건데, 언제 받을 수 있지?"

"그래, 프란츠, 꼭 갚을게. 지금은 잘 모르겠지만 내일이든 모래든 곧 더 많이 생길지도 몰라. 아버지한테 말씀드릴 수 없다는 건 너도 잘 알잖아."

"나하곤 상관없는 일이야. 널 괴롭히려는 생각은 없어. 다만 오전 중에 내 돈을 가질 수 있었으면 하는 거지. 너도 알지만 난 가난해. 넌 좋은 옷을 입고 있고 점심때면 내가 먹는 것보다는 훨씬 더 좋은 음식을 먹잖아. 더 이상 이야기 하지 않겠어. 좋아, 조금 더 기다려주지. 모래 오후에 휘파람을 불면 그때 다 가지고 나오는 거야. 내 휘파람 소린 잘 알고 있겠지?"

그러고는 내 앞에서 휘파람을 불었다. 전에도 종종 들어본 적이 있는 소리였다.

"그래, 알고 있어."

그는 내가 자기와는 아무런 상관이 없는 사람이라도 되는 것처럼 그냥 그렇게 가버렸다. 그것은 우리 두 사람 사이의 거래였을 뿐이었다.

만약 크로머의 휘파람 소리를 다시 듣게 된다면, 난 지금도 깜짝 놀라 숨이 멎을 것이다. 그 이후 종종 그의 휘파람 소리를 들었는데, 이 휘파람 소리가 늘 나를 따라다니는 것 같았다. 어디에 있건, 놀이를 하건 일을 하건, 어떤 생각을 하건, 이제는 날 구속해버린 운명이 된 그의 휘파람 소리가 미치지 않은 곳은 없었다. 단풍이 곱던 어느 풍요로운 가을 오후, 내가 아주 좋아했던 우리 집 작은 정원에 자주 나가 어린 시절 즐겨했던 놀이를 하고픈 충동에 휩싸인적이 있었다. 당시의 나보다는 어린, 천진난만하고 아무런 티가 없는 어린 소년의 역할을 하는 놀이였다. 하지만 그때마다 항상 날 쫓아다니며 끔찍이 괴롭히고 방해하던 크로머의 휘파람 소리가 어디선가 들려와 마음을 어지럽게 하고 어린 시절의 추억과 공상을 깨뜨려 놓았다. 그러면 나는 곧 밖으로 나가야 했다. 날 괴롭히는 적이 있는 사악하고 추악한 장소로 나가 돈 때문에 그에게 온갖 변명을 하고 경고를 받아야 했다. 그 모든 일이 몇 주일 지속된 것 같았는데, 내게는 그 기간이 몇 년, 아니 영원히 지속된 것처럼 느껴졌다. 돈이 생기는 일은 거의 없었다. 리나가 식탁 위에 올려놓은 시장바구니에서 어쩌다 한 번 오 페니히나 십 페니히 정도 훔친 것이전부였다. 매번 크로머에게 욕을 먹고 경멸을 당하기 일쑤였다. 자기를 속이고 마땅히 주어야 할 돈을 주지 않으려 하는 사람이 바로 나라고, 돈을 훔치고 자기를 불행하게 만드는 사람이 바로 나라는 것이었다. 평생을 통해 이때처럼 고통스럽고, 절망적이고, 굴욕적이었던 적이 없었다.

저금통은 장난감 돈을 넣어 도로 제자리에 갖다 두었는데, 아무도 그 저금통에 대해 묻지 않았다. 하지만 언제 들킬지 몰라 마음이 조마조마했다. 크로머의 거친 휘파람 소리보다 더 두려웠던 것은 어머니였다. 어머니가 다가와 혹시 저금통에 대해 묻지 않을까 무서웠던 것이다.

내가 돈 한 푼 없이 나타나는 때가 많아지자, 크로머는 다른 방법으로 나를 괴롭히고 이용하기 시작했다. 나는 그를 위해 일을 해야만 했다. 크로머를 대신해 그의 아버지 심부름을 해야 했다. 그의 명령에 따라 십 분간 한 쪽 다리로만 뛰어야 했고, 지나가는 사람의 치맛자락에 종잇조각을 붙여야 했다. 이 같은 괴로움은 꿈속에서도 나타나 여러 날 밤을 악몽에 시달리며 식은땀을 흘렸다.

결국 한동안 몸이 좋지 않았다. 자주 구토를 했고 오한에 떨었으며, 밤에는 식은땀이 났고 열이 올랐다. 어머니는 뭔가 잘못되었음을 느끼고 더욱 내게 많은 관심을 기울였는데, 나는 그게 더 힘들었다. 그렇게 날 돌보아주는 어머니에게 신뢰로 부응할 수 없었기 때문이다.

한번은 저녁에 침대에 누워 있을 때, 어머니가 초콜릿을 가져다주었다. 하루를 착하게 보내고 나면 잘 자라고 저녁마다 상으로 주었던 어린 시절의 추억을 생각나게 했다. 지금 그때처럼 어머니가 초콜릿을 건네주는데, 고개를 저을 수밖에 없는 심정이 너무 괴로웠다. 어머니는 어디 아픈 곳 없느냐고 물어보며 내 머리를 쓰다듬어 주었다. 난 그저 "아니에요, 그냥 아무것도 먹기 싫어요."라고 할 수밖에 없었다. 초콜릿을 침대 탁자에 내려놓은 어머니는 아무 말 없이 방을 나섰다. 다음 날 어머니가 어젯밤 일에 대해 캐물으려

하자, 아무 기억도 나지 않는 척했다. 한번은 어머니가 의사를 데려와 진찰을 받도록 했는데, 의사는 아침에 냉수욕을 하라는 처방을 내려주었다.

그 시절 나는 정신적으로 매우 혼란스런 상태에 있었다. 잘 정돈된 집안의 평화로운 분위기 한가운데에서도 나의 삶은 악령처럼 두렵고 고통스러웠다. 다른 가족들과 잘 어울리지 못했고, 한순간도 이런 내 자신을 잊어버리며 지내지 못했다. 종종 화를 내며 그 이유를 묻는 아버지에게는 무뚝뚝하고 차갑게 대했다.

2
카인

구원은 전혀 예상치 못했던 곳에서 찾아왔다. 그와 더불어 내 인생에 무언가 새로운 일이 시작됐고, 그 영향은 오늘날까지 지속되고 있다.

얼마 전 내가 다니는 라틴어 학교에 한 학생이 전학왔다. 우리 도시로 이사 온 부유한 미망인의 아들이었는데 옷소매에 검은 띠를 두르고 있었다. 나보다 한 학년 위로 나이도 많았지만 곧 나와 모든 학생들의 이목을 끌었다. 독특한 분위기의 그 학생은 보기보다 훨씬 나이가 든 것 같았고 누가 봐도 소년 같지 않았다. 아직 어린 티를 벗지 못했던 우리들 사이에서 그는 어른처럼, 아니 마치 신사처럼 성숙하게 행동했다. 인기가 있진 않았다. 같이 놀지도 않았고 싸움질에 끼어드는 일도 없었다. 다만 선생님을 대할 때의 자신감

있고 단호한 태도는 모든 학생들이 좋아했다. 이름은 막스 데미안
이었다.

학교에서 가끔 그러듯이, 어느 날 무슨 이유에선가 교실이 컸던
우리 반에서 합반 수업을 하게 되었다. 데미안의 학급이 우리 학급
으로 온 것이었다. 우리 하급생들은 성경 이야기를 들었고, 상급생
들은 작문 수업을 받았다. 수없이 들었던 카인과 아벨 이야기를 또
다시 들어야 하는 동안, 난 데미안 쪽으로 자주 시선을 돌렸다. 이
상하게도 그의 얼굴이 나의 관심을 끌었다. 밝고 총명하며, 비범하
고 단호해 보이는 그의 얼굴은 사색에 잠긴 채 주의 깊게 작문에 몰
두하는 듯했다. 그는 과제를 하는 여느 학생처럼 보이지 않았고, 자
기 연구에 몰두하고 있는 학자처럼 보였다.

사실 그에게 썩 호감이 가지는 않았다. 오히려 그 반대로 약간의
거부감이 있었다. 나에 비해 그는 너무 우월하고 차가워 보였으며,
본질적으로 너무나 도전적이다 싶을 정도로 자신감에 차 있었다.
두 눈에는 아이들이라면 결코 좋아하지 않을 어른의 눈빛이 어려
있었고, 약간 슬픈 듯하면서도 냉소적인 표정이 있었다. 그럼에도
나는 그를 줄곧 바라보지 않을 수 없었다. 어떻게 보면 호감이 가기
도 했고 반감이 생기기도 했다. 한번은 그가 내 쪽으로 눈길을 돌렸
는데, 난 놀라서 얼른 얼굴을 돌려버렸다. 학생으로서의 그의 모습
을 지금 와서 곰곰이 생각해보면, 모든 면에서 여느 학생들과는 달
랐다고 말할 수 있다. 자기 주관이 뚜렷하고 개성이 강했으며, 그

때문에 눈에 띄었다. 하지만 동시에 그는 특별히 눈에 띄지 않으려고 노력했다. 마치 변장을 하고 농가에 내려와 농부들과 같은 사람처럼 보이기 위해 노력하는 왕자처럼 행동했다.

학교 수업을 마치고 집으로 돌아오는 길에 데미안이 내 뒤를 따라왔다. 그는 다른 아이들이 제각기 흩어지고 나자 내 곁으로 다가와 인사를 했다. 우리 학생들이 보통 하는 평범한 톤의 인사였는데도, 그의 인사말은 무척 어른스럽고 점잖았다.

"함께 좀 걸을까?" 그가 다정하게 물어왔다. 나는 아첨을 받은 듯이 기분이 좋아져 고개를 끄덕이며 내가 사는 곳을 자세히 말해 주었다.

"아, 거기?" 그가 미소를 지으며 말했다. "그 집이라면 벌써 알고 있지. 너희 집 현관 위에 달려 있는 독특한 장식물이 관심을 끌었거든."

그가 무엇에 대해 말하는 건지 난 바로 알아차리지 못했다. 하지만 우리 집을 나보다 더 잘 알고 있는 것 같아 놀라웠다. 아마도 대문 맨 위에 달려 있는 아치형의 문장을 말하는 것 같았는데, 그건 오랜 세월이 지나 납작해지고 색도 바랜 것이었다. 내가 아는 한 그 문장은 우리 집안과는 아무런 관계가 없었다.

"그건 잘 모르겠는데." 수줍어하며 내가 말했다. "새나 뭐 그 비슷한 것 같은데, 꽤 오래된 거야. 그 집이 옛날에는 수도원 거였다고 했어."

"그랬을지도 모르지." 그도 고개를 끄덕였다. "한번 잘 살펴봐. 그런 것들이 종종 재미가 있거든. 내가 보기엔 매처럼 보였어."

한참을 함께 걸어가는데, 난 몹시 당황스러웠다. 갑자기 무슨 재미있는 생각이라도 떠오른 것처럼 데미안이 웃었다

"그래, 근데 아까 너희 반이랑 합반했었잖아." 그의 목소리는 활기에 차 있었다.

"그때 들었던, 이마에 표적을 달아야 했던 카인 이야기 말이야. 그 이야기 마음에 드니?"

마음에 들진 않았다. 우리가 수업 시간에 배워야 했던 것 중 어느하나도 마음에 드는 게 없었다. 하지만 마치 어른과 이야기하고 있는 것 같은 생각이 들어 감히 그렇다고 솔직하게 말하지 못했다. 그래서 나는 그 이야기가 썩 마음에 들었다고 했다.

데미안이 내 어깨를 살짝 두드렸다.

"나한텐 솔직하게 얘기해도 돼. 사실 그 이야기는 정말 특별한 이야기야. 수업 중에 듣는 다른 어떤 이야기보다 훨씬 특별한 것 같아. 신과 죄악에 대한 일반적인 이야기 말고는 선생님이 거기에 대해 별로 언급하지 않았지만. 하지만 내 생각엔 말이야 …" 데미안이 말을 끊고 웃으며 물었다. "근데 이런 얘기 별로 재미없지?"

"그러니까 난 이렇게 생각해." 데미안은 얘기를 계속했다. "카인에 관한 이야기는 전혀 다르게 이해할 수 있어. 대체로 우리가 배우는 대부분의 것들이 확실하고 올바른 것이긴 하지만, 그것들을 선

생님과 다르게 볼 수 있다는 거야. 다르게 보면 훨씬 더 괜찮은 의미를 찾을 수도 있고. 예를 들어 카인과 그의 이마에 찍힌 표적 이야기가 선생님의 설명처럼 그렇게 그럴듯해 보이지 않을 수도 있다는 거야. 그렇게 생각하지 않니? 어떤 사람이 싸움 끝에 자기 형제를 때려 죽였어. 그리고 이후 겁을 먹고 비열하게 굴복을 하게 된 거야. 그런 일이 벌어질 수도 있잖아. 그런데 자신의 비열함으로 인해 오히려 어떤 훈장을 받고, 이 훈장 덕분에 보호를 받으며 다른 모든 사람들을 겁먹게 한다는 건 정말 이상하지 않니?"

"그건 그래." 난 그의 이야기가 재미있어졌다. "하지만 그 이야기를 달리 어떻게 해석해야 한다는 거야?"

"아주 간단해. 여기서 문제가 되고 있는 이야기의 출발점은 바로 표적이야. 어떤 남자가 있었는데, 다른 사람들이 두려워하는 무언가를 얼굴에 가지고 있었어. 사람들은 감히 그를 건드리지 못했어. 오히려 다른 사람들을 압도해버린 거지. 그 남자와 그의 자손들이 말이야. 분명히 말하지만, 그게 편지에 찍히는 소인처럼 정말로 이마에 찍힌 표적은 아니었을 거야. 세상일이라는 게 그렇게 단순하지 않거든. 오히려 그건 거의 알아보기 힘든 어떤 무시무시한 것이었을 거야. 보통 사람들보다 더 강한 정신과 대담함이 눈빛에 서려 있었던 거지. 이 남자는 힘이 있었고, 그의 힘을 사람들이 두려워했던 거야. 말하자면 이게 일종의 '표적'이었던 건데, 사람들이 그걸 자기 식대로 설명을 붙였던 거야. 사람들은 보통 자기한테 편하고 옳다고 생각하는 걸 원하거든. 당시 사람들은 그 어떤 '표적'을 갖고 있었던 카인의 자손들을 두려워했어. 그래서 그 표적을 있는 그대로의 어떤 우월함의 표시로서가 아니라, 정반대로 설명을 했던 거지. 이런 표적을 지니고 있는 녀석들은 무시무시한 놈들이다, 말하자면 이렇게 말하고 다닌 거야. 카인의 손자들은 실제로 그렇기도 했어. 용기 있고 자기주장이 강한 사람들은 다른 사람들에겐 늘경외의 대상이거든. 하지만 겁도 없고 무시무시한 어떤 족속이 주변을 돌아다닌다는 사실은 몹시 불편한 일이었어. 그래서 사람들이 이 족속에게 일종의 별명이나 우화 하나를 덧붙였던 거야. 분풀이를 하기 위해, 그리고 그동안 겪어왔던 두려움에 대한 약간의 보상을 위해 말이지. 무슨 말인지 알겠니?"

"응, 그러니까, 그게 카인이 결코 나쁜 사람이 아니었다는 거지? 성경에 나오는 모든 이야기도 원래는 사실이 아니고 말이야?"

"그렇기도 하고 아니기도 해. 그렇게 오래된, 아주 오래된 이야기들이 거짓말은 아니야. 하지만 그 이야기들이 언제나 사실 그대로 기록되고 항상 옳은 의미로만 해석되는 건 아니야. 간단히 말하면, 난 카인이 보통 사람보다 훨씬 뛰어난 사람이었다고 생각해. 단지 사람들이 그런 그를 두려워했었기 때문에 이런 이야기를 지어냈다고 봐. 카인에 대한 이야기는 사람들이 그냥 떠들어대는 소문에 불과했던 거야. 그렇지만 카인과 그의 자손들이 일종의 '표적'을 지니고 있었고 보통 사람들과 달랐다는 점은 전적으로 맞는 것 같아."

그의 이야기는 매우 놀랍고 충격적이었다.

"그럼 동생을 죽였다는 것도 전혀 사실이 아니라고 생각해?"

"그렇진 않아, 죽인 건 분명 사실일 거야. 강한 사람이 약한 사람을 죽였던 거야. 정말 자기 형제를 죽였는지에 대해서는 의심이 가지만, 중요한 건 그게 아니야. 모든 사람들이 결국은 형제라고 할 수 있으니까. 그러니까 강한 사람이 약한 사람을 죽였던 거지. 그건 아마도 영웅적인 행동이었을지도 모르고, 또 그렇지 않았을지도 몰라. 하지만 어쨌든 약한 사람들은 두려움에 가득 차 탄식을 할수밖에 없었어. '그럼 왜 너희들은 그들을 해치우지 못하지?' 하고 물으면 '겁이 많아서 그래' 라고 말할 수 없었어. 대신 '그렇게할 수 없어. 그자들에게는 신이 달아준 표적이 있거든' 하고 말했던 거지. 대충 이런 식으로 이야기가 꾸며진 게 틀림없을 거야. 아, 참 너무 오래 붙잡고 있었네. 그럼 잘 가!"

데미안은 골목으로 접어들었고 혼자 남겨진 나는 그 어느 때보다도 마음이 혼란스러웠다. 그의 모습이 사라지고 나자마자, 그가 이야기했던 모든 말들이 내게는 너무나 터무니없어 보였다. 카인이 고귀한 사람이고 아벨은 겁쟁이라고, 카인 이마의 표적은 어떤 훈장 같은 거라고 했다. 어처구니없는 얘기, 신을 모독하는 불경스런 얘기다. 만약 그렇다면 하느님은 어디에 있었단 말인가? 아벨을 사랑했기에 아벨의 제사를 받은 하느님이 아니었던가? 아니다,

말도 안 되는 소리다. 난 데미안의 이야기가 날 놀리고 골탕 먹이려는 속셈에서 나온 것이라고 생각했다. 굉장히 영악한 녀석이고 말도 잘했다. 하지만 무언가 이상했다.

지금까지 성서에 나오는 이야기나 다른 어떤 이야기에 대해서 그렇게 깊이 생각해본 적이 없었다. 덕분에 저녁 내내 크로머 생각에서 완전히 벗어날 수 있었다. 집에서 다시 한번 그 이야기를 읽어보았다. 성서에 쓰여 있는 대로 이야기는 짧고 분명했다. 그 속에서 특별하고 은밀한 다른 의미를 찾는다는 것은 미친 짓이었다. 데미안의 말대로라면 살인자들 모두가 신의 특별한 사랑을 받는 자들인 셈인데, 그건 말도 안 되는 이야기다. 내 마음에 들었던 건 단지 남들과 달리 그런 것들을 이야기할 수 있었던 그만의 태도였다. 어렵지 않고 분명하게, 마치 모든 것은 당연히 그렇다는 듯이, 진지한 눈빛으로 말하는 그의 태도 말이다.

물론 나 자신도 무엇에 홀린 듯 매우 혼란스러웠다. 이제까지 난 밝고 깨끗한 세계에 살고 있었고, 스스로가 아벨과 같은 부류의 존재라고 생각했다. 하지만 지금의 난 다른 세계에 너무도 깊이 빠져버려 아무것도 할 수 없게 되었다. 어떻게 그렇게 될 수 있었을까! 그때 갑자기 어떤 기억이 떠올라 한순간 거의 숨을 쉴 수 없을 정도가 되었다. 지금의 고통이 시작되었던 생각하기도 끔찍한 그 밤, 당시 난 순간적으로 아버지의 밝은 세계와 지혜를 꿰뚫어본 듯 경멸했었다. 그때의 난 분명 카인이었고 이마에 표적을 달고 있었다.

그리고 이 표적을 수치가 아니라 일종의 훈장처럼 생각했다. 내가 저지른 죄악과 불행이 아버지보다, 선하고 경건한 사람들보다 나 자신을 우월한 존재로 생각하게 만들었다.

당시의 경험을 이처럼 명확한 사고의 형태로 겪은 것은 아니었지만, 모든 것이 그 안에 포함되어 있었다. 그것은 고통스럽기는 했지만 한편으로는 긍지를 느끼게 하는 이상한 흥분과 감정이 함께 타오른 것이었다.

곰곰이 돌이켜보면 데미안은 강자와 약자에 대해 전혀 다른 방향에서 이상한 이야기를 했다. 카인 이마의 표적에 관한 것도 마찬가지였다. 기이하게 빛났던 그의 어른스러운 눈빛도 이상했다. 이런저런 의문들이 어렴풋하게 머릿속을 스쳤다. 데미안 자신이 카인과 같은 존재는 아니었을까? 그렇지 않다면 왜 카인을 옹호하는 것일까? 그의 눈빛에 어린 힘은 무엇일까? 경건하고 신의 마음에 드는 '다른 사람들', 즉 겁 많은 사람들에 대해서는 왜 그렇게 비웃듯이 말하는 것일까?

이런 생각들이 끊임없이 밀려왔다. 내 젊은 영혼의 우물에 돌 하나가 던져져 파장을 일으켰다. 한동안, 아니 매우 오랫동안 카인의 살인과 표적에 관한 문제는 나의 인식과 회의, 비판에 대한 출발점이 되었다.

다른 학생들도 데미안에게 관심이 많다는 걸 알게 됐다. 카인 이야기를 아무에게도 하지 않았는데도, 데미안은 학생들의 관심을 끌었다. 새로 전학 온 학생에 대한 여러 가지 소문이 많이 돌았다. 만일 그 소문 전부를 알게 됐더라면, 데미안에 대해 좀 더 잘 알 수 있었을지 모르겠다. 내가 알고 있던 사실은, 처음엔 데미안의 어머니가 상당한 부자라고 소문이 났다는 것뿐이다. 데미안과 마찬가지로 데미안의 어머니 역시 교회엔 전혀 가지 않는다고 했다. 어떤 사람은 데미안 모자가 유대인이라고 했고, 또 어떤 사람은 은밀한 회교도라고 주장했다. 막스 데미안의 괴력에 대한 동화 같은 이야기도 떠돌았다. 반에서 가장 힘이 셌던 녀석이 데미안에게 싸움을 걸다가 무시당하자 겁쟁이라고 욕을 했었는데, 데미안이 이 녀석을 무섭게 혼내주었다는 얘기였다. 그 광경을 본 아이들의 말로는, 데미안이 단지 한 손으로 멱살만 잡았을 뿐이었는데도 그 아이는 얼굴이 하얗게 질려 항복하고 도망을 쳤다는 것이다. 이후 며칠 동안 팔도 쓰지 못했다는 이야기도 있었는데, 심지어 어느 날 저녁에는 그 아이가 죽었다는 소문이 나기도 했다. 별별 소문들이 나돌았는데, 모두가 자극적이고 기이한 이야기들이었다. 그러고 나서 한동안 잠잠하더니 얼마 지나지 않아 새로운 소문이 돌았는데, 그 소문에 의하면 데미안이 어떤 여학생과 가깝게 사귀고 있고, 이미 '알건 다 알고 있다' 는 것이었다.

그러는 동안에도 프란츠 크로머와의 어쩔 수 없는 관계는 계속되었다. 난 좀처럼 그에게서 벗어나지 못했다. 며칠간 내버려 두었다 해도 사실상 난 그에게 꼼짝없이 묶여 있는 상태였다. 그는 꿈속에서도 그림자처럼 따라다녔다. 꿈속에 나타난 그는 현실에서 실제로 요구하지 않은 일까지 나에게 요구했다. 꿈속에서 나는 완전히 그의 노예였다. 원래 꿈을 많이 꾸던 나는 현실에서보다 이런 악몽 속에서 더 많은 시간을 보내며 힘을 잃고 생명을 잃어갔다. 특히 크로머가 나를 학대하고, 침을 뱉으며 무릎을 짓밟는 꿈을 자주 꾸었는데, 더 나쁜 꿈은 나로 하여금 심각한 범죄를 저지르도록 유혹하는 꿈이었다. 아니 유혹했다기보다는 강제적으로 시킨 것이었다. 그래서 가끔 거의 미칠 지경이 되어 깨기도 했는데, 그중 가장 끔찍했던 것은 아버지를 습격해 살해하도록 하는 꿈이었다. 한번은 꿈속에서 크로머가 날카롭게 갈아놓은 칼을 손에 쥐고 그와 함께 가로수 나무 뒤에 숨어 누군가를 기다리고 있었다. 나는 누구를 습격해야 할지 몰랐는데, 누군가 다가오자 크로머가 팔을 누르며 내가 찔러 죽여야 할 사람이라고 했다. 그 사람은 바로 아버지였다.

이런 일들과 관련해 카인과 아벨에 대한 이야기, 데미안에 관한 생각을 다시 곰곰이 하게 되었다. 다시금 데미안이 가까이 나타난 것은 이상하게도 또 꿈속에서였다. 또다시 학대와 폭력에 시달리는 꿈을 꾸었는데, 이번에 내 무릎을 짓밟은 것은 크로머가 아니라 데미안이었다. 그런데 그게 뭔가 이상하고 신기했다. 크로머가 그런 짓을 했을 때는 고통과 혐오감을 느낄 뿐이었는데 데미안에게서는 기쁨과 고통이 묘하게 섞여 있는 싫지 않은 감정을 느꼈다. 이

꿈을 두 번 꾸었는데, 그러고 나자 다시 크로머가 학대자의 위치로
나타났다.

　오래전부터 나는 꿈속에서의 일과 현실에서의 일을 분명하게 구
분할 수 없다. 어쨌든 크로머와의 부적절한 관계는 계속되었고, 그
러한 관계는 내가 좀도둑질을 해서 그에게 진 빚을 마침내 다 갚았
을 때에도 끝나지 않았다. 그는 나의 도둑질에 대해서 훤히 알고 있
었다. 크로머는 내가 돈을 갖고 올 때마다 어디서 났는지를 물었고,
그 때문에 나는 더욱 그의 손아귀에서 벗어나지 못했다. 그는 아버
지에게 모든 걸 일러바치겠다고 위협했고, 그럴 때마다 애초부터
그런 일을 하지 말았어야 했다는 후회와 함께 두려움이 커져갔다.
비참한 상황이기는 했지만, 한편으로 그 모든 일을 후회하기만 한
것은 아니었다. 적어도 늘 후회만 한 것은 아니었고, 때로는 이런
게 필연적이라고 느끼기도 했다. 어떤 숙명이 내 위에 드리워져 있
었고, 그걸 깨뜨리려는 시도는 부질없어 보였다.

　부모님도 이런 상황으로 인해 적지 않게 힘들어 했던 것 같다. 낯
선 영혼의 유혹에 빠진 나는 그토록 친밀했던 가족과 어울리지 못
했다. 그래서 마치 잃어버린 낙원에 대한 그리움처럼 가족에 대한
견딜 수 없는 향수가 밀려오기도 했다. 어머니로부터는 나쁜 아이
라기보다는 주로 아픈 아이 취급을 받았는데, 실제 상황이 어땠는
지는 누이들의 행동에서 잘 알 수 있다. 나를 매우 아끼면서도 끊임
없이 비참하게 만드는 누이들의 행동에는 내가 현재의 상황으로

인해 비난 받기보다는 탄식 받아야 하는 사람, 하지만 사악한 영에 사로잡힌 정신적으로 문제가 있는 사람이라는 태도가 여실히 드러났다. 가족들이 나를 위해 이제까지 드리던 기도와는 다른 기도를 드리고 있다는 걸 알았지만, 그런 기도가 헛된 것이라는 것도 알았다. 마음의 안정을 찾고 진정한 참회를 하고 싶다는 간절한 소망을 느꼈지만, 부모님께 그 모든 걸 사실대로 얘기하고 설명할 수 없다는 것 또한 느꼈다. 솔직히 말하면 친절하고 따뜻하게 나를 용서하고 다시 받아들일지도 모르는 일이었다. 하지만 그 모든 일을 완벽하게 이해해 줄 수는 없는 일이었고 그저 일종의 탈선 정도로 보일지 몰랐다. 그렇지만 내게 그건 운명이었다.

열한 살도 되지 않은 아이가 이렇게 느낄 수 있다는 걸 많은 이들은 믿지 못할 것이다. 그런 사람들에게 내 문제를 이야기하는 것은 아니다. 나는 인간의 본질을 보다 잘 알고 있는 사람들에게 이야기하는 것이다. 자기 감정의 일부분을 사상으로 바꾸도록 배운 어른들은 아이들에게는 자기만의 견해나 경험이 없다고 생각한다. 하지만 내 인생에서 그때처럼 절실한 체험과 고민을 해본 적은 없었다.

어느 비 오는 날이었다. 크로머에게서 성 앞 광장으로 나오라는 명령을 받았다. 난 그를 기다리는 동안 물에 젖은 검은 밤나무에서 쉴 새 없이 떨어진 나뭇잎을 발로 헤집고 있었다. 돈을 구하지 못해 대신 크로머에게 뭐라도 주기 위해 케이크 두 조각을 챙겨 가져왔다. 이미 난 이렇게 구석진 곳에서 크로머를 오랜 시간 동안 기다리는 데 익숙해져 있었다. 어쩔 수 없는 건 받아들여야 했다.

마침내 크로머가 도착했다. 그날 그는 오래 머무르지 않았다. 내 가슴팍을 가볍게 치고 웃더니 케이크를 받아 들고 젖은 담배 한 개비를 내게 권했다. 그걸 받진 않았지만, 크로머는 평소와 달리 친절한 척했다.

헤어지려는 차에 그가 말했다. "그래, 잊어버리기 전에 말해두는 건데, 다음번엔 누나를 데리고 나와. 이름이 뭐였더라?"

무슨 말을 하는 건지 도무지 이해가 가지 않았던 나는 대답도 못 하고 그저 어리둥절한 표정으로 크로머를 바라보았다.

"내 말 못 알아듣겠어? 네 누나를 데리고 오라고."

"무슨 말인지 알겠는데, 그런데 그건 안 돼. 그렇게 할 수 없어. 누나도 오려 하지 않을 거고."

지금까지 그랬던 것처럼 이것 역시 핑계와 구실일 뿐이었다. 크로머는 어떻게든 불가능한 것을 요구해 기를 꺾고 꼼짝 못하게 만들어 자신의 의도대로 협상을 진행했다. 그러면 난 약간의 돈이나 다른 선물 같은 걸로 그의 요구를 만족시켜야 했다.

그러나 이번 경우는 완전히 달랐다. 내가 거절했는데도 그는 전혀 화를 내지 않았다.

"그래, 그렇단 말이지." 대수롭지 않다는 듯이 그가 말했다. "그럼 잘 생각해 봐. 난 네 누나랑 잘 지내고 싶어. 한번 사귈 수도 있는 거잖아. 넌 그저 누나를 산책길에 데리고 나오기만 하면 되는 거야. 그러면 내가 그곳으로 갈 테니까. 내일 내가 휘파람을 불게. 그때 다시 얘기하자."

크로머가 떠나고 나자, 갑자기 그가 원하는 것이 무엇인지 짐작이 갔다. 나는 아직 어린 소년에 불과했다. 하지만 소년 소녀들이 좀 더 나이가 들면 은밀하고 야릇한, 어떤 금지된 일을 서로 저지를 수 있다는 걸 소문을 들어 알고 있었다. 어떻게 해야 좋을지 몰랐지만, 어쨌든 그건 끔찍한 일임이 분명했다. 그런 건 절대 하지 않으리라는 결심은 곧 확고해졌다. 누나를 데려가지 않는다면 어떻게 될까, 그럴 경우 크로머가 어떻게 보복해 올까 하는 문제에 대해선 감히 생각해볼 겨를이 없었다. 새로운 고문이 시작되었다. 그동안 받은 고통으로 충분치 않았던 것이다.

두 손을 주머니에 찔러 넣은 채 절망적으로 아무도 없는 빈 광장을 가로질러 걸었다. 새로운 고통, 새로운 노예생활의 시작이었다. 그때 누군가가 중저음의 목소리로 크게 나를 불렀다. 깜짝 놀란 나는 달아나기 시작했다. 어떤 사람이 따라와서 한 손으로 나를 살며시 잡았다. 막스 데미안이었다.

나는 붙잡힌 채로 가만히 있었다.

"난 또 누구라고. 놀랐잖아!" 불안한 표정으로 내가 말했다.

그는 나를 바라보았다. 그의 눈빛이 이때만큼 그렇게 어른스럽고 압도적인 적은 없었다. 마치 사람의 마음을 꿰뚫어보는 듯했다. 그동안 우린 오랫동안 서로 이야기를 나누지 못했었다.

"미안." 점잖고 단호한 어조로 그가 말했다. "그런데 그렇게 놀랄 필요는 없잖아."

"어, 그런데 좀 놀랐어."

"그렇게 보여. 하지만 들어봐. 너한테 아무 짓도 하지 않은 사람 앞에서 그렇게 기겁을 하면, 그 사람은 이상한 생각을 하게 돼. 궁금한 생각이 들기 시작하는 거지. 네가 특이하게도 잘 놀란다고, 뭔가를 두려워하기 때문에 그러는 거라고 말이야. 겁쟁이는 항상 뭔가에 대한 두려움이 있거든. 그렇다고 네가 원래부터 겁쟁이라고 생각하는 건 아니야. 그렇다고 뭐 어떤 영웅 같은 사람도 아니지만. 지금 넌 무언가를 두려워하고, 누군가를 두려워하고 있는 거야. 하지만 그래선 안 돼. 절대 사람을 두려워해서는 안 돼. 설마 날 두려워하는 건 아니지, 그렇지?"

"아니야, 전혀 아니야."

"그래, 그렇구나. 하지만 두려워하는 사람이 있는 거지?"

"잘 모르겠어. 이제 그만 좀 해. 나한테 원하는 게 뭔데?"

난 데미안과 함께 조금 걸었다. 그에게서 도망치고 싶은 마음에 더 빨리 걸었지만, 옆에서 그의 시선이 느껴졌다.

"이렇게 생각해보자. 난 네게 호감을 가지고 있어. 그러니까 날 두려워할 필요는 없어. 너하고 한 가지 실험을 해보고 싶어. 재미도 있고, 그러면서 뭔가를 배울 수 있을 거야. 자, 잘 들어봐! 난 가끔 독심술이라고 하는 걸 해. 무슨 마법 같은 건 아닌데, 잘 모르는 사람들에게는 아주 신기해 보이는 거야. 그걸로 사람들을 깜짝 놀라게 할 수도 있거든. 한번 해볼게. 그러니까 난 널 좋아하고 너한테 관심이 있어. 그래서 이제 네 속마음이 어떤지 알아보고 싶어. 이미 시작은 했어, 아까 널 놀라게 했으니까 말이야. 그러니까 넌 잘 놀라는 편이야. 네가 두려워하는 어떤 일이나 사람이 있기 때문이지. 도대체 그 이유가 뭘까? 그 누구에게도 두려움을 가질 필요는 없어. 누군가를 두려워한다면, 그건 그 누군가에게 자기 자신을 지배할 힘을 내어줬다는 거야. 예를 들어 뭔가 나쁜 짓을 했는데, 다른 사람이 그걸 알게 된 거지. 그러면 그 사람이 너에 대한 힘을 갖게 되는 거야. 무슨 얘긴지 알겠지?

난 당황스러워하며 그를 바라보았다. 여느 때처럼 그의 얼굴은 진지하고 영특해 보였다. 너그러운 모습이었지만, 부드럽기보다는 엄격했다. 어떤 정의감 내지는 그 비슷한 무엇이 표정에 깃들어 있었다. 난 어찌된 영문인지 몰랐고 마음이 복잡했다. 데미안은 마치 마법사처럼 내 앞에 서 있었다.

"무슨 말인지 알겠지?" 다시 한번 그가 물었다.

난 고개를 끄덕였지만, 아무 말도 할 수 없었다.

"독심술이라는 게 이상하게 보일 수 있다고 하긴 했지만 그건 극히 자연스러운 거야. 예를 들어 다른 이야기이긴 하지만, 언젠가 카인과 아벨 이야기를 했을 때 네가 날 어떻게 생각했을지 제법 정확히 말해 줄 수 있어. 한번쯤은 네가 내 꿈을 꾸었을 것도 같고. 이

애긴 이제 그만두자. 넌 똑똑한 아이야. 대부분의 아이들은 멍청한데 말이야. 난 가끔 믿음이 가는 똑똑한 친구들과 이야기하는 게 좋아. 너도 좋지?"

"그럼, 좋아. 근데 무슨 말인지 전혀 모르겠어."

"그럼 다시 아까 했던 실험을 계속해보자. 우리가 알게 된 건 이거야. 어떤 소년이 뭔가에 잘 놀라고, 누군가를 두려워해. 아마도 다른 사람에게 몹시 불편한 비밀 하나를 들킨 거야. 대충 맞지?"

나는 꿈속에서처럼 그의 목소리와 영향력에 압도당하고 말았다. 난 그저 고개만 끄덕였다. 그의 목소리가 들려주는 이야기, 그건 나만이 알 수 있는 이야기였다. 그 모든 걸 어떻게 다 알고 있었던 것일까? 그 모든 걸 어떻게 나보다 더 많이, 더 정확히 알고 있었던 것일까?

데미안은 내 어깨를 힘차게 두드렸다.

"그러니까 내 말 틀린 거 아니지? 그럴 것 같았어. 이제 질문 하나만 더 할게. 조금 전에 너하고 헤어진 그 친구 이름이 뭐야?"

나는 소스라치게 놀랐다. 비밀을 들키고 말았다는 사실이 고통스러웠다. 비밀이 드러나기를 원치 않았다.

"어떤 친구 말이야? 나밖에 없었는데."

웃음을 보이며 데미안이 말했다.

"그냥 말해봐. 이름이 뭔데?"

거의 들리지도 않을 만한 목소리로 내가 말했다. "프란츠 크로머 말하는 거야?"

데미안은 만족스럽다는 듯이 고개를 끄덕였다.

"좋았어! 그래, 넌 괜찮은 녀석이야. 우린 계속 친구가 될 거야. 이제 한 마디만 할게. 이름이 뭐든 간에 그 크로머라는 녀석 나쁜 놈이야. 얼굴만 봐도 악당이란 걸 알 수 있지, 그렇지 않아?"

"그렇고말고." 나는 한숨을 내쉬었다. "나쁜 놈이야. 악마 같은 녀석이지. 하지만 그 녀석에게 들키면 안 돼. 정말이야, 들키면 안 된다고. 그 녀석 알아? 그 녀석도 너 알고?"

"진정해! 그 녀석 벌써 가고 없으니까. 그리고 그 앤 나 몰라. 아직은 몰라. 하지만 내가 그 애를 알고 싶어지는데. 공립학교 다니지?"

"응."

"몇 학년이야?"

"오 학년. 하지만 아무 말도 말아줘. 제발 부탁이야. 아무 말도 하지 마."

"걱정하지 마, 너한텐 아무 일도 없을 거야. 크로머에 대한 얘기 좀 해봐."

"해줄 수 없어, 안 돼, 나 좀 내버려둬."

데미안은 한동안 말이 없었다.

"유감인데. 이 실험을 좀더 해볼 수도 있었을 텐데. 하지만 널 괴롭히고 싶지는 않아. 그 애를 두려워한다는 게 옳지 않다는 건 너도 잘 알고 있잖아. 그런 두려움이 우리 자신을 완전히 망가뜨리는 거야. 거기서 벗어나야 돼. 제대로 된 사내 녀석이 되려면 두려움을 떨쳐내야 한다고, 알겠니?"

"물론 네 말이 옳아. 하지만 그게 그렇게 안 돼. 네가 모르는 것도 많고."

"네가 생각하는 것보다 훨씬 더 많이 알고 있다는 걸 너도 봤잖아. 그 녀석에게 돈 빚진 거라도 있어?"

"어, 그렇기도 해. 하지만 그게 중요한 문제는 아니야. 그걸 말할 순 없어. 말할 수 없다고!"

"그 녀석에게 빚진 돈을 내가 줘도 아무 소용이 없니? 그 정돈 내가 줄 수 있는데."

"아니야, 그런 게 아니라니까. 제발 부탁이야. 거기에 대해선 아무 말도 하지 말아 줘. 단 한마디도! 그렇게 하는 게 날 도와주는 거야."

"날 믿어, 싱클레어. 언젠간 네가 나에게 그 비밀을 털어놓게 될 거야."

"아니, 절대 그럴 일 없을 거야."

"전부 너 좋을 대로 해. 시간이 좀 지나면 언젠간 많은 걸 얘기해 주겠지. 물론 네 스스로 말이야. 설마 나도 크로머 같은 짓을 할 거라고 생각하는 건 아니지?"

"물론 그렇지 않아. 하지만 그 일에 대해선 아무것도 모르잖아."

"그래, 아무것도 몰라. 난 그저 생각만 해본 것뿐이야. 난 절대로 크로머 같은 짓은 하지 않아. 그건 믿어도 좋아. 네가 나에게 빚진 건 아무것도 없잖아."

우리는 한참을 아무 말 없이 서 있었고, 그러는 동안 나는 마음이 진정되었다. 하지만 데미안이 그 일을 알게 된 것은 수수께끼 같은 일이었다.

"이젠 집에 가야겠다." 빗속에서 외투를 여미며 그가 말했다. "이미 많은 얘기를 했으니까, 한 마디만 더 하고 갈게. 넌 그 녀석을 떨쳐버려야 해. 정 안 된다면 때려죽이던가. 네가 그렇게만 할 수 있다면 나도 좋을 거야. 내가 도와줄 수도 있고."

새로운 불안이 엄습해왔다. 갑자기 카인의 이야기가 다시 떠올랐다. 겁이 난 나는 울기 시작했다. 너무나 무시무시한 일들이 내 주위를 에워싸고 있었다.

"그럼 좋아." 데미안이 미소를 지으며 말했다. "일단은 집으로 가. 우린 꼭 그렇게 할 거야. 때려죽이는 게 가장 간단한 방법이긴 하지만 말이야. 그런 문제를 해결하는 데는 가장 간단한 방법이 가장 최선의 방법이거든. 네가 크로머 같은 못된 녀석의 손아귀에 놀아나서는 안 되지."

난 집으로 돌아왔다. 일 년쯤 세상을 떠돌다 돌아온 것 같았다. 모든 게 다 달라 보였다. 나와 크로머 사이에 뭔가 미래, 희망 같은 것이 생겨난 것 같았다. 나는 더 이상 혼자가 아니었다. 내가 혼자서 비밀을 떠안고 지난 몇 주 동안 얼마나 두려움에 떨었는가를 이제 비로소 깨닫게 되었다. 그동안 여러 번 곰곰이 생각해보았던 일이 떠올랐다. 부모님 앞에서의 고해가 마음의 부담을 덜어주기는 하겠지만, 완전한 구원이 되지는 않으리라는 생각이었다. 난 조금 전에 다른 사람, 낯선 사람에게 고해와 같은 고백을 했다. 구원의 예감이 짙은 향기처럼 풍겨왔다. 그럼에도 난 오랫동안 두려움을 극복하지 못했다. 나의 적인 크로머와의 길고 두려운 싸움을 각오했다. 그런데 그럴수록 이상하게도 모든 일들이 너무나 고요하고 은밀하고 조용했다.

집 앞에서 들려오던 크로머의 휘파람 소리가 하루, 이틀, 사흘, 일주일이 지나도 들리지 않았다. 이런 상황이 꿈이 아닐까 하는 생각이 들었다. 전혀 예기치 않은 순간에 갑자기 들이닥치지 않을까 조바심도 났지만, 그의 모습은 여전히 보이지 않았다. 다시 찾아온 자유가 믿어지지 않았다. 그러다 마침내 자일러 골목을 돌아 나오는 크로머를 만나게 되었다. 나를 발견한 그는 어깨를 움츠리고 얼굴을 잔뜩 찡그리더니 못 본 척 그냥 돌아갔다. 전혀 의외의 순간이었다. 나의 적이, 사악한 악마가 날 피해 달아난 것이었다. 놀라움과 기쁨이 온몸을 뚫고 지나가는 것 같았다.

이 무렵 데미안을 다시 만났다. 학교 앞에서 날 기다리고 있었다.

"안녕."

"안녕, 싱클레어. 잘 지내는지 궁금했어. 이젠 크로머가 널 괴롭히지 않지, 그렇지?"

"네가 그랬어? 도대체 어떻게 한 거야? 어떻게 된 건지 모르겠어. 그 녀석 전혀 나타나질 않아."

"그거 잘 됐네. 그 녀석 다신 나타나지 않을 거야. 하지만 워낙 뻔뻔한 놈이니까 혹시 나타나면 그냥 날 생각하라고 그래."

"어떻게 된 거야? 걔랑 싸운 거야, 실컷 두들겨줬어?"

"아니, 난 그런 것 별로 안 좋아해. 너한테처럼 그냥 얘기만 했어. 널 가만히 내버려두는 게 좋을 거라는 것만 확실히 해뒀지."

"설마 걔한테 돈 준 건 아니지?"

"아니야. 그 방법은 너도 써 봤잖아."

어찌된 영문인지 좀 더 자세히 물어보려 했지만, 데미안은 가버렸다. 나는 고마움과 부끄러움, 경탄과 두려움, 그에 대한 호감과 내면의 거부가 뒤섞인, 예전부터 느끼던 답답함을 느끼며 그 자리에 혼자 남았다. 머지않아 다시 만나게 되면 카인 이야기를 포함해 그 모든 일에 대해 좀 더 많은 대화를 나누리라는 마음을 먹었다. 그런데 그렇게 되지 않았다.

무언가에 대해 감사한다는 건 내가 믿는 한 미덕이 아니다. 더욱이 어린아이에게 감사함을 요구한다는 것은 옳지 않아 보인다. 그래서인지 그때 데미안에게 감사의 표현을 하지 않았던 건 지금 생각해도 별로 놀랍지 않다. 데미안이 크로머의 손아귀에서 날 구해주지 않았더라면, 내 인생은 분명 병들어 망가져버렸을 것이다. 당시 난 이런 해방의 감정을 유년기에 겪은 최고의 경험으로 느꼈다.

하지만 난 날 구제해준 당사자를 그 해방의 순간에 잊어버렸다. 이미 말했듯이 감사의 표현을 하지 않는다는 것이 내겐 이상한 일이 아니다. 이상한 것은 오히려 내가 보였던 무관심이다. 내 마음을 혼란스럽게 했던 그 비밀들을 모른 척하고 하루하루를 평온하게 살아갔다. 카인 이야기와 크로머에 대해, 독심술에 대해 더 알고 싶은 욕망을 참아가며 살아갔다.

잘 이해가 가지 않았지만 사실이 그랬다. 갑자기 악마의 소굴에서 벗어난 나 자신을 발견했고, 내 앞에 놓인 세상은 다시 밝고 즐거워 보였다. 더 이상 두려움과 가슴을 옥죄는 거친 심장소리는 들리지 않았다. 고통의 질곡이 풀렸고, 나는 이제 괴롭힘을 당하는 저주받은 사람이 아니었다. 다시 예전의 학생으로 돌아갔다. 나의 본성은 가능한 한 빨리 평온과 안정을 되찾으려 노력했고, 무엇보다 그 추하고 위협적인 일들을 나 자신에게서 떨쳐버리려 애를 썼다. 길었던 죄와 공포의 역사가 흔적도 없이 기억에서 미끄러지듯 사라져갔다.

당시 나는 날 도와주고 구원해준 사람을 빨리 잊으려 했다. 그건 내가 크로머 때문에 어쩔 수 없이 노예처럼 겪어야 했던 저주 받은 비참한 삶의 질곡으로부터 상처받은 영혼의 모든 충동과 힘을 쏟아 이전의 행복하고 만족스러운 세계로 도망쳐 나왔기 때문이었다. 그곳은 다시 열린 잃어버린 낙원이었고, 아버지와 어머니, 누이들이 있는 밝은 세계, 좋은 향기가 풍기는 곳, 아벨에 대한 신의 사랑이 있는 곳이었다.

데미안과 짧은 대화를 나누고 난 그 날, 다시 얻게 된 자유에 대해 확신이 들고 불행했던 이전의 삶으로 돌아가지 않으리라는 믿음이 생기자 어머니에게 모든 것을 털어놓았다. 돈 대신 장난감 동전으로 채워져 있던 저금통, 자물쇠가 망가져 있던 저금통을 보여주며 그동안 나 자신의 과오로 인해 얼마나 오랫동안 끔찍한 고통을 받아왔는가를 고백했다. 어머니는 그 모든 걸 완전히 이해하지는 못했지만, 나의 저금통과 달라진 눈빛, 그리고 한층 밝아진 목소리를 보고 들으며 내가 회복되었음을, 다시 태어났음을 느꼈다. 잃어버린 탕아가 고향에 돌아와 가족의 품에 다시 안긴 것 같아 가슴이 벅차올랐다. 어머니는 날 아버지에게로 데려가 내게 들었던 이야기를 다시 하셨다. 놀라움의 탄성과 질문이 쏟아졌다. 아버지와 어머니는 내 머리를 쓰다듬어주며 오랫동안 짓눌려왔던 무거운 마음에서 벗어나 안도의 한숨을 쉬었다. 그 모든 일이 마치 소설에 나오는 이야기 같았고 놀랍도록 멋있고 조화로웠다. 나는 열정을 다해 이러한 조화로운 생활 속으로 도피해 들어갔다. 마음의 평화와 부모님의 신뢰를 다시 얻었다는 사실이 너무나 좋았다. 난 다시 모범 소년이 되었고, 누이들과 이전보다 더욱 친하게 지냈다. 저녁기도 시간에는 구원받은 자와 회개하는 자의 심정으로, 거짓 없는 진실된 마음으로 예전에 좋아했던 찬송가를 함께 불렀다.

그럼에도 불구하고 무언가가 잘못돼 있었다. 데미안을 잊고자 했던 것은 바로 이러한 이유 때문이었다. 난 데미안에게 참회를 했어야 했다. 집에서의 참회처럼 화려하거나 감동적이지는 않았을지 모르지만, 그에게 하는 참회의 결과는 훨씬 더 좋았을 것이었다. 하지만 고향에 돌아와 관대한 대접을 받고 있는 나는 예전의 낙원 같은 세계에 다시 뿌리를 내리고 있었다. 그에 비해 데미안은 이 세계에 속하지도 않았고 어울리지도 않았다. 그는 크로머와 달랐지만, 어떤 의미에서는 나를 다른 세계, 추하고 악한 세계와 연결시킨 유혹자이기도 했다. 이제 난 앞으로 그런 세계에 대해선 아무것도 알고 싶지 않았다. 겨우 다시 아벨의 위치로 돌아온 내가 아벨을 부정하고 카인을 찬양할 수는 없는 노릇이었고, 그럴 의향도 없었다.

표면적인 상황이 그랬다. 그러나 내면적인 상황은 달랐다. 크로머라는 악마의 손에서 풀려났긴 했지만, 나 자신의 힘과 능력으로 풀려난 것은 아니었다. 좁은 길을 가려 했지만, 그 길은 너무나 미끄러웠다. 친구의 도움으로 구원을 얻은 나는 경건하고 따스한 유년 시절의 안락함을 찾아 어머니의 무릎 위로 되돌아왔다. 이제 난 나 자신을 실제보다 더욱 어리고 의존적으로 만들었다. 크로머에 대한 예속을 다른 무엇으로 대치해야만 했다. 더 이상 혼자서 걸을 수 없었기 때문이다. 그래서 난 맹목적인 마음에 아버지와 어머니의 세계, 익숙하고 사랑스러운 밝은 세계에 예속되기로 했다. 그렇지만 그러한 세계가 유일한 세계가 아님은 잘 알고 있었다. 만일 내가 그렇게 하지 않았더라면, 데미안에게 매달려 그에게 속마음을 모두 털어놓았어야 했을 것이다. 그렇게 하지 않은 건 당시 그가 보여준 낯선 사고에 대한 당연한 불신 때문이었을지도 모른다. 하지만 사실 그것은 두려움이었다. 데미안이 나에게 훨씬 더 많은 것을, 부모님보다 더 많은 것을 요구할지도 모른다는 두려움, 온갖 충동과 경고, 조롱과 반어로 나 자신을 독립시키려 할지 모른다는 두려움이었다. 그러나 지금은 알고 있다. 자기 자신에게로 이끄는 길을 가는 것보다 더 힘들고 어려운 건 세상에 없다는 것을.

약 반 년쯤 지난 어느 날, 산책길에서 난 아버지에게 많은 사람들이 아벨보다 카인이 더 좋은 사람이라고 말하는 것에 대해 어떻게 생각하는지를 여쭤보았다. 상당히 놀란 아버지는 그러한 생각 역시 전혀 새로울 것이 없는 해석이라고 설명하였다. 이미 원시 기독교 시대부터 있어왔고 소위 '카인교도'라고 불리는 종파에서 가르쳤던 견해로, 우리의 믿음을 파괴하는 악마의 시도에 불과한 엉터리 가르침이라는 것이었다. 만일 카인이 옳고 아벨이 옳지 않다고 한다면, 하느님이 잘못되었다는 결과, 즉 성서의 하느님이 유일신이 아니라 거짓 신이라는 결과가 나오기 때문이라는 것이었다. 실제로 카인교도들이 그 비슷한 이야기를 가르치고 설교하기도 했지만, 이런 이교도들의 주장은 이미 오래전에 사라졌다고 했다. 아버지는 이런 이야기를 학교 친구로부터 내가 들을 수 있었다는 사실이 놀라운 뿐이라 했다. 그러면서 이런 생각은 멀리 해야 한다고 진지하게 경고했다.

3

십자가 위의 도둑

아버지와 어머니 곁에서 아무런 걱정 없이 보낸 유년 시절에 대해, 온화하고 밝은 환경 가운데 여유롭고 넉넉하게 살아가는 어린 아이의 삶에 대해 이야기하는 것은 아름답고 사랑스러운 것일지도 모른다. 그러나 내가 가장 흥미를 느꼈던 것은 오직 나 자신에 이르기 위해 걸어왔던 인생의 발자취이다. 낙원과 같았던 행복했던 시간과 장소의 마력이 기억에서 사라진 것은 아니지만, 이젠 그 모든 것을 아득한 광채로 남겨두고 다시 그곳으로 돌아가지 않으려 한다. 그런 의미에서 유년기에 겪었던 또 다른 경험, 나를 내몰고 휘몰아쳤던 새로운 사건들에 대해 이야기해본다. 이러한 자극은 늘 '다른 세계'에서 다가와 불안과 강압, 양심의 가책을 동반한 혁명적인 것으로, 내가 기꺼이 머물고자 했던 평화로운 상태를 뒤흔들었다.

　허용된 세계, 밝은 세계에선 반드시 숨기고 은폐시켜야 하는 원시적 충동이 내 안에도 살고 있다는 새로운 사실을 발견해야 했던 시절이었다. 누구나 그렇듯이 내게도 성에 대한 호기심이 금기나 유혹, 죄악으로서 이를테면 일종의 적과 파괴자처럼 갑자기 생겨났다. 호기심과 꿈, 쾌락과 불안이 가져다준 사춘기의 커다란 비밀은 어린 시절의 아늑한 평화와 어울리지 않았다. 나는 다른 아이들과 똑같이 행동했다. 이젠 더 이상 아이가 아닌 아이의 이중생활을 했다. 나의 의식은 친숙하고 허용된 밝은 세계에 살고 있었고 희미하게 떠오르는 새로운 세계를 부정했다. 그러면서 세속적인 꿈과 충동, 은밀한 소망 속에서도 살았다. 유년기의 세계가 내 안에서 무너져가면서, 두 세계 사이에 놓여 있던 다리는 점점 위태로워졌다.

　대부분의 부모들과 마찬가지로 부모님 역시 새롭게 깨어나는 생명의 충동에 대해서는 침묵하며 모른 척했다. 다만 현실을 부정하고, 점점 더 비현실적이고 위선적으로 되어가는 어린아이의 세계에 안주하려는 나의 절망적인 노력을 끊임없이 걱정하고 도와줄 뿐이었다. 난 이런 문제에 대한 부모들의 역할에 대해 회의가 들기 때문에, 부모님을 비난하지 않는다. 자신을 발견하고 자신이 가야 할 길을 찾는 것은 내가 해야 할 일이었다. 하지만 대부분의 유복한 집안 아이들처럼 자기의 길을 찾는 것은 무척 힘들었다.

　누구나 이런 어려움을 겪는다. 평범한 사람들에게는 이때가 인생의 분기점이다. 자기 자신의 삶에 대한 요구가 주변 세계와 가장 극심하게 대립하는 시기이고, 앞으로 가야 할 길을 찾는 일이 가장 힘든 시기이다. 유년기가 허물어지고 서서히 와해되어갈 때, 이전에 사랑하던 모든 것들이 우리를 떠나려 하고 우주에 혼자 남겨진 것 같은 싸늘한 고독이 갑자기 주위를 둘러싸고 있음을 느낄 때, 대부분의 사람들은 숙명적으로 죽음과 새로운 탄생을 체험한다. 그리고 더욱 많은 사람들이 평생 동안 이러한 절벽에 매달려 돌이킬 수 없는 과거와 잃어버린 낙원에 대한 꿈에 집착하는데, 이것이 모든 꿈 중에서도 가장 고통스럽고 가장 끔찍하다.

유년기의 종말을 고했던 느낌과 꿈에 대해 이야기하는 건 이쯤 해둬야겠다. 중요한 건 '어두운 세계', '다른 세계'가 다시 나타났다는 것이다. 한때 프란츠 크로머였던 것이 당시 내 마음속에 박혀 있었다. 그와 더불어 '다른 세계'가 외부로부터 다시금 나에 대한 권력을 얻게 되었다.

크로머 사건 이후 몇 년이 지나고 나서였다. 죄악으로 가득 찼던 내 삶의 드라마 같은 시간이 멀어지며 마치 짧은 악몽처럼 사라져 가던 때였다. 프란츠 크로머는 이미 오래전부터 나의 인생에서 사라졌고 어쩌다 마주치는 일이 있어도 신경 쓰지 않았다. 하지만 비극의 또 다른 주인공인 막스 데미안은 사라지지 않았다. 별다른 영향을 미치진 않았지만 그는 늘 일정한 거리를 유지하며 오랜 동안 내 주변에 머물렀다. 그러던 그가 다시금 서서히 다가왔고, 힘과 영향력을 행사하기 시작했다.

그 시절 데미안에 대해 알고 있던 것들을 떠올려 보려 한다. 일 년 남짓 단 한 번도 대화를 나누지 않았던 것 같다. 내가 데미안을 피했고, 데미안도 억지로 다가오지 않았다. 한 번 마주쳤을 때에도 고개만 끄덕였을 뿐이었다. 가끔씩 그의 다정함에 조소와 반어적 인 비난이 들어있는 것 같았는데, 그건 어디까지나 내 생각이었다. 데미안과 함께 겪었던 사건과 당시 그가 내게 끼쳤던 이상한 영향 은 그나 나나 모두 잊은 듯했다.

지금 생각해보면, 데미안은 늘 주변에 모습을 나타냈고 내 눈에 도 띄었다. 데미안의 모습을 떠올려보니, 학교 가는 장면이 보인 다. 혼자서 혹은 키 큰 학생들 사이에서, 말없이 외롭게, 독특한 분 위기를 풍기고 자기만의 법칙에 따라 살면서, 마치 하늘에 떠다니 는 별처럼 움직이는 모습이 보인다. 그를 좋아하는 사람은 아무도 없었다. 그와 친하게 지내는 사람도 자기 어머니 말고는 아무도 없 었다. 어머니를 대하는 모습도 어린아이가 아니라 어른의 태도처 럼 보였다. 선생들은 될 수 있는 대로 그를 내버려두었다. 착한 학 생이긴 했지만, 그 누구의 마음에 들려고 하지 않았다. 우리는 간혹 그가 선생에게 했다는 어떤 말 한 마디, 도전적이고 비꼬는 식으로 비칠 수 있는 항의 같은 말들을 소문으로 들었다.

눈을 감고 생각해보니 데미안의 형상이 떠오른다. 그의 모습이 다시 나타난 곳은 우리 집 앞 골목길이다. 어느 날 그가 그곳에서 수첩을 들고 그림을 그리는 모습을 보았다. 위에 걸려 있던 새 모양의 오래된 문장을 그리고 있었다. 난 창가 커튼 뒤에 숨어 그를 바라보았다. 문장을 바라보며 깊은 경탄에 빠져 있는 그의 얼굴은 무언가에 집중하는 모습이었고 차가워 보였지만 밝았다. 마치 어른의 얼굴, 학자나 예술가의 얼굴 같았고, 의지에 가득 찬, 뭔가를 알고 있는 두 눈을 지닌 정말 밝고 차가운 얼굴이었다.

다시 그의 모습이 보인다. 그 후 얼마 지나지 않아 거리에서였다. 학교를 마치고 집으로 돌아가던 우리는 쓰러진 말 주위에 서 있었다. 말은 수레에 매인 채로 마차 앞에 스러져 무언가를 찾는 듯이 커다란 콧구멍을 연신 벌름거리며 옆구리에서 피를 흘리고 있었다. 상처에서 흘러나온 피는 거리의 먼지와 검붉게 뒤섞였다. 난 속이 메스꺼워 고개를 돌리다 데미안의 얼굴을 보았다. 늘 그렇듯이 데미안은 앞으로 나오지 않고 맨 뒤에서, 편안하고 우아한 모습으로 그 광경을 지켜보고 있었다. 말 머리를 바라보고 있는 것 같던 그의 시선은 여전히 깊고 고요하면서도 격정적이지만 한편으론 냉정하게 느껴지는 집중력을 갖고 있었다. 오랫동안 난 그를 쳐다보지 않을 수 없었는데, 그때 분명치 않지만 무언가 특별한 걸 느꼈다. 데미안의 얼굴을 다시 보았다. 그의 얼굴은 소년의 얼굴이었고 어른의 얼굴이었다. 난 더 많은 것을 보았다. 본 것 같기도 하고 느낀 것 같기도 했다. 그의 얼굴은 어른의 얼굴이 아닌 또 다른 무엇이었다. 여자의 얼굴 같기도 했고, 얼핏 보면 남자나 소년의 얼굴도 아니었다. 나이가 들었다거나 어리지도 않은, 천 년의 세월이 지난, 어쩌면 시간을 초월하는, 우리가 경험하는 시간대와는 다른 세계에 살고 있는 것 같은 모습이었다. 짐승이나 나무, 혹은 별들이 그렇게 보일 수 있었다. 지금은 성인이 된 내가 말하고 있는 것을 당시에는 정확히 알지도 못했고 느끼지도 못했지만, 그런 비슷한 모습이었다. 아름답기도 했고, 마음에 들기도 했고, 거슬리기도 했던 것 같아 잘 구분이 되지 않았다. 다만 그는 우리와 달랐다. 마치 한 마리 짐승, 유령, 혹은 어떤 형상 같기도 했는데, 당시 그의 모습이 어땠는지는 지금도 잘 모르겠다. 어쨌든 그는 상상할 수 없을 정도로 우리와 달랐다. 더 이상은 기억나지 않는다. 이것조차도 부분적으로는 나중에 받은 인상들로 만들어진 것일지 모른다.

몇 년이 지난 후에야 비로소 나는 그와 다시 가까운 관계를 맺게 되었다. 당시 데미안은 같은 또래의 아이들이 관습적으로 받았던 견진성사를 받지 않았고, 그래서 다시금 그에 대한 소문이 돌았다. 데미안이 유대인이라거나 혹은 이교도라는 얘기가 학교에 떠돌았다. 어떤 사람들은 데미안이 자기 어머니와 함께 아무 종교도 갖고 있지 않다거나 혹은 엉터리 이단종파에 소속되어 있다고 했다. 그와 관련해 데미안이 자기 어머니와 마치 애인처럼 살고 있다는 의심스런 소문도 들렸다. 추측컨대 그가 지금까지 아무런 신앙생활도 하지 않은 채 양육 받은 것이 이유인 것 같았다. 그런데 그 점이 데미안의 장래에 있어 어떤 지장을 초래할지도 모른다는 우려를

낳았던 것 같다. 어쨌든 그의 어머니는 자기 아들을 또래보다 이 년 늦게야 비로소 견진성사를 받게 할 결심을 했다. 그렇게 해서 데미안이 몇 달 동안 견진성사 준비를 위한 수업에 같은 반 친구로 오게 되었다.

난 한동안 데미안과 거리를 두었다. 온갖 소문과 비밀에 싸여 있던 그와 어울리고 싶지 않았다. 무엇보다 크로머 사건 이후로 내게 남아 있던 빚진 마음이 그에게 다가서는 걸 방해했기 때문이다. 또 당시에는 나 혼자만의 비밀을 감당하기에도 벅찼다. 견진성사 수업시간과 성 문제에 대해 눈을 뜨기 시작한 시기가 겹쳤고, 그로 인해 좋은 의도에도 불구하고 경건한 가르침에 대해 관심을 갖기가 무척 힘들었다. 신부님의 이야기는 고요하고 성스러운 세계, 비현실적인 세계에나 있을 것 같아 귀에 들어오지 않았다. 그런 이야기들은 아름답고 가치 있어 보였지만, 현실적이지 못했고 아무런 자극을 주지 못했다. 하지만 성에 관한 이야기는 그 반대였다.

이런 상황에서 수업에 집중하지 못하게 될수록, 나의 관심은 점점 데미안에게로 향했다. 어떤 실마리가 우리를 묶어주고 있는 것 같았다. 내 기억이 맞는 한, 아직 교실에 불이 켜져 있던 이른 아침 시간의 일이었다. 신부였던 종교 선생님이 카인과 아벨 이야기를 하고 있었다. 난 선생님 이야기에 주목하지 않았다. 졸렸고 수업에 집중하지 못했다. 그때 신부님이 목소리를 높여 카인의 표적에 대한 이야기를 집중적으로 하기 시작했다. 순간 누군가 다가와 경고를 주는 듯한 느낌이 들어 고개를 들자, 앞자리에 앉아 있던 데미안의 얼굴이 나를 향해 있는 것이 보였다. 무언가를 말하고자 하는 그의 밝은 눈빛에는 진지함과 조롱이 섞여 있었다. 아주 잠깐 동안 나를 쳐다보았을 뿐이었는데도 갑자기 긴장하게 되었다. 난 신부님의 이야기에 귀를 기울였다. 카인과 그의 표적에 대한 이야기를 들으며, 그것이 신부님이 가르치는 것과 다를 수 있다는 사실, 원래 이야기에 대한 비판이 가능하다는 사실이 마음 깊은 곳에서 느껴졌다.

그 순간 데미안과 나의 영혼이 다시 결합되고 있음을 느꼈다. 그러한 느낌은 이상하게도 마치 마술처럼 공간 속에서 전달되었다. 지금 생각해 보면 데미안 스스로가 그렇게 할 수 있었던 건지 아니면 우연이었는지 모르겠지만, 당시 난 우연이라고 확신했다. 그 일이 있고 난 후 며칠이 지나지 않아 데미안이 종교 수업시간에 갑자기 자리를 바꿔 내 앞자리에 앉았다. 난 가난한 집 아이들로 넘쳐났던 교실에서 아침마다 데미안의 목덜미에서 풍겨 나오는 부드럽고 신선한 비누 냄새 맡기를 무척이나 좋아했다. 그리고 다시 얼마 지나지 않아 데미안은 자리를 또 옮겨 바로 내 옆에 앉았고, 겨울 내내 그리고 봄이 다 가도록 그대로 내 옆에 있었다.

아침 수업은 전혀 달라졌다. 더 이상 졸리지도 지루하지도 않았다. 오히려 난 그 시간을 기다렸다. 우리 두 사람은 무서운 집중력으로 신부님 이야기에 귀를 기울였다. 옆에 앉은 그의 눈길 한 번이면 이상한 이야기나 기이한 격언을 주의 깊게 듣는데 충분했다. 그의 단호한 눈빛은 나에게 경고를 주고, 마음속의 비판의식과 의심을 일깨워주었다.

때때로 우리는 선생님의 이야기에 전혀 귀를 기울이지 않는 나쁜 학생이기도 했다. 하지만 데미안은 선생님과 동급생에 대해 늘 공손했다. 어린 학생들이 흔히 저지르는 어리석은 행동을 한 적도 없었고 크게 웃거나 떠들지도 않았으며, 선생님께 꾸중을 듣는 일도 없었다. 하지만 그는 부드럽고 나직한 신호와 시선으로 나 자신을 그의 관심사로 끌어들이는 방법을 알고 있었다. 이러한 일들은 기이한 방식으로 나타났다.

예를 들어, 데미안은 어떤 학생들이 자기의 관심을 끄는지, 그리고 어떤 방법으로 그런 학생들을 유심히 살펴보는지 말한 적이 있다. 그는 많은 아이들을 정확히 파악하고 있었다. 한번은 수업시간 전에 이런 말을 한 적이 있다. "내가 엄지손가락으로 신호를 보내면, 그 친구가 우리를 돌아보거나 목덜미를 긁적거릴 거야." 수업이 시작되어 그 말에 대해 까맣게 잊고 있을 무렵, 데미안이 갑자기 눈에 띄는 몸짓으로 엄지손가락 신호를 보냈다. 나는 재빨리 그가 가리킨 친구를 바라보았다. 마치 철사줄에 끌려오듯이 그 친구는 우리를 돌아보며 머리를 긁적였다. 선생님에게도 한번 해 보자고 졸랐지만, 데미안은 그러고 싶지 않다고 했다. 그러다 언젠가 숙제를 해오지 않아 오늘은 신부님이 질문을 하지 않았으면 좋겠다고 하자, 데미안이 도와주었다. 교리문답의 한 구절을 암송해볼 학생을 찾던 신부님의 시선이 불안해 하던 내 얼굴과 마주쳤다. 천천히 다가오던 신부님이 손가락으로 나를 가리키며 내 이름을 부르려는 순간이었다. 그때 갑자기 신부님은 마음이 산만해하고 불안해 보이더니 옷깃을 여미며 뭔가를 물어보려는 듯 자기 얼굴을 뚫어지게 바라보고 있던 데미안에게로 향했다. 하지만 뜻밖에 방향을 다시 돌려 잠시 기침을 하고서 다른 학생을 시켰다.

이런 장난은 무척이나 재미있었는데, 데미안이 나에 대해서도 같은 장난을 하고 있다는 것을 서서히 알게 되었다. 학교 가는 길에 갑자기 데미안이 내 뒤를 따라오고 있다는 느낌이 들어 돌아다보면 정말로 그가 거기에 있었다. "정말로 다른 사람이 네가 원하는 대로 생각하도록 할 수 있는 거야?"

데미안은 침착하게, 사실대로, 특유의 어른스러운 태도로 설명해 주었다.

"아니. 그렇게 할 순 없어. 신부님이 아무리 그렇다고 이야기해도, 인간에게 자유의지란 건 없어. 다른 사람이 자기가 원하는 걸 생각할 수 없듯이, 다른 사람에게 내가 원하는 걸 생각하게 할 수 없어. 사람들을 잘 관찰할 수는 있지. 그러면 때로는 그 사람들이 어떻게 생각하고 느끼는지 꽤 정확하게 알 수 있고, 다음 순간 뭘 하게 될지 예측할 수도 있어. 사람들이 모르고 있을 뿐이지 아주 간단해. 물론 연습이 필요하긴 해. 예를 들어 나비 종류 중에 암컷이 수컷보다 훨씬 수가 적은 나방이 있어. 나방도 다른 모든 동물들과 마찬가지 방식으로 번식해, 수컷이 암컷을 수정시키면, 암컷이 알을 낳는 거야. 그런데 학자들이 실험해본 바에 의하면, 몇 시간이나 떨어진 곳에서부터 수컷 나방들이 한밤중에 암컷 한 마리를 찾아 날아온다는 거야. 생각해봐, 몇 시간이나 떨어진 곳에서부터라고. 수킬로미터 떨어진 저 멀리서 모든 수컷 나방들이 근처에 있는 유일한 암컷 나방 한 마리의 흔적을 감지하는 거라고. 설명하기 쉽진 않지만, 일종의 후각 같은 게 있을 거야. 잘 훈련된 사냥개가 보이지 않는 흔적을 찾아 추적해가는 그런 어떤 것처럼 말이야. 무슨 말인지 알겠어? 방금 했던 얘기가 그런 거야. 자연은 그런 신비한 일들로 가득 차 있고, 누구도 그런 걸 명확히 설명하지 못해. 암컷 나방의 수가 수컷 나방처럼 많다면, 수컷 나방의 후각이 그렇게까지 예민하진 않을 거야. 스스로를 그렇게 훈련시켰기 때문에 그런 것뿐이지. 동물이나 인간도 모든 주의력과 의지를 어느 특정한 사물에 집중시키면 그렇게 할 수 있어. 그게 다야. 네가 생각하는 것도 마찬가지야. 어느 한 사람을 정확히, 아주 또렷하게 바라봐. 그러면 그 사람 자신보다도 그 사람에 대해 훨씬 더 많이 알게 될 거야."

하마터면 '독심술'이라는 단어를 입 밖에 내어 데미안으로 하여금 잊고 지냈던 크로머 일을 상기시킬 뻔했다. 하지만 그 일은 이제 우리 둘 사이에 있었던 기이한 일들 가운데 하나에 불과했다. 수년 전 데미안이 그토록 진지하게 내 인생에 개입했었던 그 일에 대해서는 그나 나나 완전히 잊고 지냈다. 우리 사이에 마치 아무 일도 없었던 것처럼 여겼고, 우리 둘 다 어느 한쪽이 그 일에 대해선 모두 잊고 있다고 여기는 것 같았다. 한두 번 함께 거리를 걷다 크로머를 만난 적도 있었지만, 서로 시선을 마주친 적도 없었고, 그에 관한 이야기를 나눈 적도 없었다.

"그럼 의지는 어떻게 되는 거야? 인간에겐 자유 의지가 없다고 말했잖아. 그런데 사람이 자기 의지를 어떤 것에 집중시키기만 하면 목적을 이룰 수 있다고 했어. 분명 말이 맞지 않잖아! 내가 내 의지의 주인이 아니라면, 내 의지를 내 마음대로 집중시킬 수 없는 것 아니야?"

데미안은 다시 내 어깨를 두드렸다. 그건 내가 데미안을 기쁘게 할 때, 그가 늘 하던 행동이었다. 데미안이 웃으며 말했다.

"좋은 질문이야. 항상 질문을 던지고, 늘 의심을 가져야 해. 하지만 그건 아주 단순한 문제야. 예를 들어, 나방이 자기 의지를 별이나 그 비슷한 곳으로 향하게 하는 건 불가능해. 아예 그런 시도를 하지 않아. 나방은 단지 자기에게 의미가 있고 가치가 있는 것, 필요한 것, 반드시 가져야 하는 걸 찾아. 그렇기 때문에 믿을 수 없는 일도 하게 되는 거고. 자기 이외 다른 동물은 갖지 못한 육감을 개발시키면서 말이야. 우리 같은 사람들은 확실히 동물보다는 더 큰 활동 영역과 관심 분야를 갖고 있어. 하지만 생각해보면 꽤 좁은 울타리에 매여 있어 여기를 벗어날 수 없어. 물론 이런저런 상상을 해볼 수는 있어. 북극에 반드시 가야겠다는 공상 같은 거 말이야. 하지만 실제로 그렇게 하거나 그런 의지를 강하게 가지는 건 내 마음 속에 분명한 소망이 있거나 그런 소망들로 마음이 가득 차 있을 때 가능해. 그럴 때, 마음속으로부터 솟아 나오는 어떤 명령이 들리면, 그러면 좋은 말에 고삐를 죄듯 의지에 긴장을 불어넣을 수 있게 되거든. 가령 지금 내가 신부님이 앞으로는 안경을 쓰지 못하도록 방해하려 한다면, 그건 안 될 일이야. 그저 장난에 불과하기 때문이지. 하지만 지난 가을, 내가 앞쪽에 있는 내 자리를 옮겼으면 하는 확고한 의지를 가졌을 때, 그 일은 쉽게 이루어졌어. 그때 마침 이름 순서로는 원래 내 앞에 앉아야 했던 애가 나타난 거야. 그동안 앓고 있다가 학교에 다시 나오게 돼서 누군가가 자리를 비워주어야 했기 때문에 내가 비켜준 거지. 내 의지가 준비를 하고 있었기 때문에 바로 기회를 잡게 된 거였어."

"맞아, 그때도 이상했어. 우리가 서로 관심을 가지게 되면서부터 나한테 가까이 다가왔었잖아. 근데 몇 번 내 앞에 앉긴 했었지만, 처음부터 내 옆에 앉으려 하진 않았어. 어떻게 된 거였어?

"처음 내 자리를 옮기려고 했을 때 나 스스로도 어디에 앉고 싶은지 확실히 알지 못했기 때문이야. 그저 맨 뒤쪽에 앉고 싶다는 생각뿐이었어. 네 곁에 앉으려는 것이 내 의지였지만 처음엔 그게 의식되지 않았던 거야. 그와 동시에 네 의지도 함께 나를 이끌어주고 있었고. 그래서 내가 네 앞에 앉았을 때에야 비로소 내 소망이 반쯤은 이루어졌다고 느껴졌어. 네 곁에 앉는 것 외엔 아무것도 바라지 않았다는 걸 알았던 거야."

"하지만 그땐 새로 들어온 애가 없었잖아."

"맞아, 하지만 그땐 내가 원했던 걸 그냥 한 거야. 그래서 네 옆 자리에 바로 앉은 거고. 나하고 자리를 바꾼 애는 조금 놀라긴 했지 만 상관하지 않았어. 신부님이 한두 번 이상한 낌새를 눈치 채기는 했던 것 같아. 매번 내 일과 관련해서 말이야. 내 이름이 데미안인 데, D로 시작하는 이름을 가진 내가 뒤쪽에 S로 시작하는 이름을 가진 아이들 사이에 앉아 있는 게 못마땅했겠지. 하지만 그런 사실 이 신부님의 의식에까지 미치지 않았던 거야. 내 의지가 그걸 원치 않고 신부님의 의식을 방해했기 때문이지. 사람 좋던 그 신부님 도 뭔가가 잘못되어 있다는 걸 알아차리고 날 쳐다보며 관찰하기 시작했어. 하지만 내겐 그런데 대처하는 간단한 방법이 있어. 상대 방의 두 눈을 뚫어지게, 아주 똑바로 쳐다보는 거야. 그러면 대부분 사람들은 불안해하면서 견디지 못해. 만약 네가 무언가를 얻기 위 해 두 눈을 느닷없이 쏘아보는데도 상대방이 아무런 동요가 없다 면, 포기해. 그럴 땐 아무것도 얻을 수 없어, 절대로. 하지만 그런 경우는 아주 드물어. 내 경험상 그런 방법이 통하지 않은 사람은 한 명밖에 없었어."

"그게 누군데?"

데미안에겐 깊은 생각에 잠길 때면 나타나는 눈빛이 있었다. 데미안은 그런 눈빛으로 날 바라보더니 시선을 돌려 아무 대답을 하지 않았다. 누구인지 무척 궁금했지만 다시 물어볼 수 없었다. 당시 그가 말했던 사람이 혹시 자기 어머니가 아니었을까 하는 생각이 든다. 어머니와 몹시 친하게 지내는 것 같아 보였지만, 데미안은 내게 자기 어머니 얘길 한 번도 하지 않았고 집에 데리고 간 적도 없었다. 난 그의 어머니가 어떻게 생겼는지조차 몰랐다.

당시 난 데미안처럼 의지를 집중시켜 무언가를 반드시 이루어내고자 노력했다. 내 입장에서는 충분히 절실해 보이는 소망이었다. 하지만 그렇게 하지 못했고 아무런 성과가 없었다. 거기에 대해 데미안과 이야기를 나누진 않았다. 내가 원하는 것이 무엇인지 고백할 수 없었던 것 같다. 데미안도 내게 물어오지 않았다.

그러는 동안 나의 신앙심에는 많은 틈이 생겼다. 내 생각이 전적으로 데미안에게 영향을 받은 것은 사실이었지만, 무신론자의 태도를 보이던 동급생들의 생각과는 달랐다. 유일신을 믿는다는 것은 우스꽝스럽고 인간의 품위를 떨어뜨리는 일이다, 삼위일체나 예수의 동정녀 탄생은 말도 안 되는 이야기다, 그런 잡동사니 같은 이야기들을 아직까지 떠벌리고 다니는 건 수치스러운 일이다, 이런 말을 하고 다니는 몇몇 아이들이 실제로 있었다. 하지만 난 결코 그렇게 생각하지 않았다. 약간의 의심을 가지고 있긴 했지만, 유년 시절의 모든 경험을 통해 부모님이 영위하고 있는 것 같은 경건한 생활이 실재하고 있다는 걸 잘 알고 있었고, 그것이 무가치한 일도 아니며 위선적인 일도 아니라는 걸 알고 있었다. 오히려 난 종교적인 것에 깊은 경외심이 있었다. 데미안은 다만 나로 하여금 성경 이야기와 교리들에 대해 좀 더 자유롭고 개인적이며 유희적으로 상상하고 생각하고 해석할 수 있도록 해주었다. 적어도 난 그가 암시해준 의미들을 즐거운 마음으로 따랐다. 물론 카인 이야기처럼 많은 이야기들이 너무나 충격적이긴 했다. 견진성사 수업 중에 그가 했던 더욱 대담한 이야기에 다시 한 번 놀란 적이 있다. 선생님이 골고다 언덕에 관한 이야기를 하던 참이었다. 구세주의 고난과 죽음에 대한 성경 말씀은 어린 시절부터 깊은 감동을 주던 이야기였다. 아직 한참 어린 나이였을 때 아버지가 이 이야기를 읽어주시면 내 마음은 겟세마네와 골고다 언덕과 같은 비참하게 아름다운 세계, 창백하고 섬뜩하지만 무시무시한 생명력이 있는 세계에 빠지며 감동에 젖곤 했다. 그리고 바흐의 마태수난곡을 들을 때면 비밀에 가득 찬 이 세계가 지닌 음울하면서도 열정적인 광채로 인해 신비한 전율에 빠지기도 했다. 지금도 난 인류의 비극이 응축되어 있는 이 음악에서 모든 시와 예술의 본질적인 정서를 발견한다.

그런데 수업이 끝나갈 무렵 데미안이 생각에 잠긴 표정으로 말했다. "싱클레어, 마음에 걸리는 게 있어. 그 이야길 천천히 음미하듯 다시 읽어봐, 뭔가 이상해. 예수의 십자가 옆에 함께 매달렸던 두 도둑 이야기 말이야. 언덕 위에 십자가 세 개가 나란히 서 있는 모습은 정말이지 굉장해. 그런데 두 도둑에 관한 이야기가 감상적으로 끼어있는 거야. 어쨌든 그들은 수치스러운 범죄를 저지른 죄인이고, 하느님도 그걸 알고 있어. 그런데 이제 와서 마음이 누그러져 그중 한 명의 회개를 축하한다는 게 말이 돼? 무덤을 코앞에 둔 그런 회개가 무슨 의미가 있다고. 그건 그저 엉터리 성직자가 지어낸 이야기일 뿐이야. 사람들의 신앙심을 높이기 위해 감동적인 이야기를 꿀처럼 달콤하게 섞어놓은 거라고. 만약 네가 두 도둑 가운데 한 명을 친구로 선택해야 한다거나 혹은 어느 한 사람에게 뭔가를 맡겨야 한다면, 분명 울먹이며 회개를 했던 도둑은 아닐 거야. 당연하지, 회개하지 않았던 다른 도둑이야말로 정말로 사나이니까. 이 사람은 회개를 거들떠보지 않았어. 자기 처지에서 보면 그럴싸한 이야기일 수 있었지만, 끝까지 자기 길을 간 거야. 그리고 마지막 순간에도 자신이 거기까지 가도록 도와주었던 악마의 손을 비겁하게 놓지 않았던 거야. 그런 사람이야말로 나름의 개성이 있는 사람이야. 자신만의 개성을 가진 사람들 이야기는 성경에 잘 나오지 않아. 아마 그 사람이 카인의 후예였을지도 몰라. 그렇게 생각하지 않니?"

몹시 당황스러웠다. 예수의 십자가 박해 이야기는 별다른 거부감 없이 믿고 있었다. 지금까지 난 그 이야기를 아무런 생각과 의심 없이 그저 듣기만 하고 읽기만 해왔다. 데미안의 새로운 견해는 숙명적으로 들렸고, 그동안 내가 지켜야 한다고 믿었던 개념들을 전복시키려 위협했다. 그럴 수는 없었다. 그런 식으로 모든 것들을 갑작스럽게 뒤바꿀 수는 없었다. 더욱이 예수는 가장 고귀한 성인이었다.

데미안은 언제나처럼 미처 한마디도 하기 전에 내가 그의 의견에 반대하고 있다는 걸 알아차렸다. "그래, 알아." 체념하는 듯한 표정으로 그가 말했다. "벌써 오래된 이야기고, 심각하게 받아들일 필요는 없어. 하지만 바로 여기에 종교가 가지고 있는 결함을 똑똑히 발견할 수 있어. 구약과 신약에 등장하는 신의 모습이 완전하고 훌륭하긴 하지만, 그 모습이 신이 원래 나타내고자 했던 그런 모습이 아니라는 게 문제야. 신은 선하고 고귀하고, 아버지 같고, 아름답고 고상한, 그리고 감상적인, 그래 그런 모습이야. 하지만 세상은 다른 모습으로도 이루어져 있어. 그런데 다른 모습의 이 세계는 악마에게 속해 있는 것으로 간주되거든. 그래서 이 세계, 세상의 절반인 이 세계 전체가 은폐당하고 묵살되는 거야. 신을 모든 생명의 아버지로 찬양하면서도 생명을 가능케 하는 성을 무시하고 죄악으로 선언해버리는 건 바로 그 때문이야. 내가 이런 신을 여호와로 경배하는 것에 대해 무조건 반대하는 건 아니야. 다만 의도적으로 둘로 나누어 놓고서 공식적으로 인정받는 절반의 세계만 경배를 한다는 게 문제야. 전체 세계의 모든 것을 경배하고 신성시해야 한다는 거야. 그러니까 신에 대한 의식뿐만 아니라 악마에 대한 의식도 가져야 한다는 거지. 난 그게 옳다고 생각해. 아니면 자기 안에 악마를 포함하고 있는 신을 만들어내는 거야. 세상에서 벌어지는 가장 자연스러운 일들 앞에서 두 눈을 감을 필요가 없는 그런 신 말이야."

평소와 달리 데미안은 무척 흥분했다. 하지만 곧 미소를 짓고 더 이상 자신의 의견을 강요하지 않았다.

그의 주장은 수수께끼처럼 유년 시절의 내 마음을 사로잡았다. 하지만 난 그런 말을 절대로 입 밖에 꺼내지 않았다. 데미안이 언급했던 신과 악마에 대한 이야기, 신적인 공식적 세계와 봉인된 악마적 세계에 대한 이야기는 두 개의 세계, 밝고 어두운 세계라는 나 자신의 생각, 나 자신의 신화와 정확히 일치했다. 내가 가지고 있던 문제가 모든 사람의 문제, 모든 생명과 사고의 문제일지 모른다는 생각이 신령한 그림자처럼 갑자기 나를 사로잡았다. 나 자신의 개인적 삶과 사고가 거대한 이념의 강의 흐름에 얼마나 깊이 참여하고 있는지를 느끼게 되자 두려움과 경외심이 밀려왔다. 그러한 인식이 무언가를 증명해주고 행복감을 주기도 했지만, 즐겁지는 않았다. 무언가 거칠고 씁쓸했다. 거기엔 자기의 삶을 홀로 헤쳐가야 한다는 책임감, 이제 어린아이가 아니라는 일종의 책임 의식이 들어 있었다.

나는 내 인생 처음으로 깊이 간직했던 비밀을 털어놓으며 어릴 적부터 가지고 있었던 두 개의 세계에 대한 생각을 데미안에게 들려주었다. 그러자 데미안은 곧바로 내가 마음 깊은 곳에서는 자기 의견에 동의하고 있음을 알아차렸다. 하지만 남의 비밀을 철저히 캐묻는 건 그의 스타일이 아니었다. 그는 이전보다 더욱 깊은 관심을 가지고 귀를 기울이며 내 눈을 바라보았다. 난 그의 시선을 피할 수밖에 없었는데, 그의 두 눈에는 마치 동물의 눈처럼 기이하고도 시간을 초월하는 듯한 세월의 흐름이 쌓여 있었다.

"그 얘긴 다음에 더 하자. 지금 말하는 것 이상으로 네가 훨씬 더 많은 생각을 하고 있다는 걸 알아. 만일 그렇다면, 너 역시도 네 생각대로 살아오지 않았다는 걸 스스로 알고 있다는 거야. 그건 좋은 게 아니야. 행동으로 옮기는 생각만이 가치가 있어. 넌 너의 '허용된 세계'가 세계의 절반에 불과하단 걸 알게 됐어. 그러면서도 신부님이나 선생님이 그랬던 것처럼 두 번째 세계를 은폐하려고 했지. 하지만 이젠 감출 수 없게 될 거야. 일단 생각하기 시작한 건 그 누구도 감출 수 없거든."

그의 말이 마음에 깊이 와 닿았다.

"하지만 실제로 추악하고 금지된 것들이 있잖아. 그걸 부정할 순 없어. 일단 금지되어 있다면 포기해야 해. 살인이라든지 온갖 부도덕한 죄악들 같은 것 말이야. 단지 그것들이 존재한다는 이유만으로 범죄자가 돼야 하는 건 아니잖아?"

"그 이야길 오늘 다 할 순 없어." 데미안이 날 진정시키며 말했다.

"너보고 살인을 하라든가 소녀를 강간하고 죽이라는 게 아니야. 그러면 안 되지. 다만 네 위치가 지금 '허용된 것'과 '금지된 것'이 무엇인지 알 수 있는 곳에 있지 않다는 거야. 이제 겨우 진실의 일부분을 느꼈을 뿐이니까. 다른 것도 경험하게 될 테니, 믿고 기다려

봐. 예를 들어 넌 일 년 전부터 네 안에 있는 다른 어떤 것보다 강한 충동을 가지고 있지만, 그걸 금지된 것으로 여기고 있어. 그리스 사람들이나 다른 민족들은 그와 반대로 이러한 충동을 신적인 것으로 여기고 축제를 만들어 경배해 왔어. '금지되었다는 것'이 영원한 것은 절대 아니거든. 바뀔 수 있는 거라고. 오늘날은 누구나 신부 앞에서 서약을 하고 결혼식을 올리면 여자와 동침할 수 있어. 하지만 다른 민족들은 달라, 지금도. 그러니까 허용된 것과 금지된 것이 무엇인지 우리 스스로 찾아야 한다는 거야. 금지된 것을 한 번도 범하지 않아도 악당이 될 수 있고, 악당이 되어도 금지된 것을 하지 않을 수 있어. 그건 그저 편안함의 문제야. 너무 편안해서 스스로 생각하지 못하고 스스로 판단을 내리지 못하는 사람은 습관처럼 자기 자신을 금지된 것에 순응시켜. 그런 사람이 쉽게 살아가지. 어떤 사람들은 존경받는 사람들이 매일같이 하는 일들이 자기들에게는 금지되어 있다고 느끼면서도, 일반적으로는 금지되어 있는 일들이 허용되어 있다고 느끼지. 그러니까 누구나 자기 스스로 판단을 내려야 하는 거야."

너무 많은 이야기를 한 걸 후회하는 듯 데미안은 갑자기 말을 멈췄다. 당시 그가 어떤 마음이었는지 느낌으로는 어느 정도 이해할 수 있었다. 겉으로 보기에는 즉흥적으로 떠오르는 생각을 편한 마음으로 대충 이야기하는 것처럼 보였지만, 언젠가 말했던 것처럼 데미안은 잡담을 위한 대화를 무척 싫어했다. 하지만 내게선 너무 진지하지 않으면서도 편안한 마음으로 대화를 나누는 즐거움과 기쁨을 느끼는 것 같았다.

'진지함'이라고 썼던 마지막 단어를 다시 읽어보니, 어린 시절 데미안과 함께 겪었던 가장 인상적인 장면 하나가 떠오른다. 견진성사가 다가오고 있었고, 종교 수업 마지막 시간에 최후의 만찬에 대해 배우고 있었다. 이 시간이 가장 중요했던 신부님은 수업에 더 신경을 썼고, 그래서 축성식 때와 같은 엄숙한 분위기가 느껴졌다. 하지만 마지막 교리 수업 몇 시간 동안 내 생각은 다른 곳에 가 있었다. 데미안 생각에 수업에 집중하지 못했던 것이다. 축복을 받으며 교회 공동체에 들어가는 견진성사가 다가올수록, 지난 육 개월 동안 공부했던 종교적 교리의 가치가 학교에서 배운 것에 있지 않다는 생각이 밀려왔다. 오히려 데미안의 영향이 컸다. 이제 나는 교회가 아니라 다른 것에, 즉 사상과 개성의 교단에 입회할 준비가 되었다. 이 교단은 어떻게든 이 세상에 존재할 것이었고 그 대표자나 사도가 데미안으로 느껴졌다.

난 이런 생각을 떨쳐버리려 했다. 그 모든 것에도 불구하고 견진성사라는 행사를 엄숙하고 위엄 있게 치르고 싶었다. 하지만 이게 새로운 생각들과 충돌했다. 난 내가 원하는 걸 하고 싶었고, 나름의 생각이 있었다. 이러한 생각은 서서히 다가오는 교회 행사와 결부되어, 나로 하여금 견진성사를 다른 사람과는 다른 방식으로 치르도록 준비시켰다. 그것은 데미안에게서 알게 되었던 열린 사고로의 입문을 의미했다.

데미안과 다시 한 번 열띤 논쟁을 벌이던 무렵이었다. 교리문답 시간이 있기 바로 전이었다. 꽤 조숙한 척하고 잘난 체하며 했던 내 이야기에 데미안은 아무런 즐거움을 느끼지 못했다. "말을 너무 많이 하는 것 같아." 정색을 하며 그가 말했다. "그렇게 똑똑한 척 이야기하는 건 아무런 가치가 없어. 그건 자기 자신에게서 벗어날 뿐이야. 자기 자신에게서 벗어나는 건 죄악이야. 거북이처럼 철저하게 자기 자신 속으로 기어들어갈 수 있어야 해."

그러고 나서 우리는 곧 교실로 들어갔다. 수업이 시작되었고, 난 수업에 집중하려 했다. 데미안은 방해하지 않았다. 잠시 후 데미안이 앉아 있던 옆자리에서부터 이상한 기운이 느껴지기 시작했다. 공허함이나 싸늘함 같은 어떤 것으로, 마치 데미안의 자리가 불현듯 비어버린 것 같은 그런 느낌이었다. 그런 느낌은 점점 강해졌고, 데미안 쪽을 바라보지 않을 수 없었다.

여느 때처럼 바르고 단정하게 앉아있는 모습이 보였다. 하지만 그는 지금까지와는 전혀 다른 모습이었다. 내가 알지 못했던 무언가가 그를 둘러싸고 있었다. 나는 데미안이 두 눈을 감고 있다고 생각했는데, 그는 눈을 뜨고 있었다. 하지만 아무것도 바라보지 않고 있었다. 그의 두 눈은 아무것도 보지 않으면서도 내면을 향해 혹은 아주 먼 곳을 뚜렷이 응시하고 있었다. 미동도 없이 앉아 있었고, 숨을 쉬고 있는 것 같지도 않았다. 입은 나무나 돌로 깎아 놓은 것 같았다. 얼굴은 마치 돌처럼 그렇게 창백했고, 갈색 머리카락만이 가장 생기 있어 보였다. 두 손은 무기력하게 놓여있는 돌이나 열매처럼 창백하게 의자 위에서 움직이지 않고 있었다. 하지만 맥없이 늘어져 있는 것이 아니라, 보이지 않지만 강한 생명을 감싸고 있는 단단한 껍질처럼 보였다.

그 광경에 나는 전율을 느꼈다. 죽어 있는 게 아닌가 하는 생각이 들어 크게 소리를 지를 뻔했다. 데미안은 죽은 게 아니었다. 돌처럼 굳어버린 창백한 가면 같은 그의 얼굴에 사로잡힌 나는 그에게서 시선을 떼지 못했다. 이게 바로 데미안의 참 모습이라는 걸 느꼈다. 나와 함께 걸으며 대화를 나누던 평상시의 모습은 마치 무대 위의 배우처럼 이따금씩 적당히 기분을 맞춰주고 호의를 베풀던 반쪽짜리 데미안에 지나지 않았다. 데미안의 진짜 모습은 바로 이 모습이었다. 돌처럼 굳은 채로 태고의 흔적을 지닌, 동물 같기도 하고, 아름다우면서도 냉혹한, 죽어 있으면서도 비밀스러운 생명으로 가득 찬 그런 모습이었다. 고요한 공허와 함께 우주의 정기와 별들의 세계, 고독한 죽음이 그 주변을 에워싸고 있었다.

나는 그가 지금 자기 내면세계로 완전히 침잠해 들어갔음을 느끼며 전율했다. 그때만큼 나 자신이 고독했던 적은 없었다. 그와 함께 할 수 없었고 그에게 다가갈 수도 없었다. 그는 내게 이 세상 가장 먼 곳에 있는 섬보다 더 멀리 떨어져 있는 존재였다.

나 말고는 그 누구도 그 모습을 보지 못한다는 사실이 이해가 가

지 않았다. 모두가 그 모습을 보고 전율에 떨어야 했다. 하지만 누구
도 그를 주목하지 않았다. 그는 우상처럼 아무런 움직임 없이 그렇
게 앉아 있었다. 파리 한 마리가 그의 이마에 내려 앉아 천천히 코와
입술로 움직여갔지만, 데미안은 주름살 하나 움찔하지 않았다.

어디에, 그는 지금 도대체 어디에 있는 것일까? 무엇을 생각하
고 무엇을 느낄까? 천국에 있는 것일까? 아니면 지옥에 있는 것일
까?

데미안에게 그것에 관해 물어볼 수 없었다. 수업이 끝나고 다시
살아나 숨 쉬고 있는 모습을 보았을 때, 그의 시선이 나의 시선과
마주쳤을 때, 그는 이전의 모습 그대로였다. 그는 어디에서 왔을
까? 어디에 있었던 걸까? 그는 피곤해 보였다. 얼굴엔 다시 화색
이 돌았고 두 손은 다시 움직였지만, 갈색 머리카락은 윤기가 없었
고 지쳐보였다.

그 다음 며칠 동안 난 침실에서 한 가지 새로운 연습을 하는 데
몰두했다. 꼿꼿한 자세로 의자에 앉아 한곳에 두 눈을 고정시키고
부동자세를 한 채 얼마나 오래 견딜 수 있는지, 그리고 그러면서 무
엇을 느낄 수 있는지 기다려보는 것이었다. 하지만 피곤해지기만
했고, 눈가에 심한 경련만 일었다.

그 뒤 곧 견진성사가 있었지만, 거기에 대해선 별다른 기억이 남
아 있지 않다.

이제 모든 게 달라졌다. 유년시절은 폐허처럼 변해버렸다. 부모

님은 당혹스러워했고, 누이들은 전혀 딴사람처럼 날 대했다. 새로운 깨달음이 예전의 익숙한 감정과 기쁨을 퇴색시켰다. 정원은 향기를 품지 않았고, 숲은 마음을 끌지 못했다. 내 주변의 세상은 낡은 물건들을 떨이로 파는 시장처럼 그렇게 지루하고 재미없었다. 책은 그저 종잇조각일 뿐이었고 음악은 소음에 불과했다. 그렇게 어느 가을 한 그루 나무 주위로 낙엽이 떨어지지만, 나무는 그걸 알지 못한다. 비, 태양, 한기가 나무줄기를 타고 내려가고 생명은 나무 안에서 서서히 가장 좁고 가장 내적인 곳으로 파고든다. 나무는 죽지 않는다. 기다린다.

방학이 끝나면 처음으로 집을 떠나 다른 학교로 가는 것이 좋겠다는 결정이 내려졌다. 어머니는 이따금씩 다정스럽게 다가오며 미리 작별을 고했고, 내 마음속에 사랑과 고향에 대한 그리움, 그리고 잊을 수 없는 추억을 간직하게 하고자 했다. 데미안은 여행을 떠났다. 난 혼자였다.

4

베아트리체

방학이 끝나자 난 데미안을 보지도 못한 채 새로운 학교가 있는 도시로 떠났다. 함께 동행했던 부모님은 이것저것 조심스럽게 챙기며 김나지움 선생님이 운영하는 어느 하숙집에 날 맡겼다. 하지만 내가 그곳에서 어떤 일들에 휘말려 들어가게 될지 알았더라면, 기절할 만큼 놀랐을 것이다.

여전히 문제는 착한 아들이 되고 인정받는 시민이 되는가, 아니면 그 반대의 길로 빠져버리는가 하는 것이었다. 아버지의 세계와 그 정신적 보살핌 아래에서 행복하고자 했던 나의 마지막 시도는 오랜 시간이 지나 성공하는 듯했지만, 결국은 완전히 실패하고 말았다.

견진성사를 받은 이후 방학 중에 처음으로 느꼈던 공허와 고독이 좀처럼 사라지지 않았다. 그 이후에도 그때 느꼈던 공허와 고독을 잊지 못했다. 이상하게도 집을 떠나는 게 어렵지 않았다. 슬프지 않아 부끄러울 정도였다. 누이들은 아무런 이유 없이 울었지만, 난 눈물이 나오지 않았다. 그런 나 자신이 놀라웠다. 원래 난 감정이 풍부한 소년이었고, 착한 아이였다. 하지만 이젠 전혀 다른 사람이 되었다. 바깥 세계에 대해 그 어떤 관심도 없었고, 하루 종일 내면의 소리, 내면 깊숙한 곳에서 흘러나오는 저 금지되고 어두운 목소리에 귀를 기울였다. 외모는 빠르게 성장했다. 큰 키에 마른 체형으로 계속 자라고 있는 중이었다. 소년다운 귀여움은 완전히 사라졌다. 누구도 날 사랑할 수 없으리라 느꼈고, 나도 나 자신을 사랑하지 않았다. 데미안이 무척 보고 싶었다. 하지만 가끔은 미워하기도 했다. 몹쓸 병처럼 떠안게 된 삶의 빈곤함이 데미안 때문인 것 같았다.

하숙집에서 처음엔 누구의 애정과 관심도 받지 못했다. 놀림과 따돌림을 당했고, 음울하고 기분 나쁜 이상한 놈 취급을 받았다. 하지만 그렇게 보이는 것이 마음에 들었다. 그래서 오히려 더 과장된 행동을 보였고, 속으로는 남몰래 비애와 절망감에 몸부림치면서도 겉으로는 진짜 사나이인 체하며 고독 속에서 세상을 경멸하고 불평을 쏟아냈다. 학교 수업은 그동안 쌓아 놓았던 지식으로 버텼다. 지금 학급이 예전에 다녔던 학급보다 수준이 약간 떨어졌다. 그래서인지 같은 또래 친구들을 어린애들처럼 얕보게 되었다.

일 년 남짓 그렇게 시간이 지나갔고, 방학이 되어 처음으로 집에 돌아왔지만 아무런 변화가 없었다. 난 기꺼이 집을 다시 떠났다.

11월 초순의 일이었다. 내겐 날씨에 상관없이 생각에 잠겨 가벼운 산책을 하는 습관이 있었다. 그렇게 걸으면 세상과 자기 자신에 대한 경멸, 우울함으로 가득 찬 희열 같은 게 느껴졌다. 어느 날 저녁 안개가 드리운 축축한 도시 주변을 그렇게 어슬렁거리고 있을 때였다. 인적도 없이 적막한 공원의 넓은 가로수 길을 홀로 걷고 있었다. 길에는 떨어진 낙엽이 두껍게 쌓여 있었고, 난 어두운 쾌감을 느끼며 발로 낙엽을 헤집고 다녔다. 축축하고 기분 나쁜 냄새가 났고, 먼 곳에 있는 키 큰 나무들이 유령처럼 안개 속에서 불쑥 나타났다.

가로수 길 끝에서 망설이듯 멈춰 선 나는 떨어진 검은 잎들을 바라보며 부패와 죽음의 축축한 냄새를 탐욕스럽게 들이마셨다. 마음속 무언가가 그 냄새를 환영하고 반겼다. 삶은 그렇게 씁쓸하고 무의미했다.

옆길에서 외투를 입은 사람이 바람이 불자 옷깃을 세우며 다가왔다. 난 가던 길을 가려 했다. 그러자 그가 날 불러 세웠다. "이봐, 싱클레어!"

하숙집에서 가장 연장자였던 알폰스 베크였다. 난 그가 좋았다. 다른 후배들과 마찬가지로 내게도 언제나 비꼬듯이 이야기하며 어른인 척 행동한다는 것만 빼면 별다른 반감이 없었다. 곰처럼 힘이 세다고, 그래서 하숙집 주인도 그에겐 꼼짝 못한다고 했다. 그는 학생들 사이에 떠도는 온갖 소문의 주인공이었다.

"여기서 뭐하고 있니?" 높은 사람이 때로 자기보다 어린 사람에게 친절함을 베풀 때의 표정으로 다가오며 그가 물었다. "어디 한 번 맞춰볼까. 시 쓰고 있었지?"

"전혀 아닌데." 나는 무뚝뚝하게 그의 말을 잘랐다.

그는 웃음을 터뜨리며 다가와 이야기를 늘어놓기 시작했다. 난 그런 방식의 대화에 전혀 익숙하지 않았다.

"내가 잘 모를 거라고 걱정할 필요 없어, 싱클레어. 안개 낀 가을 저녁에 그렇게 사색에 잠겨 산책을 하면 누구나 시인이 되는 거야, 그 정도는 나도 알아. 죽어가는 자연에 대해, 잃어버린 청춘에 대해, 하인리히 하이네처럼 말이야."

"난 그렇게 감상적인 사람이 못 돼."

"그래, 그럼 그렇다고 해두지. 그런데 내 생각엔 이런 날씨라면 포도주 한잔 할 수 있는 조용한 곳에 가는 것도 좋을 것 같아. 어때, 같이 가지 않을래? 마침 나도 혼자거든. 네가 모범생으로 남고자 한다면 굳이 권하고 싶은 마음은 없어."

우리는 곧 교외의 조그만 술집에 앉아 싸구려 포도주를 마시며 잔을 부딪쳤다. 처음엔 별로 마음이 내키지 않았지만, 어쨌든 새로운 경험이었다. 술을 마셔본 적이 없었던 나는 곧 말이 많아지기 시작했다. 마치 마음속 창문이 열려 그 속으로 세상이 새롭게 비춰 들어오는 것 같았다. 오랫동안, 정말 끔찍이도 오랫동안 영혼에 관한 이야기를 한마디도 하지 못했었다. 난 정신없이 말을 쏟아냈고, 그러면서 카인과 아벨 이야기를 했다.

베크는 기꺼이 내 말에 귀를 기울여주었다. 마침내 이야기를 들어줄 누군가를 만나게 된 것이다. 베크는 내 어깨를 두드리며 날 굉장한 녀석이라고 했다. 그동안 쌓여있던 욕구, 뭔가를 이야기하고 싶고 전하고 싶은 욕구가 해결되었다는 기쁨, 누군가에게 인정받았다는 기쁨에 마음이 벅차올랐다. 날 천재적인 녀석이라고 부른 그의 말은 감미로운 독주처럼 마음속으로 스며들었다. 세상은 새로운 색으로 불타올랐고, 여러 가지 생각들이 끊임없이 솟아나는 샘처럼 떠올랐으며, 내 안에선 영혼의 불꽃이 타올랐다. 선생님과 학교 친구들에 대해 이야기했는데, 서로가 잘 통하는 것 같았다. 그리스인들과 이교도에 대해서도 이야기했다. 그러다 베크가 여자 경험에 대해 이야기 해보라고 했다. 거기에 대해선 함께 이야기할 수 없었다. 경험도 없었고 이야기할 것도 없었다. 남몰래 느껴보고 상상하며 그려보던 것이 마음속에 불타오르고 있었지만, 그건 술로 해결되지 않았고 말로 전달할 수 있는 게 아니었다. 여자에 대해서라면 베크는 훨씬 많이 알고 있었다. 난 그의 여자 이야기를 열심히 들었다. 나로서는 도저히 믿기지 않고 불가능해 보이는 이야기들이었지만, 현실적으로 꽤 그럴듯해 보였다. 열여덟 정도였던 베크는 벌써 경험이 많았다. 그중엔 처녀들과의 경험도 있다고 했다.

여자들이 겉으로 보기에는 매너 있고 친절한 남자들만 좋아하는 것 같지만, 실은 그게 아니라는 것이다. 조금 나이가 있는 여자들이 그런 경우인데, 예를 들어 문구점을 하는 야겔트 부인과는 가게 뒤쪽에서 벌어지는, 책에서도 볼 수 없는 일들까지 이야기할 정도로 서로 잘 통한다고 했다.

나는 그의 이야기에 넋을 잃고 빠져들어 멍하니 앉아 있었다. 야겔트 부인과 사랑에 빠질 일은 없겠지만, 어쨌든 그건 들어본 적이 없는 이야기였다. 적어도 나이가 있는 어른들의 몸속엔 내가 한 번도 꿈꾸어보지 못한 욕망이 흐르고 있는 것 같았다. 베크의 이야기에는 어딘지 모르게 꾸며낸 대목이 있는 듯했다. 그가 말하는 사랑은 내가 생각했던 것과 달리 훨씬 더 보잘것없고 평범하게 느껴졌다. 그러나 어쨌든 그건 사실이었고, 현실이자 삶이었다. 그런 걸 실제로 경험하면서 당연하게 보는 친구가 지금 내 옆에 앉아 있었다.

조금씩 대화의 분위기가 가라앉고 활기를 잃었다. 더 이상 난 천재적인 어린 녀석이 아니었다. 그저 어른의 말에 귀를 기울이는 한 소년에 불과했다. 하지만 지난 몇 달 동안의 생활과 비교해보면 이건 낙원처럼 근사했다. 게다가 술집에 앉아 있는 것부터 우리가 이야기하고 있는 것까지 그 전부는 금지된, 철저하게 금지된 것이었음이 서서히 느껴지기 시작했다. 금지된 것에는 정신과 혁명의 단초가 있었다.

그날 저녁의 일은 지금도 또렷하게 기억난다. 축축한 밤중이었다. 우리 둘은 희미하게 켜 있던 가로등 길을 지나 집으로 가던 길이었는데, 난 그때 난생 처음으로 취해 있었다. 기분도 좋지 않았고 속도 쓰려 괴로웠지만, 매혹적이고 감미로운 느낌 같은 것들도 들었다. 그건 내 인생의 반란이자 비의, 생명과 정신이었다. 술도 못먹는 풋내기라고 욕하면서도 베크는 날 끝까지 책임졌다. 반쯤 떠메다시피하면서 하숙집에까지 데려왔다. 우리는 열려 있던 복도 창문을 통해 무사히 하숙집으로 들어왔다.

잠깐 동안 죽은 듯이 자고 난 후 술에서 깨어나자 머리가 깨질 듯이 아파왔다. 전날 입었던 옷은 그대로 입고 있었다. 침대에 앉아 보니 옷이며 신발이 바닥에 널브러져 있었고, 담배와 토사물 냄새가 났다. 심한 두통과 헛구역질, 갈증에 시달리는 중에 오랫동안 보지 못했던 한 가지 영상이 떠올랐다. 고향과 부모님 집, 아버지와 어머니, 누이들과 정원, 조용하고 아늑한 침실, 전에 다니던 학교와 시장, 데미안과 견진성사수업 등의 모습이 보였다. 이 모든 것들은 밝게 빛나고 있었고, 신성하고 순수했다. 어제만 해도, 불과 몇 시간 전만 해도 이 모든 것들은 전부 내 것이었다. 하지만 지금 이 순간은 아니었다. 타락하고 저주받은 나는 이것들에게서 밀려나며 증오에 찬 시선을 받았다. 그 옛날 아름다웠던 어린 시절, 정원에서 부모님으로부터 받았던 사랑과 친근함, 어머니의 다정한 입맞춤, 성탄절, 경건하고 명랑했던 일요일 아침, 정원에 피어 있던 온갖 꽃들, 그 모든 것들은 황폐해졌다. 나 스스로가 짓밟아버린 것이었다. 만약 지금 지옥의 사자가 쫓아와 쓰레기 같은 놈, 신성모독자라는 소리를 하고 교수대로 끌고 간다 하더라도, 거기에 동의하지 않을 수 없었을 것이다. 그렇게 하는 게 맞고 올바른 처사라고 인정하지 않을 수 없었을 것이다.

그랬다. 나의 내면 모습이 그랬다. 세상을 어슬렁거리며 경멸했던 나, 정신적으로 거만하고 데미안과 같은 생각을 했던 나, 그게 나였다. 쓸모없고 추잡하고, 술에 취해 더럽고 구역질 나고, 지저분한 충동에 사로잡힌 추악한 야수의 모습이 내 모습이었다. 온갖 청순함과 밝음, 우아함과 부드러움이 가득했던 정원에서 자랐고, 바흐의 음악과 아름다운 시를 사랑했던 나였다. 하지만 이젠 술에 취해 자제력을 잃은 채 나도 모르게 터져 나오는 저 구역질 나는 바보 같은 웃음소리를 듣는다. 그게 바로 나였다.

그러나 그 모든 것에도 불구하고 이러한 고통을 견디게 해준 것은 쾌락이었다. 내 마음은 그토록 오랫동안 맹목적이며 둔감했다. 말없이 초라하게 구석진 곳에 홀로 앉아 있었지만 자기 자신에 대한 책망과 고통과 영혼의 불쾌한 느낌이 싫진 않았다. 그것은 불꽃처럼 타올랐고 온 마음을 뒤흔들었다. 난 고통의 한가운데에서 혼란스러워하면서도 해방과 봄의 기운을 느꼈다.

그러는 동안 외면적으로는 급격히 타락해갔다. 술에 취하는 날이 계속 이어졌다. 술집 출입이 잦은 학생들이 많았고 그러면서 행패를 부리는 이들도 있었는데, 그중에 내가 가장 나이가 어렸다. 하지만 곧 한몫 거드는 어린 신참에서 벗어나 대담하게 술집을 찾아 분위기를 이끌어가는 우두머리이자 단골손님이 됐다. 다시 난 어두운 세계, 악마의 세계로 완벽하게 들어갔고, 이 세계의 주인공이 되었다.

그러면서도 마음은 비참하기 이를 데 없었다. 스스로 자신을 파괴해가는 방탕한 생활을 했다. 친구들 사이에서는 대장으로, 굉장한 녀석으로, 자신만만하면서도 유머 있는 녀석으로 인정받았지만, 마음 깊은 곳에서는 불안에 가득 찬 영혼이 두려움에 떨었다. 어느 일요일 아침, 술집을 나서다 단정하게 머리를 빗은 아이들이 예복 차림으로 길에서 명랑하게 놀고 있는 모습을 보고 눈물을 흘린 기억이 지금도 생생하다. 비좁은 선술집의 지저분한 테이블 주변에 앉아 술에 취해 친구들과 말도 안되는 냉소적인 이야기로 웃고 떠들고 있을 때에도, 마음속으로는 내가 경멸했던 모든 것에 대해 경외심이 있었다. 나의 영혼, 나의 과거와 나의 어머니, 그리고 신 앞에 눈물을 흘리며 무릎을 꿇고 있었다.

나는 단 한 번도 술친구들과 하나가 되지 못했고, 그들과 함께 있을 때에도 늘 외로움을 느꼈는데, 거기에는 그럴 만한 이유가 있었다. 난 선술집의 영웅이었고 선생, 학교, 부모님, 교회에 대해 내 생각을 거침없이 이야기하는 가장 거친 독설가였다. 직접 하지는 못했지만 음담패설도 태연히 들었다. 하지만 녀석들이 여자들을 찾아갈 때 함께한 적은 한 번도 없었다. 내가 하는 말만 들으면 철저하게 쾌락만 좇는 사람처럼 보였겠지만, 난 혼자였고 사랑에 대한 뜨거운 그리움, 절망적인 그리움에 가득 차 있었다. 그 누구도 나만큼 상처받지 않았고, 수줍어하지 않았다. 가끔씩 양가집 처녀들이 말쑥한 차림으로 밝고 우아하게 걸어가는 모습을 보면 현실이 아닌 순전히 꿈처럼 보였고, 그들이 나에 비해 천 배는 더 착하고 순수하게 느껴졌다. 한동안은 야겔트 부인의 문구점에 갈 수 없었는데, 그 여자만 보면 베크가 했던 말이 생각나 얼굴이 붉어졌기 때문이었다.

새로 만난 친구들 사이에서 끊임없이 외로움과 이질감을 느낄수록 그들과 더욱 떨어질 수 없었다. 술을 퍼마시고 터무니없는 이야기를 해대는 것이 즐겁기는 했었는지 지금 생각해봐도 정말 모르겠다. 술 마시는 일에 익숙하지 않았고, 그래서 매번 고통스러운 결과가 뒤따랐다. 모든 게 어쩔 수 없었다. 달리 어떻게 해야 할지 몰랐기 때문에, 해야만 할 일을 했다. 오랫동안 혼자라는 사실이 두려웠고, 부드럽기도 하고 부끄럽기도 했던 은밀한 감정의 변덕스러움이 두려웠다. 마음은 늘 이러한 감정에 기울어 있었고, 빈번히 엄습해오는 따뜻한 사랑에 대한 갈망이 견딜 수 없었다.

내게 가장 부족했던 한 가지는 친구였다. 좋아했던 두세 명의 친구가 있긴 했다. 하지만 그들은 모범생이었고, 나의 악행은 오래전부터 누구에게나 알려져 있었다. 그들은 날 피했다. 모두들 날 끝없이 추락하는, 그래서 절망적으로 놀기만 하는 녀석으로 취급했다. 선생들도 이런 나에 대해 잘 알고 있었다. 몇 차례 엄한 벌을 받기도 했고, 결국 학교에서 쫓겨나는 일만 남아 있었다. 나 자신도 그러한 사실을 잘 알았다. 나는 더 이상 착한 학생이 아니었고, 곧 퇴학당할 수도 있다는 생각으로 근근이 학교생활을 버텼다.

신이 우리를 고독하게 만들어 놓고 우리로 하여금 우리가 누구인지를 스스로 깨닫게 하는 길이 있다. 당시 신이 그런 길로 나를 이끌었다. 그 길은 마치 지독한 악몽과 같았다. 지저분하고 더러웠던, 깨진 맥주잔 사이로 냉소적인 이야기를 나누었던 밤들을 뒤로 하고 몽유병자처럼 쉴 새 없이 괴로워하면서 구역질 나고 더러운 길을 기어 다니고 있는 내 모습이 꿈속에 보였다. 공주를 찾아가는 길이었는데, 그 길은 내 모습처럼 온갖 오물과 악취와 쓰레기가 가득한 뒷골목과 같았다. 지금의 나와 유년기의 나 사이에 굳게 잠긴 낙원의 문을 냉혹한 문지기가 지키고 있었고, 낙원의 문을 통과하지 못하는 난 외로웠다. 그것은 나 자신에 대한 향수를 일깨우는 시작이었다.

아버지가 하숙집 주인으로부터 경고의 편지를 받고 처음으로 내 앞에 나타났을 때만 해도 난 놀라고 두려워했다. 하지만 겨울이 끝나갈 무렵 아버지가 두 번째로 찾아와 어머니를 생각해보라며 질책하고 엄하게 당부를 했을 땐, 무덤덤했다. 아버진 결국 몹시 화를 내며 내가 달라지지 않는다면 수모와 창피함을 무릅쓰고라도 학교에서 끌어내 감화원에 집어넣겠다고 했다. '좋을 대로 하시지요.'

그게 내 마음이었다. 그리고 아버지가 떠나자 마음이 편치 않았다. 아버진 소득 없이 떠났고 나와 아무런 교감을 찾지 못했다. 잠시 동안이지만 아버지가 그렇게 하는 것도 당연하다는 생각이 들었다.

어떻게 되든 상관없었다. 그렇게 정상적인 방법은 아니지만 난 나름의 방식으로 술집에 앉아 의기양양하게 세상과 싸우고 있었다. 그게 내가 저항하는 형식이었다. 그러면서 나 자신을 망가뜨려 갔다. 세상이 나 같은 사람을 필요로 하지 않는다면, 나 같은 사람에게 좋은 자리를 내주지 않고 그 어떤 기대도 하지 않는다면, 나 같은 사람은 그저 망가져가는 것이고, 그건 세상 책임이다. 그게 내가 보는 세상이었다.

그해의 성탄절 방학은 즐겁지 않았다. 어머니는 내 모습을 다시 보고 놀라움을 금치 못했다. 키는 더 컸는데 얼굴은 깡마르고 생기 없어 보였고, 염증이 생긴 눈가는 축 처져 있었다. 갓 나기 시작한 콧수염과 최근 쓰기 시작한 안경은 나를 더욱 낯설게 만들었다. 누이들은 이런 모습을 보며 뒤에서 킥킥거리고 웃었다. 모든 게 즐겁지 않았다. 서재에서 나눈 아버지와의 대화도 즐겁지 않았고 몇몇 친척들과의 인사도 즐겁지 않았다. 무엇보다 달갑지 않았던 것은 성탄절 전야였다. 내가 태어난 이래 성탄절은 우리 집에서 가장 즐거운 날이었으며, 사랑과 감사가 넘치는 축제였고, 부모님과 나 사이의 유대감을 새롭게 확인하는 자리였다. 하지만 이번 성탄절은 매사가 답답하고 곤혹스러울 뿐이었다. 여느 때처럼 아버지는 양

치는 목자들에 관한 복음서를 읽었고, 여느 때처럼 누이들은 환하게 웃으며 선물이 놓인 책상 앞에 서 있었다. 하지만 아버지의 목소리에는 기쁨이 없었고, 얼굴은 늙고 피곤해 보였다. 어머니의 표정역시 슬퍼 보였다. 선물과 축하 인사, 복음서와 크리스마스 트리, 그 모든 것이 내겐 고통스럽고 거북했다. 케이크에서는 달콤한 냄새가 났고 그보다 더욱 감미로운 추억의 향기가 풍겼다. 전나무의향기는 이제는 존재하지 않는 것들에 대한 이야기를 들려주었다. 하지만 난 성탄절 축제의 밤이 어서 끝나기만 기다렸다.

겨울은 그렇게 지나갔다. 얼마 전에 교무위원회로부터 경고를받았고, 곧 퇴학당할 것이라는 위협을 받았다. 될 대로 되라는 심정이었다. 데미안에게는 특별한 원망이 있었다. 그동안 그를 한 번도만나지 못했다. 전학을 가면서 초기에 두 차례의 편지를 보냈지만, 답장이 없었다. 그래서 방학 중에 집에 돌아와도 그를 찾지 않았다.

가시나무 울타리가 푸릇해지기 시작하던 초봄 무렵, 지난 가을알폰스 베크와 만났던 공원을 거닐다 한 소녀가 눈에 띄었다. 난 마음에 걸리는 생각과 걱정들로 가득 차 혼자 산책하던 중이었다. 건강은 나빠진데다 돈 문제로 곤란을 겪고 있었고, 친구들에게 빚을져 집에서 얼마라도 타내기 위해 그럴 듯한 지출명목을 꾸며내야했다. 몇몇 가게에 담배나 그 비슷한 물건들을 사느라 외상값도 늘어갔다. 이런 근심들이 꽤 심각하게 느껴지지는 않았던 것 같다. 머지않아 이곳 생활을 끝내고 물속에 뛰어들거나 감화원으로 가게 되면, 이런 건 소소한 걱정거리도 되지 않을 것이었다. 그럼에도 그런 불쾌한 일들과 계속 부딪히자 근심에 시달렸다.

그랬던 봄날 공원에서 나의 마음을 사로잡은 한 여자와 마주치게 되었다. 그 여자는 키가 크고 날씬했으며 우아한 차림에 똑똑한 소년의 얼굴 모습이었다. 첫눈에 마음에 들었다. 내가 좋아하는 타입이었고 곧바로 난 상상의 날개를 펼치기 시작했다. 나보다 별로 나이가 들어 보이진 않았지만, 훨씬 성숙하고 우아하며 얼굴 윤곽이 뚜렷했다. 벌써 숙녀의 티가 나기도 했지만, 내가 무척이나 좋아했던 오만함과 소년다움의 흔적이 얼굴에 있었다.

지금까지 난 마음을 빼앗긴 여자에게 접근하는 데 한 번도 성공한 적이 없었다. 이 여자의 경우도 마찬가지였다. 하지만 그녀의 인상은 그 어느 때보다도 깊었고, 그때 느꼈던 사랑의 감정은 내 인생에 무척이나 강렬한 영향을 미쳤다.

갑자기 내 앞에는 고귀하고 숭고한 영상 하나가 다시 떠올랐다. 마음속에서 무엇보다 이 여자를 경배하고 숭배하고자 하는 격한 욕구와 열망이 일었다. 난 그 여자에게 베아트리체라는 이름을 부여했다. 단테의 책을 읽어보지는 않았지만, 어느 영국화가의 그림을 통해 베아트리체에 대해 알고 있었다. 그 그림은 영국 초기 라파엘 유파의 소녀상으로, 난 그 복제품을 가지고 있었다. 그림 속의 소녀는 갸름하고 긴 얼굴을 하고 있었고, 두 손과 표정에는 영혼이 깃들어 있었다. 내 마음을 빼앗아간 아름다운 소녀의 모습이 그림

속 소녀의 모습과 완전히 일치하지는 않았다. 하지만 그 소녀 역시 날씬하고 소년다운 모습에 영혼이 깃든 얼굴을 하고 있었다.

베아트리체와 말을 나눈 적은 한 번도 없었다. 그럼에도 불구하고 그녀는 당시 나에게 깊은 영향을 끼쳤다. 그녀는 내 앞에 자기의 모습을 세워놓음으로써 성스러운 전당을 열어주었고 나로 하여금 사원의 기도자가 되게 하였다. 시간이 지나면서 술집 출입을 멀리했고, 밤에 돌아다니지 않게 됐다. 다시 혼자 있을 수 있게 되었고, 독서와 산책을 즐겨 하게 되었다.

친구들은 갑작스러운 내 변화를 비웃었다. 하지만 이젠 사랑하고 경배할 대상을 갖게 되었다. 내게도 이상이 생겼고, 생활은 다시 예감과 다채롭고 은밀한 희망으로 가득 찼다. 이것이 친구들의 비웃음을 견딜 수 있게 한 이유였다. 노예나 신하처럼 경배하는 대상이 실재가 아닌 하나의 영상이었음에도 불구하고 마음은 집에 있는 것처럼 편안했다.

그 시절을 떠올릴 때면 늘 감동에 젖는다. 난 무너져버린 삶의 폐허 속에서 다시 '밝은 세계'를 건설하려는 내면의 노력을 기울였다. 마음속에서 어둠과 악을 몰아내고, 신들 앞에 무릎 꿇고 오로지 빛 가운데 거하고자 하는 유일한 열망 속에서 살았다. 당시의 '밝은 세계'가 어느 정도는 내가 만들어낸 세계이기는 했다. 하지만 그것은 아무런 책임감도 없이 안락하기만 했던 어머니의 세계로의 도피가 아니라, 나 스스로가 만들어내고 요구한 새로운 임무, 책임감과 자기절제가 있는 봉사였다. 그동안 고통스럽게 피하기만 했던 성적인 욕구는 이제 이러한 성스러운 불꽃 속에서 정신과 기도로 승화되어야 했다. 어둠과 추함이 있어서는 안 되었다. 신음하며 지새우던 밤, 음란한 영상을 보며 고동치던 심장, 금지된 공간을 엿듣는 행위, 육체의 정욕이 있어서는 안 되었다. 난 이 모든 것들 대신 베아트리체 그림으로 제단을 세웠다. 그리고 그녀에게, 정신과 신들에게 나 자신을 바쳤다. 어두운 세력에게서 빼앗아온 삶의 일부를 밝은 세계의 제물로 바쳤다. 나의 목적은 쾌락이 아니라 순수함이었다. 행복이 아니라 아름다움과 순전한 정신이었다.

베아트리체에 대한 숭배는 내 삶을 송두리째 변화시켰다. 어제만 해도 조숙한 냉소주의자였지만, 이제는 성자가 되겠다는 목표를 지닌 수도사였다. 그동안 몸에 배어있던 나쁜 생활을 떨쳐버리고 모든 것을 바꾸고자 했다. 모든 일을 순수하고 고귀하게, 품위 있게 하고자 했다. 먹고 마시고 말하고 옷 입는 문제에도 신경을 썼다. 아침엔 냉수마찰을 했는데, 처음에는 무척 힘들었다. 진지하고 품위 있게 처신했고, 몸을 꼿꼿이 세워 천천히 위엄 있게 걸었다. 그런 모습이 우스꽝스럽게 보였을지 모르지만, 내게는 그 모든 것이 신께 드리는 예배나 다름없었다.

이러한 새로운 신념을 표현할 수 있는 방법을 찾기 위한 여러 가지 시도 가운데서 한 가지가 중요했다. 그림을 그리기 시작한 것이다. 내가 가지고 있던 영국 작가의 베아트리체 초상이 거리에서 보았던 소녀와 정확히 일치하지 않았다는 점이 발단이었다. 나 자신을 위해 그림을 그리고 싶었다. 새로운 기쁨과 희망을 가지고 얼마 전부터 쓰게 된 독방에 예쁜 종이와 물감, 붓 등을 구입해 놓았고, 팔레트, 유리잔, 도자기 접시, 연필을 정리해 놓았다. 작은 튜브에 든 고운 템페라 물감이 특히 마음에 들었다. 작고 하얀 접시 위에서 불꽃처럼 타오르던 크롬옥시드그린의 색깔은 지금도 눈에 선하다.

신중하게 그림을 그리기 시작했다. 얼굴을 그리는 게 쉽지 않아 우선 다른 걸 먼저 그리면서 연습을 했다. 장신구와 꽃, 여러 가지 풍경들, 교회 앞 나무, 사이프러스 나무가 드리운 다리 등을 그렸다. 가끔은 그림 그리는 일에 정신없이 빠져들어 크레파스를 가지고 노는 아이들처럼 행복해 하기도 했다. 그러다 마침내 베아트리체를 그리기 시작했다.

처음 몇 장은 완전히 실패해 버리고 말았다. 거리에서 마주쳤던 소녀의 얼굴을 떠올려보려 할수록, 더 잘 그려지지 않았다. 그래서 그런 방식을 포기하고 머릿속에 떠오르는 모습을 따라 물감이나 붓이 이끄는 대로 얼굴을 그리기 시작했다. 그렇게 그려진 얼굴은 꿈에서 본 모습이었다. 썩 만족스럽지는 않았지만 그런 식으로 계속 그려갔다. 실물과 많이 달랐지만, 새롭게 그려지는 한 장 한 장의 그림은 갈수록 선명해졌고 소녀의 모습에 가까워갔다.

시간이 지나면서 꿈을 꾸듯 붓으로 선을 긋고 면을 채우는 작업에 익숙해졌다. 모델도 없이 무의식적으로 그림을 그렸다. 그러던 어느 날 이전에 그렸던 그 어떤 얼굴보다도 강한 느낌으로 다가오는 얼굴을 마침내 완성했다. 하지만 실제 소녀의 얼굴이 아니었고, 결코 그럴 수도 없는 모습이었다. 그 그림은 뭔가 달랐다. 뭔가 비현실적으로 보였는데, 그렇다고 가치가 떨어지는 그림은 아니었다. 소녀의 얼굴이라기보다는 소년의 얼굴처럼 보였고, 머리카락도 실제로 보았던 아름다운 소녀의 금발이 아니라 붉은 빛이 도는 갈색이었다. 턱은 강하고 윤곽이 뚜렷했지만 입은 붉은 색이었다. 전체적으로 뻣뻣하고 가면 같은 느낌을 주었지만, 인상적이고 신비로운 생명력이 넘쳤다.

완성된 그림 앞에 앉자 기이한 인상을 받았다. 일면 신의 모습이나 가면처럼 보였는데, 반은 남자 반은 여자, 나이도 가늠할 수 없고, 꿈을 꾸고 있는 것 같으면서도 강한 의지를 보이는, 경직돼 있으면서도 살아 있어 보이는 그런 느낌이었다. 이 얼굴은 내게 할 말이 있는 듯했다. 내 얼굴인 것 같았고 내게 뭔가를 요구하는 듯했다. 누구와 닮은 것 같은데, 그게 누구인지 몰랐다.

이때부터 한동안 내 모든 생각과 생활은 그림을 떠나지 못했다. 혹시 누가 보고 놀리기라도 할까봐 그림은 서랍 속에 넣어 두었다. 하지만 방 안에 혼자 있을 때면 그림을 꺼내 유심히 바라보았다. 저녁에는 침대 위쪽 천장에 핀으로 고정시켜 놓고 잠들 때까지 보았고, 아침에 제일 먼저 보는 것도 그림이었다.

어렸을 때 그랬던 것처럼 다시 꿈을 자주 꾸기 시작했다. 지난 몇 년 동안 거의 꿈을 꾸지 못하다가 이제 다시 시작된 것이다. 전혀 새로운 종류의 꿈이었는데, 내가 그린 그림이 자주 나타났다. 꿈에서 나타난 그림은 생기 있게 이야기를 하면서 친절하기도 했고, 그렇지 않기도 했으며, 때로는 얼굴을 찌푸리면서도 매우 아름다운 모습이었고, 조화롭고 고귀했다.

어느 날 아침 꿈에서 깨어났을 때 갑자기 그림의 실체를 깨닫게 되었다. 내 이름을 부르거나 하는 것처럼 그림은 나를 친숙하게 바라보고 있었다. 그림 속 얼굴은 어머니만큼이나 나를 잘 알고 있는 듯했고, 그 옛날부터 항상 나를 바라보고 있던 것처럼 보였다. 난 흥분을 감추지 못하며 그 얼굴을 응시했다. 숱이 많은 갈색 머리칼과 반은 여자 반은 남자 같은 입술, 그리고 강인해 보이는 매끈하고 훤칠한 이마를 바라보았다. 그러면서 점점 느낌이 강해졌다. 그 얼굴이 누구의 얼굴인지 느낌이 왔다.

침대에서 박차고 일어나 아주 가까이서 그림을 살펴보았다. 크게 뜬 초록색의 두 눈, 날 응시하고 있는 두 눈을 바라보았다. 오른쪽 눈이 왼쪽 눈의 위치보다 약간 높게 그려져 있었다. 갑자기 오른쪽 눈이 미세하게 움직인 것 같았는데, 아니 분명 움직인 것 같았는데, 그 움직임 덕분에 그 얼굴이 누구와 닮았는지를 알게 됐다.

어떻게 이렇게 늦게야 비로소 알아차릴 수 있게 되었을까? 그건 바로 데미안의 얼굴이었다. 그 후 그림 속 얼굴을 내 기억 속에 남아 있는 데미안의 실제 모습과 자주 비교했다. 비슷하기는 했지만 완전히 똑같지는 않았다. 하지만 그래도 데미안이었다.

어느 초여름 저녁 서쪽 창문으로 붉게 물들은 석양빛이 비스듬히 들어오고 있었고, 방 안은 어스름해지고 있었다. 그때 갑자기 베아트리체의 초상, 아니 데미안의 초상을 창가에 고정시켜 놓고 그곳으로 석양이 비쳐들면 어떤 모습이 될지 보고 싶다는 생각이 들었다. 얼굴 윤곽은 흐릿해졌지만, 붉게 그늘진 두 눈과 훤칠한 이마, 유난히 붉은 입술은 더욱 생생하고 또렷해졌다. 석양이 사라지고 나서도 한참을 그림을 마주보고 앉아 있었다. 그러자 점차로 그 얼굴이 베아트리체도 아니고 데미안도 아니고 바로 나라는 느낌이 들었다. 그림이 나와 닮지 않았고, 그럴 리도 없다고 생각했지만, 그 그림은 나의 삶, 나의 내면세계, 나의 운명, 혹은 내 안에 있을지 모르는 악령을 나타내주었다. 내가 다시 어떤 친구를 만나게 된다면 그 친구의 모습이 이와 같을 것이었다. 내가 사랑하게 될 여인의 모습도 그러했을 것이다. 나의 삶과 죽음의 모습도 그와 비슷할 것 같았다. 이것은 내 운명의 울림이자 리듬이었다.

그 몇 주 동안 이제까지 읽었던 그 어떤 책보다 깊은 인상을 받은 책 한 권을 읽었다. 니체를 제외하고 훗날 그렇게까지 감동을 주었던 책은 거의 없었다. 노발리스의 책이었다. 책에 쓰여 있는 편지와 격언의 많은 부분을 잘 이해하진 못했지만, 글 하나하나 모두가 내 마음을 사로잡았다. 그 가운데 떠오른 한 구절을 그림 밑에 펜으로 적어놓았다. "운명과 심성은 하나의 개념에 대한 두 가지 명칭이다." 그제야 그 말의 의미를 이해했다.

내가 베아트리체라고 불렀던 소녀와는 자주 마주쳤다. 소녀를 보아도 아무런 감정의 동요가 없었지만, 막연한 일치감, 본능적인 예감 같은 것은 항상 있었다. 그래서 소녀를 볼 때마다 속으로 말했다. 넌 항상 나와 연결되어 있어, 네가 아니라 네 초상하고 말이야. 넌 내 운명의 일부야.

데미안에 대한 그리움이 다시 몰려왔다. 지난 몇 년 동안 그에 대한 소식을 전혀 듣지 못했다. 방학 중에 한 번 만난 적은 있었다. 그 짧았던 만남을 기록에서 일부러 제외시켰다는 걸 지금에야 깨닫게 됐다. 그건 부끄러움과 허영심 때문이었다. 이제 그 얘길 해야겠다.

방학이 되어 고향에 내려와 술집에 드나들던 시절에 권태롭고 피곤한 얼굴로 이곳저곳을 어슬렁거리던 때였다. 산책용 지팡이를 흔들며 속물들의 늘 똑같은 얼굴, 늙고 보잘것없는 얼굴을 보고 있다가 옛 친구와 마주쳤다. 그를 보자마자 움찔했다. 갑자기 프란츠 크로머에 대한 생각이 떠올랐기 때문이었다. 데미안이 아직도 그 사건을 잊지 않고 있을까 걱정이 되었다. 그에게 뭔가 갚아야 할 일이 있다는 게 불편했다. 물론 오래전 어리석은 애들 일이었긴 했지만, 신세를 진 건 진 것이었다.

데미안은 내가 먼저 인사를 하려고 하는지 기다려보고 있는 것 같았다. 난 될 수 있는 대로 태연하게 인사를 건넸고, 그러자 그가 손을 내밀었다. 데미안의 악수 그대로였다. 단단하고, 따뜻하면서도 차가운, 남자다운 악수였다.

내 얼굴을 주의 깊게 살펴보며 그가 말했다. "싱클레어, 키가 많이 컸는데." 그는 전혀 변한 게 없어 보였다. 언제나처럼 늙지도 않고 젊지도 않고 항상 같은 나이인 것 같았다.

우리는 함께 어울려 산책하며 순전히 딴 이야기만 했다. 당시의 일들에 대해서는 아무 이야기도 하지 않았다. 그때 내가 몇 번 편지를 썼는데 답장을 받지 못했던 일이 생각났다. 데미안이 그 바보 같은 멍청한 편지들은 잊어버렸기를 바랐다. 제발 거기에 대해선 한마디도 안 했으면 했다.

당시엔 아직 베아트리체도 그림도 존재하지 않았던 때로, 난잡한 생활을 하고 있던 시절이었다. 교외에 이르자 데미안에게 함께 술집에 가자고 했고, 그가 따라왔다. 난 잔뜩 멋을 부리며 포도주 한 병을 주문했다. 잔에 술을 채우고 건배를 한 다음 대학생처럼 첫 잔을 단숨에 비웠다.

"술집에 자주 가는구나?" 데미안이 물었다.

"어, 달리 할 것도 없고, 지금은 그게 제일 재미있기도 하고."

"그래? 그럴 수 있어. 술집에도 제법 괜찮은 게 있지. 도취와 황홀경 같은 것 말이야. 하지만 내 생각엔 술집에 오래 있는 대부분의 사람들은 그런 걸 전혀 모르는 것 같아. 술집을 찾아다니는 건 정말 속물들이나 하는 짓 같거든. 하룻밤 정도 횃불을 켜고 제대로 된 도취와 황홀경을 맛보는 것 멋진 일이야. 하지만 매일 그렇게 한 잔 한 잔 마시는 건 진짜가 아니지. 파우스트를 한번 생각해봐, 매일 저녁 그가 단골술집에 앉아 뭘 했는지 말이야."

난 술을 마시며 적의에 찬 눈으로 데미안을 쳐다보았다.

"그래, 하지만 모두가 파우스트 같은 사람은 아니니까."

데미안은 다소 의아하다는 듯이 날 바라보았다. 그러더니 예전의 그 새로운 생각과 우월함을 느끼게 하는 웃음을 지었다.

"그래, 그런 일로 우리가 다툴 건 없지. 어쨌든 주정뱅이나 호색한의 삶이 나무랄 데 없는 시민의 삶보다야 훨씬 생기가 넘칠지 몰라. 언젠가 책에서 봤는데, 그런 방탕한 생활은 신비주의자가 되기 위한 최고의 준비과정이라는 거야. 예언자가 된 성 어거스틴 같은 사람들은 늘 있으니까. 성 어거스틴도 한때는 쾌락과 향락을 쫓아 살았거든."

데미안의 이야기가 미심쩍었던 나는 그로부터 훈계를 받고 싶지 않았다. 그래서 냉담하게 말했다. "그래, 각자 자기 식대로 살아가는 거니까. 그런데 솔직히 말해서 난 그런 예언자 같은 사람이 될 생각은 전혀 없어."

데미안이 눈을 가늘게 뜨고 알겠다는 듯이 날 바라보며 천천히 말했다.

"이봐 싱클레어, 널 불편하게 할 생각은 없었어. 다만 네가 무슨 목적으로 술을 마시는지, 그건 우리 둘 다 모른다는 거야. 하지만 네 삶을 결정하는 네 안에 있는 무언인가는 알고 있어. 그게 뭔지 아는 게 중요해. 우리 마음속에 모든 걸 알고 있고, 원하고 있고, 모든 걸 우리 자신보다 훨씬 더 잘 해내고 있는 누군가가 있어. 아 미안, 이젠 집에 가봐야겠는데."

우리는 짧게 작별인사를 나누었다. 기분이 언짢아진 나는 좀 더 머물며 남은 술을 모두 마셨다. 술집을 나설 때 데미안이 이미 계산을 했다는 걸 알았는데, 그게 날 더 화나게 했다.

이 사소한 사건이 잊혀지지 않았다. 내 마음은 온통 데미안 생각으로 가득 찼다. 그가 교외 술집에서 했던 말들이 떠올라 기억에서 사라지지 않았다. "그게 뭔지 아는 게 중요해. 우리 마음속에 누군가 있고 그가 모든 걸 알고 있어."

창가에 걸려 있는 그림을 바라보았다. 해가 져서 거의 보이지 않았지만 두 눈은 여전히 빛났다. 그것은 데미안의 눈빛이었다. 어쩌면 그것은 내 마음속에 있는, 모든 것을 알고 있는 바로 그 사람이었다.

데미안을 얼마나 그리워했던가! 난 데미안에 대해 아는 게 없었다. 그와 연락이 닿지 않았다. 그가 어딘가에서 대학을 다니고 있고, 김나지움을 졸업하고 자기 어머니와 함께 우리가 살았던 도시를 떠났다는 게 내가 아는 전부였다.

크로머와의 사건을 포함해 데미안과 관련된 모든 기억들을 다시 떠올려보았다. 그가 했던 모든 말들은 지금도 의미가 있고 실제로 나 자신과 관련된 것들이었다. 그다지 즐겁지 않았던 마지막 만남에서 얘기했던 탕자와 성자에 대한 그의 말도 또렷하게 기억이 났다. 그게 내 이야기는 아니었을까? 내가 취기와 지저분함 속에서, 마비와 상실 속에서 살아왔던 건 아니었을까? 그래서 결국은 그 반대로 새로운 삶에 대한 충동으로 순수함에 대한 욕구와 정결함에 대한 동경이 생긴 것이 아닐까?

그렇게 계속 기억을 떠올려보았다. 벌써 밤이 되었고 밖에는 비가 내렸다. 내 기억 속에서도 빗소리가 들려왔다. 데미안이 밤나무 아래서 크로머에 대해 집요하게 캐묻고 나의 첫 비밀을 알아맞혔던 때였다. 등하교 길에서의 대화, 견진성사 준비수업 등, 그와 관련된 장면들이 하나하나 떠올랐다. 마지막으로 데미안과의 최근 만남이 떠올랐다. 그때 문제가 됐던 건 무엇이었을까? 금방 대답이 생각나지 않았다. 시간을 두고 세심하게 생각하자 다시 기억이 났다. 데미안이 카인에 대한 의견을 이야기한 후, 우리 집 앞에 함께 서 있던 모습이 떠올랐다. 그때 데미안은 오래돼 그 형체를 알아보기 힘든, 우리 집 현관 아치 밑의 초석 안에 새겨져 있는 문장에 대해 언급했었다. 자기는 그 문장이 무척 흥미롭다고, 그런 것들에 관심을 가져야 한다고 했다.

그날 밤 꿈속에 데미안과 문장이 나타났다. 수시로 바뀌는 꿈속에서 데미안은 문장을 손에 들고 있었다. 그 문장은 어떤 땐 작고 회색이었다가, 또 어떤 땐 크고 여러 가지 색깔로 변했다. 데미안은 그래도 그게 같은 문장이라고 설명했다. 마지막으로 데미안은 내게 그 문장을 먹으라고 명령했다. 내가 그것을 삼키자, 문장 속에 그려진 새가 살아 움직이며 뱃속을 파먹기 시작했고, 난 질겁하고 말았다. 끔찍한 죽음의 공포를 느끼며 잠에서 깨어났다.

정신을 차려보니 한밤중이었고 방 안으로 비가 들이치는 소리가 들렸다. 창문을 닫으려고 일어났을 때 바닥에 놓여 있던 하얀 물체를 밟았다. 아침에 일어나보니 내가 그린 그림이었다. 비에 젖어 바닥에 떨어져 있던 그림은 불룩하게 부풀어 있었다. 물기를 빼기 위해 그림을 두꺼운 책 속에 끼워 넣었다. 다음 날 보니 잘 말랐지만, 그림은 변해 있었다. 붉은 입술은 바래졌고, 폭이 약간 좁아졌다. 이젠 정말 데미안의 입 그대로였다.

새 종이에 문장 속의 새를 그리기 시작했다. 새의 원래 모습이 어떠했는지는 정확히 알지 못했다. 문장은 너무 오래되기도 했고 덧칠도 몇 번 해서 가까이서도 잘 알아보기 힘들었다. 새가 서 있던 것 같기도 했고, 꽃이나 바구니, 혹은 둥지나 화관 위에 앉아 있던 것 같기도 했다. 그런 건 신경 쓰지 않기로 하고 지금 마음속에 확실하게 떠오르는 모습만으로 그리기 시작했다. 나도 모르게 시작부터 강렬한 색깔을 사용했다. 내 그림 속에서 새의 머리는 황금색이 되었다. 기분 내키는 대로 그리다보니 며칠이 지나지 않아 그림이 완성되었다.

날카롭고 대담한 매의 머리를 가진 맹금류의 새 그림이었다. 새의 몸 절반이 푸른 하늘을 배경으로 커다란 알 같은 어두운 지구에 박혀 있었는데, 새는 거기에서 빠져나오려고 했다. 오랫동안 바라볼수록 그림이 점점 꿈속에 나타났던 여러 가지 색깔의 문장처럼 보였다.

설령 주소를 알았다 하더라도 데미안에게 편지를 쓴다는 건 불가능했던 것 같다. 하지만 난 편지가 전해질 수 있을지와 상관없이 평상시처럼 꿈속의 예감을 따라 매가 그려진 그림을 보내기로 결심했다. 그림 위에는 아무 글자도 쓰지 않았다. 내 이름도 쓰지 않았다. 그림 가장자리를 조심스럽게 잘라내 커다란 종이봉투를 사서 넣은 다음, 데미안의 옛날 주소를 썼다. 그리고 곧바로 보냈다.

시험이 다가왔고, 평소보다 더 열심히 공부하지 않으면 안 되었다. 행실을 바로잡은 이후로는 선생들이 날 너그럽게 다시 받아주었다. 내가 모범생은 아닐지 몰라도 이젠 그 누구도 반 년 전의 퇴학조치를 기억하고 있지 않았다.

아버지도 비난이나 위협조가 아닌 예전의 어조로 편지를 다시 보내왔다. 그래도 내 변화의 이유를 그 누구에게도 설명하고 싶진 않았다. 이러한 변화가 부모님이나 선생님의 기대와 맞아떨어진 것은 우연이었다. 그렇다고 다른 사람들과 더욱 친해진 것도 아니었다. 변화는 나를 더욱 고독하게만 만들었다. 변화의 목표는 멀고 먼 운명의 목표로 데미안을 향하고 있었다. 아무것도 모른 채 난 그 가운데에 서 있었다. 발단은 베아트리체였다. 하지만 얼마 지나지 않아 그림과 데미안에 대한 생각들로 너무나 비현실적인 세계 속에 빠져들다보니 베아트리체는 내 시선과 생각 속에서 완전히 사라져버렸다. 내 꿈과 기대와 내적인 변화에 대해서는 그 누구에게도 이야기할 수 없었던 것 같다. 설령 내가 원했다 하더라도 말이다.

5

새는 알에서 나오려고 투쟁한다

내가 그린 꿈속의 새는 내 친구를 찾아 날아갔다. 놀랍게도 답장이 왔다.

어느 날 쉬는 시간이 끝나갈 무렵 교실에서 책갈피 사이에 쪽지 하나가 꽂혀 있는 걸 발견했다. 그 쪽지는 우리 반 학생들이 수업 시간 중에 몰래 서로에게 보낼 때 흔히 접는 것과 똑같은 방식으로 접혀 있었다. 난 누구와도 그런 식으로 쪽지를 주고받지 않았기 때문에, 누가 그 쪽지를 보냈는지 궁금했다. 하지만 애들 장난이겠거니 생각하고 읽지 않고 책에 넣어 두었다. 그러다 수업 도중에 그 쪽지가 다시 우연히 손에 잡혔다.

종이를 만지작거리다 생각 없이 펼쳐보니 거기엔 몇 마디 글이 적혀 있었다. 쪽지에 적힌 글을 보자마자 내 심장은 얼어붙었다.

마치 추위에 온몸이 오그라들 듯 운명 앞에 선 내 마음은 무척이나 놀라고 떨렸다.

"새는 알에서 나오려고 투쟁한다. 알은 세계다. 태어나려고 하는 자는 하나의 세계를 깨뜨려야 한다. 새는 신에게로 날아간다. 신의 이름은 아브락사스다."

나는 이 글을 여러 번 읽은 후 깊은 생각에 잠겼다. 의심의 여지가 없었다. 데미안이 보낸 답장이었다. 그 새에 대해 알고 있는 사람은 나와 데미안밖에 없었다. 데미안이 내 그림을 받은 것이다. 데미안은 그 그림을 이해했고, 내가 그림을 해석하는 데 도움을 주었다. 하지만 그 모든 일들은 서로 어떤 관련이 있을까? 무엇보다 내 마음을 흔들어 놓은 것은 아브락사스가 무엇인가 하는 것이었다. 들어본 적도 읽어본 적도 없는 단어였다. "신의 이름은 아브락사스다."

난 수업에 집중하지 못했다. 그렇게 시간이 지났고, 그날 오전의 마지막 수업이 시작되었다. 대학을 갓 졸업한 젊은 보조 선생님 수업이었는데, 그 선생님은 젊은 데다 권위를 내세우지 않았기 때문에 우리에게 인기가 있었다.

폴렌 선생님의 지도하에 우리는 헤로도토스의 책을 읽었다. 이 수업은 내가 좋아하는 몇 안 되는 과목 중 하나였다. 그러나 이날엔 정신이 다른 데 팔려 있었다. 기계적으로 책을 펴긴 했지만, 번역을 따라가지 못하고 내 생각에만 빠져 있었다. 데미안이 예전에 종교

수업시간에 했던 이야기는 정말로 맞는 말이었다. 난 그걸 여러 번 경험으로 확인했다. 사람이 무언가를 열렬히 원하면 그대로 된다는 이야기 말이다. 수업 중에 나만의 생각에 아주 강렬하게 몰두해 있으면, 선생님은 날 그냥 내버려두었다. 하지만 산만하거나 졸릴 때면 갑자기 선생님이 옆에 와 있었다. 그런 경험은 여러 번 있었다. 무언가에 정말 깊이 몰입하고 빠져 있으면 방해 받지 않았다. 누군가를 뚫어질 듯 바라보는 일도 시도해보았는데, 이것도 데미안의 말대로 되었다. 데미안과 만나던 때에는 잘 되지 않았었는데, 지금은 시선과 생각으로도 아주 많은 일을 이룰 수 있다는 걸 자주 느끼고 있다.

그때도 그렇게 내 생각은 헤로도토스와 학교와는 멀리 떨어져 있었다. 그런데 뜻밖에도 선생님의 목소리가 마치 번개처럼 나의 의식에 파고들어와 깜짝 놀라게 되었다. 선생님이 바로 내 옆에 와 있어 내 이름을 부른 줄 알았는데 날 쳐다보지는 않았다. 난 안도의 한숨을 쉬었다. 그때 선생님의 목소리가 다시 들렸다. 또렷하게 들린 단어는 '아브락사스'였다.

처음 부분은 잘 듣지 못했지만, 폴렌 선생님은 설명을 계속하고 있었다. "우리는 저 종파의 세계관과 고대의 신비주의적인 합일을 합리주의적 입장에서 보듯 그렇게 단순히 바라봐서는 안됩니다. 오늘날 우리가 말하는 의미의 학문이란 고대엔 존재하지도 않았습니다. 그 대신 아주 고도로 발달했던 철학적 신비주의적 진리를 다루는 활동이 있었습니다. 그중 일부는 부분적으로 주술과 유희적 놀이가 되어 사기나 범죄로 이어지기도 했습니다. 하지만 주술에도 고귀한 기원과 깊은 사상이 있습니다. 앞서 예로 들었던 아브락사스 학설도 마찬가지입니다. 오늘날에도 이 이름은 그리스의 주문과 관련되어 이야기되고 있습니다. 미개 민족들이 믿고 있는 마술을 부리는 어떤 악마의 이름 정도로 생각하는 것이요. 하지만 아브락사스는 훨씬 더 많은 의미를 가지고 있는 것 같습니다. 우리는 그 이름을 신적인 것과 악마적인 것을 결합하는 상징적 과제를 가진 어떤 신성을 지닌 존재의 명칭으로 생각할 수 있습니다."

자그마한 체구의 선생님은 섬세하고 열정적으로 이야기를 계속해나갔다. 하지만 누구도 그 이야기에 주목하지 않았다. 아브락사스라는 이름이 더 이상 거론되지 않자 나 역시도 다시 딴 생각에 빠져들었다.

"신적인 것과 악마적인 것을 결합한다."는 말의 여운이 사라지지 않았다. 이 말은 다른 누군가의 말을 떠올리게 했다. 마지막으로 데미안과 우정을 나누던 시절, 그가 했던 말과 비슷했다. 우리에게는 분명 우리 자신이 존중하는 하나의 신이 있지만, 그 신은 임의로 분리된 세계의 절반인 공식적으로 허용된 밝은 세계만을 대표할 뿐이라고 데미안은 말했었다. 그러나 인간은 세계 전체를 존중해야 한다고, 따라서 악마이기도 한 신을 가지든가 아니면 신에 대한 예배와 함께 악마에 대한 예배도 만들어야 한다고 했다. 그러니까 아브락사스는 신이기도 하고 악마이기도 한, 그런 신이었다.

한동안 아브락사스라는 신에 대해 열심히 찾아보았으나 아무런 성과가 없었다. 아브락사스를 찾아 도서관 전체를 뒤져보기도 했다. 하지만 그런 식의 직접적이고 의식적인 탐구가 나오는 본질적으로 맞지 않았다. 그래봐야 한 손에 올려놓은 돌 하나 크기만큼의 진실도 못되는 것이었다.

한때 그렇게 몰두했던 베아트리체의 모습은 서서히 관심에서 사라져갔다. 마치 지평선에 점점 가까이 다가가는 것처럼 나에게서 떨어져 그림자와 같이 멀어지고 희미해졌다. 그것은 이제 내 영혼을 만족시켜주지 못했다.

몽유병자처럼 스스로를 얽어맨 나 자신의 현존 속에서 이제 새로운 형상들이 만들어지기 시작했다. 삶에 대한 동경이, 아니 사랑에 대한 동경이 솟구쳤다. 한동안 베아트리체 숭배를 통해 해소될 수 있었던 성적인 충동은 새로운 영상과 목표를 요구했다. 여전히 마음속엔 그 어떤 성취감이 없었다. 그러한 동경을 부인하거나 친구들이 자신의 행복을 찾는 대상이었던 소녀들로부터 무언가를 기대하는 것은 예전보다 더욱 불가능했다. 다시 격하게 꿈을 꾸기 시작했다. 밤보다 낮에 훨씬 더 많은 꿈을 꾸었다. 상상 속의 영상과 소망들이 나를 외부세계에서 끌어내, 이러한 마음속의 영상들, 꿈들, 그림자들과 현실에서보다 더욱 실제적이고 생생하게 교류하게 했다.

거듭 되풀이되며 나타났던 특정한 꿈 하나, 환상 하나가 내게 무척 중요한 의미로 다가왔다. 내 인생에서 가장 중요하고도 불길했던 그 꿈의 내용은 대략 이런 것이었다. 꿈속에서 난 고향 집으로 돌아갔다. 현관문 위에는 문장 속에 새겨진 새가 푸른 하늘을 배경으로 황금색으로 빛나고 있었다. 집안에 있던 어머니가 날 맞이하러 다가왔다. 하지만 내가 집에 들어서며 어머니를 포옹하려 하자, 어머니가 한 번도 본 적이 없던 크고 힘 있어 보이는 다른 사람, 데미안이나 내가 그린 그림과 닮았지만 막상 보면 또 달라 보이는, 강인해 보이지만 여성적인 그런 사람으로 변해 있는 것이었다. 이러한 모습의 인물이 날 끌어당기며 전율을 일으킬 정도로 깊은 사랑의 포옹을 해주었다. 순간 희열과 공포가 뒤섞였다. 그 포옹은 예배였고 동시에 죄악이었다. 날 끌어안고 있는 사람에게서 어머니에 대한 너무나 많은 추억, 데미안에 대한 너무나 많은 추억이 느껴졌다. 포옹은 불경스러운 것이었으나 축복처럼 다가왔다. 꿈에서 깨어나며 깊은 행복감을 느꼈지만, 한편으론 죽음의 공포와 함께 무서운 죄악을 저지른 것만 같은 심한 양심의 가책을 느끼기도 했다.

내면의 환상과 외부에서 다가온 신에 대한 암시 사이에 어떤 무의식적인 결합이 서서히 이루어졌다. 결합은 점점 긴밀해지고 내밀해졌고, 이러한 예감의 꿈속에서 나 자신이 아브락사스를 부르고 있음을 느끼기 시작했다. 희열과 공포, 남성과 여성, 가장 성스러운 것과 가장 추한 것의 뒤섞임, 지고한 청순함으로 인한 깊은 죄악, 이것이 내가 꿈속에서 보았던 사랑의 모습이었고 아브락사스의 모습이었다. 사랑은 더 이상 처음에 내가 두려워했던 동물적인 어두운 충동이 아니었고, 베아트리체 초상에게 경건하게 바쳤던 정신적 숭배의 대상도 아니었다. 사랑은 그 둘 다였다. 둘 다였을 뿐만 아니라 그 이상이었다. 천사인 동시에 악마였고 남성과 여성이 합일된 것이었으며, 인간적인 것과 동물적인 것, 최고의 선과 극단의 악의 혼합체였다. 이처럼 양 극단에서 살아가는 것이 내게 정해져 있는 운명인 것 같았다. 운명을 동경하기도 했고 두려워하기도 했지만, 운명은 항상 나와 함께 하며 나를 지배하고 있었다.

이듬해 봄 김나지움을 졸업하고 대학에 가게 되었지만, 아직 어디서 무엇을 공부해야 할지 몰랐다. 코 밑에 수염도 약간 자라났다. 다 큰 어른이었지만, 완전히 무기력했고 목표가 없었다. 확실한 것은 단 한 가지, 내면의 목소리와 꿈의 영상뿐이었다. 확실한 것이 이끄는 대로 맹목적으로 따라가야 한다고 느꼈다. 하지만 그것은 무척 어려운 일이었고 난 매일 그것에 반항했다. 내가 미친 게 아닐까, 내가 보통 사람과 다른 것일까, 하는 생각이 자주 들었다. 다른 사람이 해내는 건 나도 모두 할 수 있었다. 조금만 주의와 노력을 기울이면 플라톤의 책도 읽을 수 있었고, 삼각법 문제나 화학적인 분석도 따라갈 수 있었다. 할 수 없는 건 딱 한 가지뿐이었다. 그것은 내 안에 어둡게 감추어져 있는 목표를 끄집어내어 내 자신 앞에 확실히 그려보는 일이었다. 교수나 판사, 의사나 예술가가 되려면 얼마나 걸리고, 그렇게 되는 것이 어떤 이점이 있는지를 다른 사람들처럼 정확히 가늠하는 것, 그건 내가 할 수 없는 일이었다. 언젠가 혹시 그런 직업을 갖게 될지도 모르겠지만, 지금의 난 어떻게 해야 할지 몰랐다. 어쩌면 몇 년을 두고 찾고 또 찾아야겠지만 아무것도 성취하지 못하고 아무런 목표도 이루지 못할 것 같았다. 혹시 어떤 목표에 도달하게 된다면, 그것은 악하고 위험한, 끔찍한 목표일지 몰랐다.

진정 내 마음이 원하는 대로, 그렇게 살아가려 했다. 그게 왜 그렇게 힘들었을까?

가끔씩 꿈속에 나타난 강렬한 사랑의 영상을 그려보려 했다. 하지만 한 번도 성공하지 못했다. 만일 성공했더라면, 그림을 데미안에게 보냈을지도 몰랐다. 데미안이 어디에 있는지 알지 못했다. 내가 아는 건, 데미안이 나와 어떻게든 연결되어 있다는 사실뿐이었다. 언제 다시 그를 만날 수 있을지 몰랐다.

베아트리체를 숭배하며 보냈던 몇 주, 몇 달 간의 평안했던 마음은 오래전에 사라졌다. 당시 나는 어떤 섬에 찾아가 평화를 발견해낸 것으로 생각했었다. 그러나 항상 그랬었다. 어떤 상태가 마음에 들기 무섭게, 어떤 꿈이 평안을 주기 무섭게, 그것은 벌써 퇴색해버리고 희미해지는 것이었다. 그것을 한탄해봐야 아무 소용이 없었다. 난 스스로를 완전히 야성적이고 미치광이처럼 만들고마는, 이루어지지 않는 갈망과 긴장된 기대의 불꽃 속에서 살았다. 꿈속에서 보았던 여인의 모습을 때로는 너무도 생생하게, 내 손을 보는 것보다 더 선명하게 바라보았다. 그 영상과 이야기를 나누고, 그 앞에서 눈물을 흘리며 그 영상을 저주하기도 했다. 그 영상을 어머니라 부르며 눈물을 흘리고, 그에게 무릎을 꿇고 경배했다. 그를 애인이라고 부르며 모든 갈망을 충족시켜주는 깊은 입맞춤을 어렴풋이 느끼기도 했다. 그리고 그를 악마, 매춘부, 흡혈귀, 살인자라 부르기도 했다. 그는 나를 다정스럽기 그지없는 사랑의 꿈으로 유인하기도 했고 이를 데 없이 철면피한 행위로 끌고 가기도 했다. 그 영상에는 지나치게 선량한 것도, 존귀한 것도 없었으며, 동시에 지나치게 사악한 것도, 비천한 것도 없었다.

그해 겨울 내내 난 설명하기 어려운 내면의 폭풍 속에서 시간을 보냈다. 오래전부터 이미 고독에 익숙해 있었기에, 고독을 견디는 게 어렵지만은 않았다. 난 데미안과 새, 내 운명이자 연인이었던 위대한 꿈의 영상과 함께 살아갔다. 그 모든 것들이 위대함과 광활함을 지향하며 아브락사스를 가리키고 있었기 때문에, 그들 속에서 충분히 살아갈 만했다. 하지만 이 꿈들 중 단 하나도, 생각의 어느 한 조각도 내게 복종하지 않았다. 그것들 중 단 하나도 내 임의대로 불러들일 수 없었고, 내 마음대로 채색할 수 없었다. 오히려 그것들이 다가와 날 사로잡았고, 난 그것들에 지배를 받으며 살아갔다.

외면적으로는 안정을 찾은 것 같았다. 사람에 대한 두려움은 없었다. 같은 반 친구들도 그걸 알고는 내게 은근히 경의를 표하기도

해서 가끔 실소를 자아내기도 했다. 대부분 친구들의 생각을 원하는 대로 꿰뚫어볼 수 있었고, 그렇게 해서 그들을 놀라게 하기도 했다. 다만 그렇게 하는 경우는 거의 드물었다. 난 늘 나 자신에게만 몰두했다. 그래서 이젠 조금이나마 인생의 일부분을 진지하게 살면서 내 안에 있는 무언가를 밖으로 끄집어내 세상과 관계를 맺고 투쟁하기를 갈망했다. 저녁에 거리를 배회하며 초초함으로 인해 자정이 다 돼서도 집으로 돌아갈 수 없을 때면 가끔씩 꿈속에서 보았던 연인을 틀림없이 만날 수 있으리라는 생각을 했다. 다음 골목 모퉁이를 돌고 있는 그녀를 만날 수 있으리라고, 창문만 열면 그녀를 만날 수 있으리라고 생각했다. 그 모든 게 때론 참을 수 없는 고통으로 옥죄어 와 언젠간 스스로 목숨을 끊을 결심을 하기도 했다. 그때 흔히 말하는 '우연'을 통해 특이한 도피처를 발견했다. 그러나 사실 그런 우연이란 존재하지 않는다. 무언가를 간절히 필요로 하는 사람이 그 무언가를 발견했다면, 그건 자신에게 주어진 우연이 아니다. 그것은 자신의 요구와 필요가 찾아낸 것이다.

두세 번 시내를 걸어가다 교외의 자그마한 교회에서 오르간 연주 소리가 흘러나오는 걸 듣게 되었다. 처음엔 지나쳐 갔지만, 그 앞을 다시 지나가다 연주를 들어보니 바흐의 곡이란 걸 알게 됐다. 안으로 들어가려 했지만, 문이 잠겨 있었다. 골목엔 사람도 거의 없었다. 그래서 교회 옆에 있는 커다란 돌 위에 앉아 외투 깃을 세우고 귀를 기울여 듣기 시작했다. 그리 크지는 않았지만 좋은 오르간에서 훌륭한 연주가 들려왔다. 그 연주는 의지와 인내를 독특하면서도 최고로 개성 있게 표현해내고 있었는데, 마치 기도처럼 들렸다. 연주자는 음악 안에 보물이 숨겨져 있음을 아는 것 같았고, 자신의 생명을 구하듯 이 보물을 찾기 위해 애를 쓰며 연주하고 있다는 생각이 들었다. 음악에 대해서는 기술적으로 별로 잘 알지 못했지만, 영혼에서부터 울려 나오는 이런 연주는 어렸을 때부터 본능적으로 이해했다.

음악가는 바흐의 곡에 이어 현대 음악도 연주했는데, 레거의 작품인 것 같았다. 교회 안은 완전히 어두웠고, 바로 옆 창문을 통해 아주 희미한 빛 한 줄기만 흘러나오고 있었다. 난 연주가 끝나기를 기다렸다가 오르간 연주자가 밖으로 나올 때까지 교회 앞을 이리저리 거닐었다. 연주자는 꽤 젊어 보였지만 나보단 나이가 많았다. 체격은 다부지고 땅딸막했다. 그는 힘찬 걸음으로, 그러면서도 내키지 않는 듯한 걸음으로 교회를 떠났다.

그 이후 난 가끔씩 저녁 무렵에 그 교회 앞에 앉아 있거나 서성거리곤 했다. 한번은 교회 문이 열려 있어 들어가보니, 오르간 연주자가 위에서 희미한 가스등 불빛 속에서 연주를 하고 있었다. 난 추위에 떨면서도 행복한 마음으로 삼십 분 동안 회중석에 앉아 연주를 들었다. 그가 연주하는 음악에서 내가 들은 것은 그 사람 자신만이 아니었다. 잘은 모르겠지만 그가 연주하는 모든 음악들은 서로 밀접한 관련성이 있는 것처럼 보였다. 그의 연주에는 신앙과 헌신과 경건함이 있었다. 하지만 그것은 교인들이나 목사들의 경건함이 아닌 중세 시대 순례자들의 경건함, 모든 종파를 넘어서 세계감정에 충실하고 헌신하는 그런 경건함 같은 것이었다. 바흐 이전의 거장들과 옛 이탈리아 작곡가들의 음악이 계속 연주되었다. 그 곡들은 모두 연주자의 영혼 속에 담긴 한 가지를 표현해 주고 있었다. 그것은 세계를 가장 은밀하게 만나면서도 가장 난폭하게 결별하고자 하는 동경, 자신의 내면에 숨어 있는 어두운 영혼에 대한 관심, 헌신에의 도취와 경이로운 것에 대한 호기심 같은 것이었다.

한번은 교회에서 나서는 오르간 연주자를 몰래 따라가다가, 그가 멀리 떨어진 도시 외곽의 작은 선술집으로 들어가는 모습을 보았다. 난 나도 모르게 그 연주자를 따라 들어갔다. 이곳에서 처음으로 그의 모습을 정확히 볼 수 있었다. 그는 검정 펠트 모자를 쓴 채 포도주 한 병을 앞에 놓고 조그만 홀의 구석에 있는 탁자에 앉아 있었다. 그의 얼굴은 내가 상상하고 있던 그대로였다. 못생겼고 다소 거칠어 보였으며, 뭔가 탐색적이면서도 완고하고 고집스럽고 의지가 강해 보였다. 입 주위는 부드러워 어린애 같았고, 남성적이고 강인해 보이는 부분은 모두 눈과 이마에 몰려 있었다. 얼굴 아래 부분은 여리고 미숙해서 자제심이 없어 보였고 부분적으로는 약해 보였다. 우유부단해 보이는 턱은 이마나 눈빛과는 대조적으로 소년의 티가 났다. 자부심과 적의에 가득 찬 짙은 갈색의 두 눈이 마음에 들었다.

나는 아무 말 없이 그의 맞은편에 앉았다. 술집엔 우리 말고 아무도 없었다. 나를 쫓아버리기라도 하려는 듯이 그가 날 노려보았다. 그럼에도 난 그의 앞에 버티고 앉아 그가 화를 내고 투덜거릴 때까지 그를 뚫어지게 쳐다보았다. "도대체 뭣 때문에 그렇게 기분 나쁘게 사람을 노려보고 있죠? 내게 원하는 게 뭡니까?"

"선생님에게 원하는 게 있는 건 아닙니다. 벌써 선생님에 대해선 많은 걸 알고 있는 걸요."

그는 이마를 찌푸렸다. "그럼 당신도 음악에 빠져 사는가보군요. 음악에 빠지는 건 내가 보기엔 구역질 나는 짓이오."

난 조금도 물러서지 않았다.

"벌써 여러 번 교회 밖에서 선생님의 연주를 들은 적이 있습니다. 귀찮게 해드릴 생각은 없습니다. 다만 선생님에게선 뭔가를, 잘은 모르겠지만 뭔가 특별한 걸 찾을 수 있을 거라고 생각했어요. 그렇다고 제 말을 특별히 귀담아 들으실 필요는 없습니다. 전 그냥 교회에서 선생님 연주를 들으면 되니까요."

"난 언제나 교회 문을 잠가두는데."

"최근엔 그걸 잊어버리신 것 같습니다. 그래서 교회 안에 들어가 들을 수가 있었지요. 그렇지 않을 때는 밖에서 서서 듣거나 길가 돌 위에 앉아 듣습니다."

"그래요? 다음번엔 들어와도 돼요. 안이 한결 따뜻해요. 잠겨 있으면 노크를 해요. 노크는 세게 해야 들립니다. 하지만 내가 연주하는 동안은 노크하지 말아요. 아 참, 무슨 말을 하려고 했더라? 젊은 양반인 걸 보니 아마 김나지움 학생 아니면 대학생인 것 같군요. 당신도 음악 하는 분인가요?"

"아닙니다. 그저 음악 듣는 걸 좋아할 뿐입니다. 선생님이 연주하는 것 같은 그런 절대적인 음악을 좋아합니다. 선생님 음악에서는 천국과 지옥을 뒤흔드는 그런 감정이 느껴지거든요. 그렇게 도덕적이지 않은 것 같은 그런 음악이 무척 마음에 들어요. 다른 모든 게 도덕적이지만, 제가 찾는 건 도덕적이지 않은 그런 겁니다. 저는 늘 도덕적인 것 때문에 고통스러웠습니다. 잘 설명할 수는 없지만, 신이면서 동시에 악마인 그런 신이 틀림없이 존재한다는 사실을 선생님은 아시지 않습니까? 그런 신이 있다는 얘길 들었습니다."

음악가는 챙 넓은 모자를 약간 뒤로 젖히면서 짙은 색깔의 머리칼을 이마에서부터 쓸어내렸다. 그러면서 날 뚫어질 듯 바라보더니 내게 얼굴을 숙이며 호기심에 가득 찬 목소리로 조용히 물었다.

"좀 전에 말했던 신의 이름이 뭐라고 했죠?"

"아브락사스라는 이름 말고는 유감스럽게도 그 신에 대해서 아는 게 아무것도 없습니다."

누군가 우리 얘기를 엿듣고 있기나 하는 것처럼, 음악가는 주위를 조심스럽게 둘러보았다. 그러고 나선 내게 다가와 속삭이듯 말했다. "그럴 거라 생각했어요. 그런데 당신은 누구시오?"

"김나지움에 다니는 학생입니다."

"아브락사스에 대해선 어떻게 알게 됐죠?"

"우연히 알게 됐습니다."

음악가는 갑자기 식탁을 내리쳤고, 그의 술잔에서는 술이 흘러 넘쳤다.

"우연! 이것 봐, 젊은 양반, 말도 안 되는 소리 그만 하시지! 아브락사스에 관해선 우연히 알게 되는 게 아니라고. 명심하시오. 그 신에 대해선 내가 좀 알고 있으니, 아브락사스에 대해 조금 말해주지."

음악가는 말을 멈추고 의자를 뒤로 밀었다. 하지만 내가 기대에 찬 시선으로 바라보자 그는 얼굴을 찌푸렸다.

"어, 그 얘긴 지금 말고, 다음번 만나면 그때 합시다. 자, 이거나 좀 먹어봐요."

그러면서 그는 입고 있던 외투 주머니를 뒤져 군밤 몇 개를 꺼내 던져주었다.

나는 아무 말도 하지 않았고, 그가 준 군밤을 먹었다. 얘기를 듣진 못했지만 마음은 만족스러웠다.

잠시 후 그가 속삭이듯 말했다. "어떻게 그 신에 대해 알게 된 거요?"

나는 주저 없이 말했다.

"혼자서 외로워하고 방황하던 때였습니다. 그때 옛날 친구 한 명이 떠올랐습니다. 아는 게 많다고 생각했던 친구였죠. 전 원모양으로 세상을 그려 놓고, 거기서 밖으로 나오려고 하는 새 한 마리를 그렸었는데, 그 그림을 그 친구에게 보냈습니다. 답장을 받으리라고는 기대하지 않았었죠. 그런데 얼마 뒤 쪽지 한 장을 받았고, 거기엔 이렇게 쓰여 있었습니다. '새는 알에서 나오려고 투쟁한다. 알은 세계다. 태어나려고 하는 자는 하나의 세계를 깨뜨려야 한다. 새는 신에게로 날아간다. 신의 이름은 아브락사스다.'"

음악가는 아무 말이 없었다. 우리는 밤 껍질을 벗겨 포도주에 곁들여 먹었다.

"포도주 한잔 더 할래요?" 그가 물었다.

"고맙습니다만 사양하겠습니다. 술을 별로 좋아하지 않습니다."

약간 실망했다는 듯이 그가 웃었다.

"좋을 대로 해요. 난 여기에 좀 더 있을 테니 먼저 가보도록 해요."

그러고 나서 다시 만나 그의 연주를 들은 후 함께 산책을 하게 되었을 때, 음악가는 별로 말이 없었다. 그는 날 오래된 골목 안에 있는 낡고 고풍스러운 집으로 데려갔다. 크고 어두웠으며 오랫동안 방치해 놓은 것 같은 방이었다. 피아노를 제외하면 음악적인 느낌을 주는 건 아무것도 없었지만, 커다란 책상과 책장은 어딘가 학자의 방 같은 분위기를 풍겼다.

"책이 무척 많네요!" 감탄하며 내가 말했다.

"그중 일부는 아버지 책이에요. 아버지와 함께 살고 있거든요.

그래요 젊은 양반, 난 부모님과 같이 살고 있어요. 하지만 부모님을 소개해 드릴 순 없어요. 이 집안에서는 내 친구가 환대를 받지 못합니다. 눈치챘겠지만, 난 거의 내놓은 자식이나 마찬가지예요. 아버진 상당히 존경받는 분입니다. 이 도시에서 꽤 인정받는 목사님이자 설교자거든요. 쉽게 말하자면, 난 아버지의 재능을 물려받은 전도유망한 후계자였던 셈이죠. 하지만 정신 못 차리고 탈선을 일삼은 놈이 돼버렸죠. 신학을 공부했지만 국가고시 직전에 대학을 그만두었어요. 개인적인 공부 방향으로 말하자면, 여전히 난 신학도인데도 말이죠. 때때로 사람들이 어떤 신들을 생각해내었는지가 내게는 늘 중요한 관심사였어요. 아무튼 지금 난 보시다시피 음악을 하고 있고, 머지않아 오르간 연주자 자리를 얻게 될 겁니다. 그렇게 되면 다시 교회로 돌아가는 셈이죠."

서가에 놓여 있는 책들을 살펴보았다. 조그만 탁상 램프의 희미한 불빛에 의지해보니 그리스어, 라틴어, 히브리어 책들의 제목이 보였다. 그러는 동안 음악가는 어둠 속에서 벽 근처 바닥에 엎드려 뭔가를 준비하고 있었다.

"이리 와봐요." 잠시 후에 그가 날 부르며 말했다. "우리 잠깐 철학을 해봅시다. 입 다물고 엎드려서 생각을 좀 해보자는 거요."

음악가는 성냥을 켜서 앞에 있던 벽난로 속의 종이와 장작에 불을 붙였다. 불꽃이 높이 피어올랐고 음악가는 조심스럽게 불을 다루었다. 난 그에게로 다가가 닳아 해진 양탄자 위에 누웠다. 그는 불을 응시했고, 나도 그를 따라 불을 바라보았다. 우리는 말없이 한 시간 동안이나 엎드린 채로 타오르는 불길을 바라보았다. 불꽃은 활활 타오르다 조금씩 가라앉으며 가물거리더니 마침내는 조용히 잦아들면서 사그라지기 시작했다.

"적어도 배화(拜火)가 인간이 만들어낸 것 중에서 가장 멍청한 짓거리는 아니었군." 음악가가 혼잣말로 중얼거렸다. 이 한마디 말고는 누구도 말이 없었다. 난 꺼져가는 불을 뚫어지게 바라보며 꿈과 정적 속에 빠져들었고, 그러면서 연기와 재 속에서 어떤 형상들을 보았다. 그러다 갑자기 화들짝 놀랐다. 음악가가 불 속에 송진을 조금 던져 넣자 조그맣고 가느다란 불꽃이 숫구쳐 올랐는데, 그 속에서 노란색 매의 머리를 가진 새의 모습을 보았기 때문이었다. 꺼져가는 난롯불 속에서 황금빛으로 빛나는 실 같은 가는 불꽃들이 서로 엉켜들어 문자와 그림으로 나타났고, 그것들이 갖가지 얼굴과 동식물, 벌레, 그리고 뱀을 생각나게 했다. 문득 정신이 들어 반대편을 바라보니, 음악가가 턱을 괴고 엎드려 멍하니 정신을 놓은 것처럼 타고 남은 재를 바라보고 있었다.

"이제 가봐야겠습니다."

"그래요. 그럼 가시고 다음에 또 봅시다."

음악가는 일어나지 않았다. 등불이 꺼져 있었기 때문에, 어두운 방과 복도, 계단을 지나 을씨년스러운 집을 힘들게 빠져나와야 했다. 거리에서 걸음을 멈춰 그의 오래된 집을 바라보았다. 어느 창문에도 불빛이라곤 없었다. 주석으로 만든 작은 문패만 문 앞 가스등 불빛에 반짝였다.

"피스토리우스, 담임 목사"라고 쓰여 있었다.

집에 돌아와 저녁을 먹고 작은 방에 혼자 앉아 생각을 해보니, 아브락사스나 피스토리우스에 대해선 들은 것도 없고, 대화도 별로 나누지 못한 것 같았다. 하지만 그 집을 찾아간 것은 무척 만족스러웠다. 다음번엔 그가 오래된 오르간 음악 중에서 매우 뛰어난 작품인 북스테후데의 파스칼리아를 연주해주겠다고 약속도 했다.

내가 알아차리지 못했을 뿐, 사실 오르간 연주자 피스토리우스는 내가 그와 함께 그 음산한 방에서 엎드려 있었을 때 이미 첫 번째 가르침을 준 셈이었다. 불을 바라보는 게 좋았었는데, 그게 늘 가지고 있었지만 한 번도 진지하게 생각해보지 않았던 나의 마음속 성향들을 강력하게 일깨워주었다. 시간이 지나면서 그런 것들에 대한 생각이 부분적으로 명확해졌다.

어렸을 때부터 난 자연의 기괴한 형태를 바라보는 버릇이 있었다. 단순하게 관찰하는 것이 아니라 그 형태의 고유한 마력과 복잡하면서도 깊은 언어에 몰두하곤 했다. 고목처럼 드러난 긴 나무뿌리, 암석에 박혀 있는 유색의 광맥, 물 위에 뜬 기름얼룩, 유리에 나 있는 금 등 그런 비슷한 것들이 당시 내겐 커다란 관심을 끌었다. 무엇보다 심취했던 것은 물, 불, 연기, 구름, 먼지, 그리고 눈을 감으면 보이던 갖가지 색의 얼룩이었다. 피스토리우스를 찾아간 다음 며칠 동안 이런 것들이 다시 떠올랐다. 이후 내가 느꼈던 활기와 기쁨, 감정의 고조 상태가 타오르는 불을 오랫동안 바라본 덕분이라는 사실을 알게 되었다. 불을 바라보는 게 이상하게 기분이 좋았고 풍요로운 느낌을 주었다.

지금까지 원래 가지고 있었던 삶의 목표를 향해 가면서 많지 않은 경험을 했지만, 이것은 색다른 경험이었다. 비합리적이고 복잡하면서도 기이한 자연의 형태, 그런 형상을 몰두하듯 바라보면 마음속에선 그런 형상을 만들게 한 의지와 우리 내면의 일치감이 만들어진다. 그러면 우리는 곧 그 일치감을 우리 자신의 기분으로, 우리 자신의 창조물로 여기고자 하는 유혹을 받는다. 그렇게 되면 우리는 우리와 자연 사이의 경계가 흔들리고 희미해지는 것을 보게 되며, 망막 위의 영상이 외부의 인상에서 비롯된 것인지, 아니면 내면의 인상에서 비롯된 것인지 파악할 수 없게 된다. 이런 식으로 형상을 바라보면 우리는 우리가 정말 창조자이며 우리 영혼이 지속적으로 세계의 창조에 참여하고 있음을 쉽고 간단하게 발견할 수 있다. 우리의 내면과 자연의 내부에 살아 있는 신은 동일하며 불가분하다. 외부 세계가 몰락을 해도 우리 중 하나는 다시 그 세계를 세울 수 있을지 모른다. 산과 강, 나무와 잎, 뿌리와 꽃 등, 자연의 모든 형상들은 우리 마음속에 미리 만들어져 있는 것이며 영혼으로부터 나오는 것이기 때문이다. 영혼의 본질은 영원이며, 그 본질을 우리는 알지 못한다. 하지만 사랑의 힘과 창조의 힘으로 느낄 수는 있다.

몇 년이 지난 후 나는 이런 식의 관찰이 어떤 책에 기록되어 있다는 것을 알게 되었다. 즉 많은 사람들이 침을 뱉은 벽을 바라보며 얼마나 크고 깊은 자극과 암시를 받는지에 대해 레오나르도 다빈치가 언젠가 얘기한 적이 있다는 것이다. 다빈치도 축축한 벽 앞에서 피스토리우스와 내가 불 앞에서 느낀 것을 똑같이 경험했던 것이다. 오르간 연주자와 다시 만나게 되었을 때 그는 이렇게 설명을 해주었다.

"우리는 각자의 개성의 한계를 너무나 좁게 한정시키고 있어요. 우린 늘 다르다고 인식하며 개인적이라고 그어 놓은 것만을 생각해요. 하지만 우린 세계의 총체로 이루어져 있어요. 한 사람 한 사람 모두가 우리의 육체와 마찬가지로 물고기나 더 멀리까지 소급될 수 있는 진화의 계보를 지니고 있는 것처럼, 우리의 영혼 속에는 이제까지 인간의 영혼 속에 살아왔던 모든 것들이 잠재되어 있기 때문입니다. 그리스인에게나 중국인, 아프리카 토인에게나 일찍이 존재했던 모든 신과 악마 모두가 어떤 가능성으로, 소망으로, 탈출구로서 우리 안에 있는 겁니다. 따라서 인류가 멸망해서 교육은 받지 못했지만 어느 정도 재능이 있는 아이 한 명만 남는다 하더라도, 이 아이는 사물의 전체 과정을 다시 찾아낼지 모릅니다. 여러 신과 악마, 낙원, 계율과 금지, 신약과 구약 등과 같은 그 모든 걸 다시 만들어낼 수 있을 겁니다."

난 반대의견을 제시했다. "그럴 수도 있겠지요. 그렇다면 개인의 가치는 어디에 있는 겁니까? 우린 내부에 그 모든 것들이 완성된 형태로 잠재되어 있는데, 우리는 왜 죽음을 피할 수 없나요?"

"그만!" 피스토리우스가 급히 소리쳤다. "단순히 세계를 자기 안에 가지고 있는 것과 알고 있는 것은 큰 차이가 있어요. 어떤 미친 사람이 플라톤을 연상시키는 생각을 할 수도 있고, 헤른후트파 학교에 다니는 어린 학생이 영지주의자들이나 조로아스터교 교인들에게 나타나는 심오하고 신비적인 연관관계를 창조적으로 숙고할 수는 있어요. 하지만 이들은 실상 세계가 자기 안에 있다는 사실에 대해서는 아무것도 모르고 있어요. 모르고 있다는 점에서 이들은 한 그루 나무나 돌, 혹은 기껏해야 짐승과 다르지 않아요. 그러나 그러한 인식의 불꽃이 희미하게나마 타오르기 시작하면 인간이 되는 겁니다. 저기 거리 위를 두 발로 걷고 있는 것들 모두를 직립 보행하고 아홉 달 동안 새끼를 밴다고 해서 전부 인간이라고 생각하지는 않겠지요? 그들 중 얼마나 많은 사람이 물고기나 양, 혹은 벌레나 거머리, 개미나 벌인지 보이지요. 물론 그들 각자의 내면에는 인간이 될 가능성이 있습니다. 다만 그 가능성을 예감하고, 또 부분적으로 의식하는 방법을 배우고 나서야 비로소 이런 가능성은 자기 것이 됩니다."

우리의 대화는 대략 이런 식이었다. 대화에서 전혀 새로운 것, 아주 놀랄 만한 것이 나오는 일은 드물었다. 하지만 가장 진부한 대화를 포함해 모든 이야기들이 마음속 한 곳을 마치 망치질을 하듯 조용히 두드렸다. 모든 대화가 내겐 도움이 되었다. 내면의 허물을 벗고 껍질을 깨고 나오는 데 도움이 되었다. 대화를 통해 난 좀 더 높이, 좀 더 자유롭게 머리를 들게 되었고, 마침내 나의 노란색 새는 산산이 부서진 세계의 껍질 밖으로 자기의 머리를 내밀게 되었다.

우리는 자주 서로의 꿈 이야기를 나누었다. 피스토리우스는 꿈을 해석할 줄 알았다. 한 가지 놀라운 예가 아직도 기억에 남는다. 언젠가 하늘을 나는 꿈을 꾼 적이 있었다. 하지만 내 의지에서가 아니라 알 수 없는 어떤 도약에 의해 공중에 던져진 것이었다. 하늘을 나는 느낌이 마음을 북돋아주기는 했지만, 내 의지와 상관없이 높은 곳으로 내던져지자 곧 두려움이 엄습했다. 그러다 호흡의 조절을 통해 상승과 하강을 조절할 수 있다는 사실을 발견하고 구원을 얻은 느낌이 들었다.

그 꿈에 대해서 피스토리우스는 이렇게 해석해주었다. "당신을 날 수 있게 한 도약이란 누구나가 가지고 있는 인류의 위대한 재산입니다. 그것은 모든 힘의 근원과 연결되어 있다는 느낌이지만, 그런 느낌에 휩싸이게 되면 곧 불안해집니다. 엄청나게 위험하기 때문이지요. 그러므로 대개의 사람들은 쉽사리 나는 것을 포기하고 법의 규정에 따라 걸어가는 편을 택합니다. 하지만 당신은 그렇지 않았죠. 당신은 유능한 젊은이답게 계속 날았어요. 그러니 봅시다. 당신은 이제 놀라운 걸 발견하게 될 겁니다. 시간이 지나면서 당신은 점차 비행의 주인이 될 것이고, 당신을 계속 내던지는 저 크고 보편적인 힘에 하나의 기관, 하나의 방향키 같은 자신의 섬세하고 작은 힘을 더하게 될 겁니다. 이건 굉장한 일이에요. 그게 없다면 미친 사람처럼 공중을 이리저리 떠돌 테니까요. 당신에겐 인도로 걸어가는 사람보다 훨씬 깊은 예감이 주어진 거예요. 하지만 거기에 맞는 열쇠와 방향키가 없어 밑도 끝도 없는 곳으로 빠져들고 있는 겁니다. 하지만 싱클레어, 당신은 할 수 있어요. 그런데 그 방법을 모르는 거죠. 아직도 정말 모르겠어요? 하나의 새로운 기관, 즉 호흡조절기를 만들었잖아요. 이제 당신의 영혼이 근본에 있어 얼마나 '개인적'이지 못한가를 알 수 있을 겁니다. 다시 말해 당신 영혼이 스스로 이 조절기를 고안해 낸 게 아니라는 것이죠. 그래요, 그건 새로운 게 아니에요. 일종의 빌려 온 것이고 수천 년 전부터 존재해온 것이에요. 그건 물고기의 평형기관으로 부레인 겁니다. 많진 않지만 기이하고 진화가 덜 된 몇몇 물고기 종류가 실제로 있는데, 이 물고기들에게는 부레가 동시에 허파 역할을 해서 상황에 따라서는 숨 쉬는 데 이용되기도 합니다. 그러니까 당신이 꿈속에서 하늘을 날 때 비행용 부레로 사용한 게 이러한 허파와 정확이 같은 셈이죠."

그는 내게 동물학 책까지 가져와 진화가 덜 된 물고기들의 이름과 그림을 보여주었다. 난 이상한 전율과 더불어 진화 초기 단계의 어떤 기능이 내 안에 살아있음을 느꼈다.

6

야곱의 싸움

그 특이한 음악가 피스토리우스로부터 들은 아브락사스에 관한 이야기를 짧게 정리해 다시 이야기할 순 없다. 그러나 그에게서 배운 가장 중요한 것은 나 자신에게로 가는 길을 한 걸음씩 내딛는 것이었다. 당시 난 한편으로는 무척 조숙하기도 했지만 다른 한편으로는 무기력하고 남들에게 많이 뒤쳐졌던, 그런 열여덟 살의 평범하지 않은 젊은이였다. 때때로 다른 사람과 자신을 비교하며 우쭐해 하고 교만하기도 했으나, 그만큼 자주 의기소침하고 자신감을 잃기도 했다. 스스로를 천재로 생각하면서도 때론 반쯤 미친 게 아닌가 하는 의심을 갖기도 했다. 또래들과 비슷하게 지내면서 함께 기뻐하지 못했고, 그들과의 사이에 절망적인 괴리감을 느끼면서 내 삶이 폐쇄적인 것은 아닌지 하는 걱정과 자괴감에 심신이 초췌

해지기도 했다.

본인 스스로 괴짜로 성장했던 피스토리우스는 자신에 대한 용기와 존경을 간직하는 법을 가르쳐주었다. 내가 한 말, 내가 꾼 꿈, 내환상과 생각 속에서 그는 늘 가치 있는 것을 찾아내었고, 그것에 대해 항상 진지하게 대화를 나눠주었다. 그런 식으로 그는 내게 모범을 보였다.

"도덕적이지 않기 때문에 음악을 좋아한다고 했었지요. 하지만당신 스스로가 절대로 도덕주의자가 돼서는 안됩니다. 자신을 다른 사람과 비교해선 안된단 말입니다. 자연이 당신을 박쥐로 만들었다고 해서 스스로 타조가 될 필요는 없어요. 때때로 스스로를 특별하다고 생각하면서 다른 사람들과는 다른 길을 간다고 자기 자신을 자책하는데, 그런 생각을 버려야 합니다. 불을 보고 구름을 바라봐요. 그래서 예감이 떠오르고 당신 영혼 속에서 목소리들이 들려오기 시작하면, 그것들에 몸을 맡기고 질문을 던지지 말아요. 혹시 그것을 선생님이나 아버지, 혹은 그 어떤 신이 마음에 들어 할까의심하지 말아요. 그런 의심이 자신을 망칩니다. 그런 의심 때문에인도(人道)에 올라오게 되고 화석이 되는 겁니다. 싱클레어, 우리의신은 아브락사스입니다. 아브락사스는 신이면서도 악마이고, 자기안에 밝은 세계와 어두운 세계를 가지고 있어요. 아브락사스는 당신의 생각과 꿈, 그 어느 것에도 이의를 제기하지 않아요. 절대 그사실을 잊지 말아요. 하지만 당신이 흠잡을 데 없는 평범한 사람이 되면, 아브락사스가 당신을 떠날 것입니다. 자기의 생각을 요리하기 위한 새로운 그릇을 찾아 당신을 떠날 겁니다."

꿈 중에서는 저 어두운 사랑의 꿈이 가장 빈번하게 나타났다. 자주 그 꿈을 꾸었는데, 꿈속에서 난 문장 속 새 아래 오래된 우리 집으로 들어갔다. 어머니를 포옹하려 하자, 어머니 대신 키가 큰, 절반은 남자고 절반은 어머니 같은 연인이 서 있었다. 그 여자에 대한 두려움이 있었지만, 타오르는 어떤 욕망이 날 그에게로 이끌었다. 그 꿈은 데미안에게 한 번도 이야기해줄 수 없었다. 다른 건 모두 털어놓았지만, 그 꿈만은 아니었다. 그 꿈은 나의 은신처이자 피난처, 나의 비밀이었다.

마음이 무거울 때면 피스토리우스에게 북스테후데의 파사칼리아를 연주해달라고 했다. 그럴 때마다 난 저녁에 어두운 교회에 앉아 그 기이하면서도 내밀한 음악, 자기 자신에게 몰두하게 되는 그 음악에 빠져들었다. 음악을 들을 때마다 기분이 좋아졌고, 음악은 나로 하여금 영혼의 목소리들을 듣게 했다. 오르간 소리가 잦아든 뒤에도 우리는 잠시 동안 교회에 앉아 희미한 빛이 뾰족한 아치형의 높은 창문을 통해 비쳐들다 사라지는 모습을 바라보곤 했다.

"한때는 내가 신학을 공부했고 목사가 될 뻔했다는 사실이 재미있지 않나요?" 피스토리우스가 말했다. "하지만 그건 내가 저지른 형식상의 오류였을 뿐이에요. 성직자가 된다는 건 여전히 내가 하고 싶은 일이자 목표거든요. 다만 너무 일찍 만족을 느껴 아브락사스를 알기도 전에 여호와께 나 자신을 드린 게 문제였어요. 사실 어느 종교든 모두 아름다운 겁니다. 종교는 영혼이지요. 기독교의 성찬에 참여하든, 메카로 순례여행을 떠나든 마찬가지예요."

"그래도 목사가 될 수 있었을 것 같은데요."

"아니에요 싱클레어, 아닙니다. 그랬다면 거짓말을 할 수밖에 없었을 겁니다. 지금 우리 종교는 종교가 아닌 것처럼 그렇게 행해지고 있어요. 종교가 마치 오성의 산물인 것처럼 말이에요. 혹시 필요에 따라 가톨릭 신부가 될 수는 있어도 신교 목사는 힘들었을 겁니다. 내가 아는 그야말로 몇몇 진짜 신자들이 있는데, 그들은 성경의 글자 하나하나에 매달립니다. 그런 사람들에게 그리스도가 나에겐 사람이 아니라 영웅이며, 신화이자 인류 스스로가 영원의 벽에 그려 놓은 자신의 모습과 같은 거대한 그림자 영상이라고 말할 수는 없었겠지요. 설교를 듣기 위해, 일요일의 의무를 다하기 위해, 그리고 아무것도 놓치지 않기 위해 교회에 나오는 그런 사람들에게 내가 무엇을 말해줘야 했을까요? 그들을 개종시켜야 할까요? 하지만 난 절대로 그렇게 하고 싶지 않아요. 목회란 개종을 시키는 사람이 아니라, 신자들과 함께, 자기와 비슷한 사람들과 함께 살아가는 사람입니다. 우리가 우리의 신들을 만들어내는 바로 그 감정의 전달자이자 표현자인 것입니다."

피스토리우스는 잠시 숨을 돌리고 나서 이야기를 계속했다. "우리가 지금 아브락사스라는 이름을 부여한 새로운 신앙은 아름다운 것입니다, 싱클레어. 우리가 가지고 있는 신앙 중에서도 최고이지요. 하지만 아직은 젖먹이 수준에 불과해요. 아직 날개가 돋아나지 않았으니까요. 고독한 종교, 그건 참된 신앙이 아니에요. 공동의 신앙이 되어야 합니다. 숭배와 도취, 축제와 비밀의식이 있어야 합니다."

그는 자기 생각에 깊이 빠져들어갔다.

"그러한 비밀의식은 혼자서 혹은 몇몇 사람들끼리 해도 되지 않나요?" 망설이며 내가 물었다.

"그럴 수도 있지요." 고개를 끄덕이며 그가 말했다. "난 이미 오래전부터 그렇게 해왔어요. 숭배의식을 치러왔지요. 만약 그게 알려지게 되면 틀림없이 감옥에 가게 될 겁니다. 하지만 그게 제대로 된 게 아니란 건 알고 있어요."

갑자기 그가 내 어깨를 치는 바람에 몸을 움츠렸다. "이봐요 젊은 친구, 당신도 어떤 비밀의식을 가지고 있지요. 내게 얘기하지 못하는 꿈이 분명 있을 겁니다. 그걸 알고 싶은 건 아니지만 분명히 말해두고 싶은 게 있어요. 그 꿈을 그대로 살려봐요. 꿈과 함께 유희하고 그것에 제단을 세워봐요. 완벽하진 않겠지만, 그것도 하나의 길이 될 수 있습니다. 당신과 나, 우리가 그리고 몇몇 사람들이 세상을 새롭게 바꿀 수 있을지는 잘 모르겠어요. 하지만 마음 깊은 곳에선 매일매일 세상을 바꾸려 해야 합니다. 그렇지 않으면 우리의 존재의미가 없습니다. 생각해봐요, 싱클레어, 이제 열여덟 살이에요. 당신은 거리의 매춘부들에게 달려가지 않아요. 당신에게는 분명 사랑의 꿈, 사랑의 소망이 있어요. 어쩌면 그런 꿈이 두렵기도 하겠지요. 두려워하지 말아요! 그건 당신이 가지고 있는 것 중에서 가장 좋은 것이니까. 날 믿어요. 난 당신 나이 때 그런 사랑의 꿈을 너무 억누르는 바람에 많은 걸 잃어버렸어요. 그렇게 할 필요가 없어요. 아브락사스에 대해 알고 있다면, 그렇게 하지 않아도 됩니다. 아무것도 두려워할 필요 없고, 우리 마음속 영혼이 소망하는 그 무엇도 금지된 것으로 생각할 필요 없습니다."

그의 얘기에 깜짝 놀란 나는 다른 생각을 말했다. "하지만 마음속에 떠오르는 모든 일을 그대로 행동으로 옮길 수는 없어요. 마음에 들지 않는다고 사람을 죽여서는 안되잖아요."

피스토리우스가 다가오며 말했다. "상황에 따라선 그럴 수도 있습니다. 하지만 그건 대부분 판단 착오일 뿐이지요. 단순하게 불현듯 떠오르는 걸 전부 행동으로 옮기라는 건 아닙니다. 다만 좋은 의미를 가진 생각들을 던져버리고 그것에 도덕적인 평가를 내리지는 말라는 거예요. 자신이나 다른 사람을 십자가에 못 박는 대신 엄숙한 사상의 잔으로 포도주를 마시면서 희생의 비밀의식에 대해 생각해 보라는 거죠. 그렇게 하지 않아도 충동과 유혹을 존경과 사랑으로 극복할 순 있어요. 그러면 그 모두가 의미 있는 행동으로 나타나는 걸 보게 될 겁니다. 싱클레어, 당신에게 정말 어떤 굉장한 일이나 죄악을 저지르고 싶다는 생각이 문득 다시 들게 되거든, 누군가를 죽이고 싶다거나 어떤 말도 안되는 추잡한 짓을 하고 싶어진다면, 그 순간 그런 생각을 하게 만든 게 바로 아브락사스라는 사실을 생각해요. 당신이 죽이고 싶어 하는 사람이 있다면, 그 사람은 절대 평범한 보통 사람이 아니에요. 그건 그저 위장과 변장일 뿐이에요. 누군가를 증오한다면, 우리가 마음속에서 실제로 증오하는 어떤 대상이 그 사람 모습 속에 있기 때문에 그러는 겁니다. 우리 자신의 내부에 존재하지 않는 것은 우리를 자극하지 못합니다."

피스토리우스가 이처럼 가장 내밀한 부분에서까지 나의 내면을 정확히 꿰뚫는 이야기를 한 적은 없었다. 난 대답을 할 수 없었다. 하지만 가장 강력하게 나의 마음을 뒤흔든 것은 피스토리우스의 이러한 위로가 여러 해 전부터 마음속에 품고 있었던 데미안의 말과 비슷한 울림을 전했다는 사실이었다. 피스토리우스와 데미안은 서로를 알지 못하는데도 내게 같은 말을 해주었던 것이다.

"우리가 눈으로 보는 사물은 우리의 마음속에 있는 사물과 같은 것입니다." 피스토리우스가 낮은 목소리로 말했다. "우리 마음속에 존재하지 않는 현실이란 없어요. 그래서 많은 사람들이 그렇게 비현실적으로 사는 거예요. 겉으로 드러난 모습을 현실이라고 생각하고 내면에 있는 자기 세계에 대해서는 말을 하지 못하도록 하기 때문이에요. 그러면서 행복해할 수는 있어요. 하지만 일단 다른 게 있다는 걸 알게 되면, 대부분의 사람들이 가는 길을 따라가지 않아요. 싱클레어, 대부분의 사람들이 가는 길은 쉽고 우리가 가는 길은 어렵습니다. 우리는 어려운 길을 가려는 겁니다."

며칠 뒤 두 차례나 그를 기다리다 허탕을 친 후, 저녁 늦게 길거리에서 우연히 만나게 되었다. 그는 혼자서 술에 취해 비틀거리면서 차가운 저녁 바람을 맞으며 거리 모퉁이를 돌아오고 있었다. 그를 불러 세우고 싶진 않았다. 그는 날 알아보지도 못하고 내 곁을 지나갔다. 마치 모르는 누군가의 희미한 부름을 쫓아가거나 하는 듯이 고독하게 타오르는 눈빛으로 앞만 바라보며 걸어갔다. 한 블록 정도 그를 따라갔다. 뭔가에 홀린 듯이 흐트러진 걸음걸이로 마치 보이지 않는 철사에 매달려 끌려가는 것 같은 그의 모습이 유령처럼 보였다. 애처로운 마음에 난 집으로, 구원받지 못한 꿈의 세계로 돌아왔다.

난 피스토리우스가 그렇게 자신의 내면 세계를 새롭게 바꾸어가고 있다는 생각이 들었다. 하지만 동시에 그런 생각이 저열하고 도덕적일지 모르겠다는 느낌이 들었다. 그의 꿈에 대해 내가 알고 있는 건 무엇이었을까? 불안에 휩싸인 나보단 술에 취한 피스토리우스가 좀 더 확실한 길을 가는 건 아니었을까?

학교 수업 중 쉬는 시간에 그동안 한 번도 눈여겨본 적이 없던 동급생 한 명이 내게 다가오려는 움직임이 눈에 띄었다. 체구는 작고 허약해 보였으며 붉은색이 감도는 금발에, 눈빛과 행동에는 뭔가 특이한 구석이 있는 친구였다. 어느 날 저녁 집으로 가던 중에 그가 골목에서 기다리고 있다가 자기 앞으로 지나가는 나를 내버려두는 것 같더니 다시 따라와 우리 집 현관 앞에서 멈춰 서는 것이었다. 그래서 내가 물었다.

"나한테 볼일 있니?"

"그냥 너랑 한번 얘기하고 싶었어. 같이 좀 걷자." 그가 수줍게 말했다.

그를 따라 걸으며, 그가 몹시 흥분한 상태이고 뭔가에 대한 기대감에 차 있다는 걸 느꼈다.

"너 심령술사니?" 난데없이 그가 물었다.

"아니야, 크나우어. 그런 것 아니야. 어떻게 그런 생각을 하게 된 거야?" 웃으며 내가 다시 물었다.

"아니면 접신(接神)하는 거야?"

"그것도 아니야."

"그렇게 숨기려 하지 마. 분명 네게 뭔가 있다는 게 느껴져. 눈을 보면 알 수 있어. 네가 영(靈)들과 교류하고 있는 게 확실한 것 같아. 호기심 때문에 그러는 게 아니야, 싱클레어. 나 자신도 뭔가를 찾고 있는 사람이야. 그래서 그런지 너무 외로워."

"그래, 얘기해봐." 그를 격려하며 내가 말했다. "영들에 대해선 아무것도 몰라. 다만 난 꿈속에서 살아. 다른 사람들도 꿈속에서 살지만, 그게 자기 꿈이 아니라는 게 차이점이지."

"그래, 그럴지도 모르겠다. 하지만 어떤 종류의 꿈을 꾸느냐는 게 문제지. 혹시 백주술(白呪術)이라는 거 들어봤니?"

난 모른다고 해야 했다.

"자신을 지배하는 법을 배우는 거라던데. 죽지 않을 수도 있고 마술을 부릴 수도 있고. 그런 거 한 번도 안 해봤니?"

거기에 대해 호기심 있는 척하며 질문을 던지자, 크나우어는 처음엔 대답을 하지 않으려 했다. 내가 그냥 가려고 하자 그제야 자기 이야기를 털어놓기 시작했다.

"예를 들면, 잠들려고 할 때나 정신을 집중시키려고 할 때 그런 걸 해. 뭔가를 생각하는 거야. 예를 들어 단어나 이름 하나, 혹은 기하학적 도형 하나를 생각하는 거지. 그런 다음 가능한 한 집중해서 그것들이 머릿속에 떠오르도록 마음속에 집어넣는 거야. 마치 내 안에 그것들이 실제로 존재하는 것처럼 느껴질 때까지. 목구멍까지 차올라 내 몸이 온통 그것들로 가득 차 있다고 생각될 때까지 말이야. 그러면 확실해져. 그 무엇도 날 평안함으로부터 벗어나지 못하게 해."

그가 뭘 말하고 있는지 대충 이해가 됐다. 하지만 정작 하고 싶은 말은 따로 있을 거라는 생각이 들었다. 그는 이상하게도 흥분되어 있었고 조급했다. 난 그의 문제를 좀 덜어주고 싶었다. 그러자 그는 곧 자기 관심사에 대해 이야기했다.

"너도 금욕하고 있지?" 불안한 어조로 그가 물었다.

"무슨 말이야? 성적인 거 얘기하는 거야?"

"그래, 맞아. 그런 방법에 대해 알고 나서는 이 년 전부터 참고 있어. 너도 알다시피 그전엔 나도 못된 짓 많이 했거든. 그러니까 너도 여자하고 자본 적 없단 말이지?"

"없어." 내가 대답했다. "제대로 된 여자를 찾지 못했거든."

"맘에 드는 여자를 찾으면, 그러니까 제대로 된 여자를 찾으면 같이 잘 거야?"

"물론이지. 여자가 반대하지 않는다면 말이야." 빈정거리듯 내가 말했다.

"그래, 그렇다면 넌 길을 잘못 든 거야. 내면의 힘은 완벽하게 금욕을 할 때 만들어지는 거야. 난 이 년 동안 그렇게 했어. 이 년 하고도 한 달을 더! 그건 정말 힘들어! 때로는 거의 참을 수 없을 정도야."

"들어봐, 크나우어. 난 금욕이라는 게 그렇게 엄청나게 중요한 거라곤 생각하지 않아."

"나도 알아. 모두들 그렇게 말하지. 그래도 넌 안 그럴 줄 알았어. 좀 더 높은 정신적인 길을 가려는 사람은 순수해야 하는 거야, 무조건!"

"그럼 그렇게 해! 하지만 자신의 성을 억누르는 사람이 다른 사람보다 어떻게 더 순수한 사람인지 이해가 안 돼. 넌 성적인 걸 생각과 꿈에서도 완전히 없애버릴 수 있어?"

크나우어는 절망적인 표정으로 날 바라보았다.

"아니, 정말 그렇게 안 돼! 이런, 하느님 맙소사. 그래도 그래야만 돼. 하지만 나도 밤에는 나 자신에게조차도 얘기할 수 없는 그런 꿈을 꿔. 끔찍한 꿈들을!"

피스토리우스가 내게 해주었던 말이 기억났다. 그의 말이 맞는다는 생각이 들긴 했지만, 그 말을 그대로 전달해 줄 수 없었다. 스스로 경험을 해본 것도 아니고 나 자신이 직접 따라 할 만큼 성숙한 것도 아닌 것 같은데, 다른 사람에게 충고할 입장이 아니었다. 침묵할 수밖에 없었다. 누군가 내게 충고를 구하는데 아무것도 해 줄 수 있는 게 없어 마음이 무거웠다.

"안 해본 게 없어." 옆에서 크나우어가 탄식하며 말했다. "할 수 있는 건 다 해봤어. 냉수욕, 체조, 달리기, 다 해봤는데, 소용없었어. 매일 밤 생각조차 해선 안 되는 그런 꿈을 꾸다가 잠에서 깨어나. 그보다 더 끔찍한 건, 내가 정신적으로 쌓아놓은 것들을 그로 인해 점점 잃어간다는 사실이야. 더 이상 마음을 집중하거나 잠을 들 수도 없고, 가끔 누운 채로 밤을 꼬박 새우기도 해. 이젠 도저히 못 참겠어. 내가 만약 이 싸움을 계속해 나가지 못하거나 포기해서 나 자신을 더럽히게 된다면, 그러면 난 한 번도 이런 싸움을 해보지 않은 사람들보다 훨씬 나쁜 사람이 되는 거야. 이해하겠니?"

나는 고개를 끄덕여주었지만 한 마디도 해줄 수 없었다. 그의 이야기가 지루해지기 시작했고, 그의 깊은 고통과 절망에 아무런 감흥도 느껴지지 않는다는 사실이 내심 놀라웠다. 그를 도울 순 없겠다는 생각만 머릿속에 맴돌았다.

마침내 크나우어가 힘들고 지친 표정으로 말했다. "그러니까 내게 해줄 말이 전혀 없니? 정말 없어? 그래도 어떤 길이 분명 있겠지? 넌 어떻게 하는데?"

"네게 해줄 말이 없다, 크나우어. 그런 일은 서로 도울 수가 없어. 날 도와준 사람도 없었고. 스스로에 대해 곰곰이 생각해보고 네 마음속 본질에서 우러나오는 것, 그걸 해야 해. 다른 방법은 없어. 네가 네 자신을 찾을 수 없다면, 그 어떤 다른 영도 찾을 수 없을 거야."

키 작은 크나우어는 실망한 표정으로 잠시 말을 멈추더니 날 쳐다보았다. 그러더니 잠자기 증오에 찬 시선으로 얼굴을 찌푸리고 화를 내며 소리쳤다. "그렇지, 너야 나에 비해선 훌륭한 성인군자지! 하지만 너도 지저분한 짓거리 한다는 거 알아. 겉으론 현자처럼 굴지만 너도 나나 다른 사람들처럼 똑같이 쓰레기 같은 녀석이야. 넌 돼지야 돼지, 나처럼 말이야. 우린 모두 돼지라고!"

나는 우두커니 서 있는 크나우어를 내버려둔 채 그 자리를 떠났다. 그는 두서너 걸음쯤 나를 따라오다가 멈춰 서더니 몸을 돌려 반대 방향으로 뛰어가버렸다. 그에 대한 연민과 혐오에 속이 메슥거렸다. 집에 돌아와 방에 혼자 앉아 그림 몇 장을 꺼내 주위에 세워놓고 간절한 마음으로 내 자신의 꿈에 집중하고 나서야 비로소 마음이 편안해졌다. 그러자 곧 꿈의 영상들이 다시 떠올랐다. 현관문과 문장에 대한, 어머니와 낯선 여인에 대한 것이었다. 그 여인의 표정이 너무나 또렷해서, 그날 밤부터 난 그림을 그리기 시작했다.

며칠 후 스케치가 완성되자 의식을 잃은 것 같은 몽환적인 상태에서 십오 분 정도 색칠을 했다. 저녁엔 그림을 벽에 붙이고 탁상용 램프를 옮겨 놓고는 마치 유령과 결판이 날 때까지 싸워야 하는 사람처럼 그 앞에 섰다. 그림 속 얼굴 모습은 전에 그렸던 것과 비슷했고, 친구 데미안의 모습과 몇몇 표정은 내 얼굴과도 비슷했다. 한쪽 눈은 다른 쪽 눈보다 눈에 띄게 높게 그려져 있었고, 그 시선은 운명에 사로잡힌 채 내 뒤의 다른 어떤 곳을 응시하고 있었다.

그림 앞에 서자 내면의 긴장감으로 가슴까지 서늘했다. 나는 그림에게 질문을 던졌다. 그림을 비난하고 그림을 애무했다. 그림에게 기도했다. 그림을 어머니라고 불렀다. 애인이라고 불렀다. 창녀와 매춘부라고 불렀고, 아브락사스라고 불렀다. 그러는 동안 피스토리우스의 말이 떠올랐다. 어쩌면 그 말은 데미안의 말 같기도 했다. 언제 그들이 그런 말을 했는지는 기억나지 않았지만, 다시 들리는 것 같았다. 그것은 야곱과 천사의 싸움에 관한 말이었다. "날 축복해주지 않으면 당신을 놓아주지 않겠소."

그림 속 얼굴은 램프의 불빛 때문에 내가 부를 때마다 그 모습이 바뀌었다. 밝게 빛나던 얼굴이 검고 어두워지기도 했다. 생기 없는 눈으로 창백한 눈꺼풀을 감았다가 다시 눈을 뜨고 광채를 발하기도 했다. 얼룩처럼 흐려지기도 했고 크고 분명해지기도 했다. 그 얼굴은 여자였고, 남자였고, 소녀였고, 작은 아이였고, 동물이었다. 결국 난 내면의 외침을 따라 두 눈을 감았다. 그러자 마음속으로 보이는 그림이 더욱 크고 강해졌다. 난 그림 앞에 무릎을 꿇으려 했다. 하지만 그림이 내 자신 내부에 너무나 깊이 들어와 있어서, 마치 그림과 내가 한 몸이 된 것 같다는 생각에, 그림을 내게서 떼어낼 수 없었다.

그때 봄의 폭풍과도 같은 어둡고 무거운 포효 소리가 들려왔고 말로는 표현할 수 없는 불안과 체험의 새로운 느낌에 몸이 떨려왔다. 별들은 내 앞에서 빛을 발하다 사라져갔고, 잊혀진 유년기를 넘어 전생과 만물의 생성 초기단계에까지 이르는 기억들이 내 곁을 빠르게 스쳐갔다. 나의 모든 삶과 비밀을 되풀이하는 것 같은 기억들은 어제 오늘로 그치지 않고 계속되어 미래를 비추었고, 오늘로부터 날 끄집어내 새로운 삶의 형식으로 가두었다. 새로운 삶의 영상은 굉장히 밝고 눈이 부셨지만 그중 어느 것도 제대로 기억할 수 없었다.

깊은 잠에서 깨어보니 옷을 입은 채 침대 위에 비스듬히 누워 있었다. 불을 켜고 무언가 중요한 걸 생각해내야 할 것 같은 느낌이었지만, 몇 시간 전의 일도 알아낼 수 없었다. 더듬거리며 그림을 찾았지만 벽에 걸려 있지도 않았고 책상 위에도 없었다. 희미하게나마 내가 그림을 태워버렸을지 모른다는 생각이 났다. 아니면 손바닥 위에 그림을 올려놓고 태워버린 후 남은 재를 먹은 것이 꿈이었을까?

감당할 수 없는 커다란 불안이 나를 거리로 내몰았다. 모자를 쓰고 뭔가에 쫓기듯 집과 골목 사이를 지나치며 폭풍에 휩쓸려가듯 거리와 광장을 빠른 걸음으로 내처 걸었다. 피스토리우스의 음침한 교회 앞을 서성이다 귀를 기울였고, 무얼 찾고 있는지도 모르면서 어두운 충동에 휩싸여 뭔가를 찾고 또 찾았다. 그러다 교외에 있는 사창가를 지나가게 되었는데, 여기저기 불이 켜있었다. 멀리 외곽으로는 공사 중인 건물들과 벽돌 더미가 군데군데 잿빛의 눈에 뒤덮여 있었다. 몽유병자처럼 어떤 힘에 짓눌려 황량한 곳을 헤매다보니, 언젠가 날 괴롭혔던 크로머가 계산을 하자며 끌고 갔던 고향의 공사장이 생각났다. 그와 비슷해 보이는 공사 현장이 잿빛 어둠 속에서 입을 벌리며 나와 마주쳤다. 그곳이 날 끌어들이려 했다. 난 피하려 했으나 모래와 쓰레기 더미에 걸려 비틀거렸다. 들어가고 싶은 충동이 더 강했고, 들어가지 않을 수 없었다.

널빤지와 바스러진 벽돌들이 널브러져 있는 황량한 공간 속으로 휘청거리며 들어서자 축축한 냉기와 돌 냄새가 음산하게 코를 찔렀다. 잿빛 얼굴처럼 보이는 모래 한 무더기 외에는 모든 게 어둠에 묻혀 있었다.

그때 깜짝 놀란 듯한 목소리로 누군가가 날 불렀다. "맙소사! 싱클레어, 도대체 어디서 오는 길이야?"

어둠 속에서 사람 하나가, 작고 야윈 몸집의 젊은 친구 하나가 마치 유령처럼 몸을 일으켰다. 머리카락이 곤두설 정도로 놀랐지만, 나는 그가 학교 친구 크나우어임을 곧 알아차렸다.

"여길 어떻게 온 거야?" 흥분한 나머지 제정신이 아닌 것처럼 그가 물었다. "날 어떻게 찾은 거야?"

무슨 소린지 알 수가 없었다.

"널 찾아온 게 아니야." 기운이 모두 빠진 상태로 내가 말했다. 말 한 마디 하는 것조차 힘들었다. 생기 없고 무거운, 마치 얼어붙은 것 같은 입술에서 간신히 몇 마디 할 수 있을 뿐이었다.

크나우어가 나를 물끄러미 바라보았다.

"날 찾았던 게 아니라고?"

"그래, 끌려들어온 거야. 네가 날 불렀니? 틀림없이 네가 불렀을 거야. 도대체 여기서 뭘 하고 있는 건데? 한밤중이잖아."

그가 야윈 두 팔로 안간힘을 쓰며 날 끌어안았다.

"그래, 밤이야. 곧 아침이 되겠지. 그래, 싱클레어. 날 잊고 있었던 게 아니었어! 나를 용서해줄 수 있지?"

"대체 뭘 용서하라는 거야?"

"맙소사, 그렇게 추악할 수가 없었어."

그제야 우리가 나누었던 대화가 생각났다. 삼사 일 전이었던가? 그때 이후 한평생이 지나간 것 같았다. 순간 갑자기 모든 걸 알게 되었다. 우리들 사이에 있었던 일 뿐만 아니라 왜 내가 이리 오게 되었으며, 크나우어가 여기에서 뭘 하려고 했는지 짐작이 갔다.

"그러니까 자살을 하려고 했구나, 크나우어?"

크나우어는 추위와 공포에 덜덜 떨고 있었다.

"그래, 그러려고 했어. 하지만 정말 그럴 수 있었을지 모르겠어. 아침까지 기다려보려고 했었거든."

나는 그를 밖으로 데리고 나왔다. 하루를 시작하는 새벽빛이 말할 수 없이 차갑고 냉랭하게 잿빛 하늘에 어렴풋이 빛나고 있었다.

그의 팔을 붙잡고 꽤 멀리까지 함께 걸으며 말했다. "이제 집으로 가서 아무에게도 말하지 않는 거야. 넌 길을 잘못 들었던 거야, 잘못된 길로. 우린 네가 생각하는 것처럼 돼지가 아니야. 우린 인간이라고. 우리가 신을 만들고, 우리가 신과 싸운다고. 그러면 신이 우리를 축복하는 거야."

우리는 서로 말없이 걷다 헤어졌다. 집에 들어오자 날이 밝았다.

그 도시에서 지내던 시절 가장 마음에 들었던 것은 피스토리우스의 연주를 듣거나 그와 함께 난로 앞에 있던 시간이었다. 우리는 아브락사스에 대한 그리스어 텍스트를 함께 읽었다. 그는 내게 베다 번역본의 일부를 읽어주었고, 신성한 '옴(Om)'을 말하는 법을 가르쳐주었다. 그러는 동안 내면적으로 날 성장시켜준 것은 이러한 가르침이 아니라 오히려 그 반대였다. 날 기분 좋게 했던 것은 내 안에서 무언가 발전해 나가고 있다는 것이었다. 나 자신의 꿈과 사고, 예감에 대한 신뢰가 늘어가고, 내 안에 지니고 있는 어떤 힘에 대한 깨달음이 늘어가는 것이 좋았다.

피스토리우스와 난 어떤 식으로든 잘 통했다. 조금만 깊이 그에 대한 생각을 하기만 해도 틀림없이 그가 나타나거나 그의 안부가 전해졌다. 데미안에게 했던 것처럼 그가 곁에 없어도 무엇이건 물어볼 수 있었다. 그의 모습을 머릿속에 분명하게 그리고 모든 생각을 모아 집중해서 그에게 질문을 던지기만 하면 되었다. 그러면 질문에 담긴 모든 영혼의 힘이 대답이 되어 내게 되돌아왔다. 다만 내가 상상했던 사람은 피스토리우스나 데미안이 아니었다. 내가 불러내야 했던 것은 내가 꿈꾸고 그린 영상, 남자이면서도 여자인 꿈속 악령의 영상이었다. 이제 그것은 더 이상 꿈속에서만 살지 않으며 종이 위에 그려지는 것에 그치지 않았다. 그것은 마음속 소망의 모습이 되어 나 자신을 점점 고양시켰다.

자살에 실패한 크나우어와 나의 관계는 특이하고 어떻게 보면 우습기도 했다. 그에게 가지 않을 수 없었던 그날 이후로 그는 충실한 하인이나 심지어 개처럼 나에게 매달렸고 자기 인생을 나와 결부시키려 애쓰면서 맹목적으로 나를 따랐다. 괴상한 질문이나 소원을 갖고 찾아와 영들을 보여달라고 한다든가 카발라 비법을 가르쳐달라고 했다. 내가 그러한 것에 대해선 전혀 모른다고 아무리 얘기를 해도 그는 곧이듣지 않았다. 심지어 그는 내가 온갖 힘을 다 갖고 있다고 믿었다. 마음속에 엉켜 있는 어떤 일이 풀리지 않을 때면 그가 자주 나에게 기이하고 어리석은 질문을 가지고 찾아왔는데, 한 가지 이상한 것은 그의 변덕스런 생각이나 관심거리가 내 문제의 해결을 위한 실마리가 되었다는 사실이다. 때론 그가 몹시 귀찮아져 위압적으로 쫓아버리기도 했다. 그럼에도 난 그가 내게 보냄을 받은 사람일지 모른다는 생각이 들었다. 내가 그에게 준 것은 갑절이 되어 다시 내게 돌아오는 것 같았고, 그도 내겐 인도자이자 하나의 길일지 모른다는 느낌이 들었다. 그가 그 속에서 구원을 찾았다며 내게 가져온 서적들도 내가 순간적으로 통찰할 수 있었던 것 이상의 가르침을 주었다.

그랬던 크나우어가 나중에는 나도 모르는 사이에 나의 길에서 사라졌다. 그와는 싸움이 필요하지 않았다. 하지만 피스토리우스와는 달랐다. 그 도시에서 학창시절이 끝나갈 무렵 난 피스토리우스와 특이한 체험을 하게 되었다.

아무리 악의 없는 사람이라도 살면서 한두 번쯤은 경건과 감사라는 아름다운 미덕과 갈등에 빠지게 된다. 누구나 한 번은 자기 아버지나 스승과 헤어져 혹독한 외로움을 느껴야 하는 경우가 있는데, 대부분의 사람들은 그걸 잘 견디지 못하고 다시 제자리로 돌아간다. 부모님과 부모님의 세계, 유년기의 밝은 세계, 난 그 세계로부터 서서히 떨어져 나와 점점 낯설어 갔다. 격렬히 싸우다 헤어진 것은 아니었지만 마음은 편치 않았다. 그래서 고향을 찾아갈 때면 자주 쓸쓸한 심정이 되었다. 하지만 마음속 깊은 곳까지 그렇진 않았다. 견딜 만했다.

습관적으로가 아니라 누가 요구하지도 않는데 스스로 사랑과 경의를 표하며 진정으로 서로에게 사도이자 친구가 되어주었을 때, 그러다 갑자기 그렇게 사랑하는 사람을 떠나야 할 것 같을 때, 그럴 때 마음은 더욱 쓸쓸하고 괴롭다. 그럴 때 친구와 스승에게 반하는 모든 생각 하나하나는 독이 묻은 가시를 드러내며 우리 자신의 마음을 향해 돌아오고, 그것을 막으려다 자기 얼굴에 온갖 상처가 생긴다. 그럴 때 마음속에 도덕을 가지고 있다고 생각하는 사람에게는 '배신'과 '배은망덕'이란 단어가 치욕스런 낙인처럼 떠오른다. 그러면 두려움에 가득 찬 놀란 마음은 유년시절의 미덕이 아직 남아 있는 골짜기로 도망쳐 들어간다. 그리고 그곳에서 이러한 단절과 헤어짐을 애써 믿으려 하지 않는다.

시간이 지나면서 친구 피스토리우스를 삶의 지도자로서 무조건 인정하는 것에 대한 반감이 생기기 시작했다. 청년 시절 가장 중요했던 시기에 내가 체험했던 것은 그와의 우정이었고, 그의 충고와 위로, 그리고 그의 친근함이었다. 그를 통해 신이 내게 말을 걸어왔고, 그의 입을 통해 내 꿈이 밝혀지고 해석되었다. 그는 내게 나 자신에게로 가는 용기를 선물해주었다. 그런데 이젠 커가면서 서서히 그에 대한 반항심이 느껴졌다. 그의 말에는 너무나 많은 가르침이 담겨 있었고, 그가 나를 완전히 이해하는 것 같지도 않았다.

우리 사이에 그 어떤 다툼이나 불화, 단절이 있었던 것은 아니었다. 그저 그에게 한 마디, 아무렇지도 않은 말 한 마디를 했을 뿐이었다. 하지만 그게 우리 사이에 존재했던 환상을 색색의 파편조각으로 깨뜨린 순간이 되고 말았다.

벌써 한동안 어떤 예감이 날 짓누르고 있었다. 그것이 분명한 느낌으로 다가온 것은 어느 일요일 피스토리우스의 낡은 서재에서였다. 우리는 난로 앞 방바닥에 엎드려 있었다. 그는 자신이 연구 중이었던 비밀의식과 종교 형식에 대해 이야기했다. 앞으로 그것들이 어떻게 발전해갈지가 그의 관심사였다. 하지만 내겐 그 모든 것들이 인생을 결정할 만큼 중요해 보이지 않았다. 그저 특이하고 흥미로울 뿐이었고 그의 현학적인 과시로 보였다. 지난 시대의 폐허를 뒤지는 고달픈 탐색의 소리가 들리는 것 같았다. 그러다 갑자기 내겐 이 모든 방식, 비의적인 숭배와 전승된 신앙 형식들을 모자이크처럼 짜깁기하는 이런 것들에 대한 반감이 느껴졌다.

"피스토리우스," 나 스스로도 놀랄 만큼 악의를 드러내는 목소리로 갑자기 말을 꺼냈다. "지난 밤 꾸었다는 꿈, 진짜 꿈 이야기를 다시 해줘요. 당신이 지금 얘기하는 건 정말이지 골동품 냄새가 난단 말이에요!"

내가 그런 식으로 말하는 것을 그는 한 번도 들은 적이 없었다. 말을 내뱉은 그 순간 나는 내가 그의 심장에 명중시킨 화살이 바로 그의 무기고에서 꺼내온 것이었음을 수치스럽게, 그리고 충격적으로 느꼈다. 그가 이따금 내게 하던 풍자적인 어조의 자기 비난을 지금의 내가 더욱 날카롭게 갈아 되던진 것이었다.

피스토리우스도 순간적으로 그것을 느끼고는 곧 말이 없어졌다.

난 불안한 마음에 가슴이 터질 것 같았고, 그의 얼굴은 무섭도록 창백해졌다.

오랜 무거운 침묵의 시간이 지난 후 피스토리우스는 장작을 새로 난로에 던지며 조용히 말했다. "당신 말이 맞아요, 싱클레어. 당신은 정말 영리한 친구예요. 다시는 그놈의 골동품 냄새 나는 일을 갖고 당신을 귀찮게 하지 않겠소."

그의 어조는 매우 침착했다. 하지만 그가 입은 상처의 고통을 잘 느낄 수 있었다. 도대체 무슨 일을 저질렀단 말인가?

눈물이 나올 것 같았다. 난 진심으로 용서를 빌고 그에게 나의 사랑, 나의 애정 어린 감사를 확인해주고 싶었다. 감동적인 말도 떠올랐다. 하지만 할 수가 없었다. 난 엎드린 채로 타오르는 불을 바라보며 침묵했다. 피스토리우스도 말이 없었다. 그렇게 우리는 누워 있었고, 불은 타내려가다 꺼졌다. 불꽃이 사라져갈 때마다 무언가 아름답고 친밀한 것들이 함께 사려져가면서 다시는 되돌아오지 않을 것 같다는 느낌이 들었다.

"제 말을 잘못 이해했을까봐 걱정이 됩니다." 긴장감에 초조했던 내가 마침내 건조하고 쉰 목소리로 말했다. 신문에 난 연재소설을 낭독하는 것처럼 멍청하고 무의미한 말들이 입술 사이로 기계적으로 새어 나왔다.

"당신이 옳다는 걸 알아요." 피스토리우스가 조용히 말했다. "당신 말이 맞아요." 그는 잠시 멈추었다가 이야기를 계속했다. "한 인간이 다른 사람에 맞서 옳을 수 있는 바로 그만큼만."

아니, 아니에요. 내가 틀렸어요. 마음속으로 난 수없이 외쳤다. 하지만 실제로 그 말을 꺼낼 수는 없었다. 내가 단 한 마디의 말로 그의 본질적인 약점, 그의 괴로움과 상처를 건드린 것이었다. 피스토리우스 자신이 스스로를 불신하지 않을 수 없는 그런 지점을 건드렸던 것이다. 그의 이상은 골동품처럼 낡았다. 그는 과거를 향한 구도자이자 낭만주의자였다. 그가 내게 보여준 모습이 실재의 모습일까, 그가 내게 준 것을 그 자신에게도 줄 수 있을까, 갑자기 그런 의심이 들었다. 피스토리우스는 자신도 감당하지 못하는 길로 날 인도했던 것이다.

어떻게 그런 말을 할 수 있었을까! 난 조금도 나쁜 뜻에서 그런 말을 한 것이 아니었고, 파국에 대한 예감 같은 것도 없었다. 말을 입 밖에 내는 순간에도 스스로도 무슨 얘기를 하는지 모르는 얘기를 지껄였던 것이다. 약간의 위트와 약간의 악의가 뒤섞인 소소한 착상을 따라 말한 것뿐이었는데, 그것이 운명이 되어버렸다. 나의 사소하고 부주의한 행동 하나가 그에겐 심판이 되어버렸다.

피스토리우스가 화를 내고 자기를 방어하며 내게 큰소리 쳐주길 얼마나 간절히 원했는지 모른다. 그러나 그는 아무것도 하지 않았다. 난 이 모든 걸 마음속에서 나 스스로 하지 않으면 안 되었다. 할 수만 있었다면 그는 미소라도 지었을지 몰랐다. 그가 그럴 수 없다는 사실에서 그가 받은 충격의 깊이를 잘 알 수 있었다.

주제넘고 배은망덕한 제자의 공격을 그렇게 말없이 받아들임으로써, 침묵하고 옳다고 인정함으로써, 그리고 나의 말을 운명으로 인정함으로써, 그렇게 피스토리우스는 나로 하여금 나 자신을 미워하도록 만들었다. 그는 내 경솔함을 수천 배 더 크게 만들었다. 난 힘도 세고 끄덕도 없는 사람을 때렸다고 생각했었다. 그런데 그 사람은 아무 말 없이, 조용히 참으며 방어도 하지 않은 것이었다.

오랜 시간 우리는 꺼져가는 불 앞에 엎드려 있었다. 불 속에서 타오르는 모습 하나하나는 행복하고 아름답던 시간을 되새기게 해주었고, 점점 사그라지는 재 하나하나는 피스토리우스에 대한 죄책감을 점점 크게 쌓아올렸다. 더 이상 견딜 수 없었던 난 일어나 밖으로 나왔다. 그의 방문 앞에, 어두운 계단 위에, 집 밖에, 혹시 그가 날 따라오지나 않을까 하고 한참을 서 있었다. 그러고 나선 계속 걸었다. 저녁때까지 몇 시간이고 시내와 교외, 공원과 숲을 돌아다녔다. 그때 난 처음으로 내 이마 위에 찍힌 카인의 표적을 느꼈다.

이후 서서히 당시 일을 되새겨보았다. 나 자신을 비난하고 피스토리우스를 옹호하고자 하는 의도에서였다. 하지만 결국은 모든 게 그 반대로 끝나버렸다. 경솔하게 내뱉은 말을 후회하며 수천 번이고 거두어 담고 싶었지만, 이미 엎질러진 물이었다. 이제 비로소 피스토리우스가 이해되기 시작했고, 그의 꿈 전체를 눈앞에 그려보는 게 가능했다. 그의 꿈은 성직자가 되어 새로운 종교를 선포하는 것이었다. 정신을 고양시키는 새로운 형식, 사랑과 예배의 새로운 형식을 만들고 새로운 상징을 세우고자 하는 것이었다.

하지만 그것은 그의 역량과 직분에 적합한 일이 아니었다. 그는 기존의 것에 너무 집착했다. 예전 것을 너무 정확히 알고 있었다. 이집트에 대해, 인도에 대해, 미트라스에 대해, 아브락사스에 대해 너무 많이 알고 있었던 것이다. 그의 사랑은 지구가 이미 보아왔던 형상들에 매여 있었다. 그렇지만 마음속 깊은 곳에서는 전혀 새롭고 다른 것, 박물관이나 도서관에서 만들어지는 것이 아닌 새로운 토대에서 샘처럼 솟아나는 것을 원했다. 내게 해주었듯이 그의 직분은 어쩌면 인간이 자기 자신에게 이르도록 도와주는 일이었을 것이다. 전혀 들어보지 못했던 새로운 사실, 새로운 신, 이런 것들을 제시하는 것이 그의 직분은 아니었다.

누구에게나 하나의 '직분'이 있다. 하지만 직분은 누구나 자의로 선택하고 해석하고, 또 마음대로 할 수 있는 것이 아니라는 생각이 갑자기 예리한 불꽃처럼 마음을 사로잡았다. 새로운 신을 원한다는 것이 잘못이었고, 더구나 세상에 무언가 새로운 것을 주겠다는 것은 완전히 틀린 생각이었다. 깨달음을 찾은 인간에게는 다 하나의 의무만이 존재했다. 그것은 자기 자신을 발견하고, 그 속에서 자신감을 갖는 것, 어디로 가든 자신의 길을 앞으로 더욱 정진해가는 것이다. 이런 생각이 내겐 깊은 충격으로 다가왔다. 그리고 그건 체험에서 얻은 값진 열매였다. 난 자주 미래의 모습을 상상해보았다. 시인, 예언자, 화가, 혹은 내게 예비되어 있을지 모를 역할들에 대해 꿈을 꾸었다. 하지만 그 모든 것은 아무것도 아니었다. 시를 쓰기 위해, 설교하기 위해, 그림을 그리기 위해 내가 존재하는 것이 아니었다. 나뿐 아니라 다른 누구도 그 때문에 존재하는 것은 아니다. 그 모든 건 부차적인 것이었다. 모두에게 있어 참된 직분이란 자기 자신에게로 가는 것 단 하나였다. 시인이나 미치광이, 예언자 혹은 범죄자로 자기의 생을 마칠 수도 있었다. 하지만 그건 자기 문제가 아니고 중요한 문제가 아니었다. 가장 본질적인 문제는 자기 자신의 운명을 찾고, 그 운명대로 온전하게 그리고 완전하게 살아가는 것이었다. 다른 모든 건 반쪽짜리이자 도피하려는 시도, 대중의 이상 속에 숨으려는 반복적인 도망, 자기 자신에 대한 순응과 두려움이었다.

새로운 영상이 무섭고도 경건하게 눈앞에 떠올랐다. 이미 수백 번 예감했고 어쩌면 자주 입 밖에 내뱉은 것이었을지도 모르지만, 이제 비로소 직접 체험이 되었다. 그 영상 속에 난 자연이 던진 돌과 같았다. 미지의 것, 새로운 어떤 것, 어쩌면 무(無)로 던진 돌과 같았다. 측량할 길 없는 깊은 곳으로부터 던져진 돌이 그대로 굴러가게 두는 것, 그 의지를 마음속에서 느끼고 온전히 나의 의지로 만드는 것, 그것만이 나의 직분이었다. 오직 그것만이.

이미 난 많은 고독을 맛보았다. 이제 내 앞에는 더 깊은 고독이 있으며 그것을 피할 순 없을 것 같았다.

피스토리우스와 화해하려 하진 않았다. 우린 여전히 친구였지만 관계는 예전과 달랐다. 딱 한 번 그 문제에 대해 이야기를 나눈 적이 있다. 사실 그런 이야기를 꺼낸 것은 피스토리우스였다. "당신도 알다시피 난 성직자가 되고자 하는 소망이 있어요. 정말 우리가 그토록 예감하던 새로운 종교의 성직자가 되고 싶었죠. 하지만 난 결코 그렇게 될 수 없을 거예요. 스스로에게조차 완전히 고백하진 않았지만 오래전부터 그 사실을 알고 있었고, 지금도 알고 있어요. 그래서 이젠 오르간 연주나 다른 종교적 봉사활동을 해보려고 해요. 그래도 난 항상 내가 아름답고 신성하다고 느끼는 것들과 함께 있어야 해요. 오르간 음악이든, 비밀의식이든, 상징과 신화든, 난 그런 것들이 필요하고, 또 그런 것들과 떨어지고 싶지 않아요. 그게 나의 약점이지요. 싱클레어, 내가 그런 소망을 가져서는 안 된다는 걸 나도 압니다. 그게 사치고 약점이라는 것도 알아요. 만약 내가 아주 단순하게 아무런 요구도 없이 나 자신을 운명에 맡긴다면, 그게 더욱 위대하고 올바른 일일 겁니다. 하지만 그럴 수가 없어요. 그게 내가 할 수 없는 유일한 일입니다. 어쩌면 당신이 그렇게 할 수 있을지도 모르겠습니다. 그러나 그건 정말 어려운 일이에요. 아마 이 세상에 존재하는 단 하나의 어려운 일일 겁니다. 가끔 그걸 꿈꾸었지만, 그렇게 할 수가 없어요, 몸서리가 쳐져요. 그렇게 완전히 발가벗긴 채로 혼자 서 있을 순 없죠. 나도 약간의 온기와 먹을 것을 필요로 하는, 그리고 주변에 자신과 비슷한 부류가 있기를 원하는 그런 가엾고 불쌍한 개와 같은 사람이에요. 정말 자신의 운명

말고는 아무것도 원하지 않는 사람에게는 자신과 비슷한 부류가 없어요. 그런 사람은 고독하고 주변엔 차가운 세계의 공간밖에는 없어요. 겟세마네 동산의 예수가 그랬어요. 기꺼이 십자가에 못 박히려는 순교자들이 있었지만, 그들도 영웅은 아니었고 자유를 얻지 못했어요. 그들 역시 자기들에게 친숙하고 익숙한 무언가를 원했어요. 그들에게도 모범과 이상이 있었으니까요. 오로지 운명 하나만을 원하는 사람에게는 모범도 이상도 없고, 아무런 사랑과 위로도 없어요. 그래도 이런 길을 가야만 하겠지요. 나나 당신 같은 사람들은 정말 고독해요, 하지만 우리는 서로 뭔가 남들과 다르다는 만족감이 있지요. 뭔가에 저항하며 평범한 것을 원치 않는 내적인 만족감이 있어요. 하지만 이런 길을 가려면 그런 만족감도 버려야 합니다. 혁명가나 모범이 되려고 해도 안되고, 순교자가 되려고 해도 안됩니다. 그건 생각할 수도 없는 일입니다."

그렇다. 그것은 생각할 수도 없는 일이었다. 그러나 꿈꿀 수는 있었다. 미리 느끼고 예감할 수는 있는 일이었다. 몇 번인가 아주 조용한 시간에 그걸 조금 느껴본 적이 있었다. 그럴 때면 나 자신의 내면을 들여다보고 내 운명의 두 눈을 응시하곤 했다. 그 두 눈은 지혜로 충만해 있는 것 같았고, 광기로 가득 차 있는 것 같기도 했다. 사랑에 빛나기도 했고, 깊은 악의에 차 있는 것 같기도 했다. 아무래도 마찬가지였다. 그중 무엇도 선택할 수 있는 게 없었고, 원할 수 있는 게 없었다. 자기가 원할 수 있는 건 단지 자기 운명뿐이었다. 피스토리우는 내가 거기까지 가도록 한 구간 더 날 인도해 주었던 것이다.

그 시절 난 눈이 먼 사람처럼 여기저기를 헤매고 돌아다녔다. 마음속에선 폭풍이 몰아쳤고 내딛는 한 걸음 한 걸음이 위험스러웠다. 이제까지 걸어온 길이 모두 가라앉고마는 어둠의 심연이 내 앞에 펼쳐져 있는 것 말고는 아무것도 보이지 않았다. 그러자 마음속에서 인도자의 모습이 보였다. 데미안과 닮았고 그 두 눈 속엔 내 운명이 적혀 있었다.

난 종이에 이렇게 적었다. "인도자가 날 떠났다. 난 캄캄한 어둠 속에 서 있어. 혼자선 한 걸음도 내딛을 수 없어. 도와줘!"

그 쪽지를 데미안에게 보내려고 하다 그만두었다. 그럴 때마다 그게 어리석고 무의미해 보였기 때문이었다. 대신 난 그 짧은 기도문을 외우고, 자주 그걸 마음속으로 되뇌었다. 그리고 그걸 늘 가지고 다녔다. 기도의 의미를 예감하기 시작했다.

학창시절이 끝났다. 마지막 방학 여행을 떠나기로 했는데, 그건 아버지의 생각이었다. 여행이 끝나면 대학에 가기로 되어 있었다. 어느 학부에서 뭘 공부할지 정하진 않았다. 일단 한 한기 철학 강좌를 수강하기로 했다. 다른 어떤 강좌라도 괜찮을 것 같았다.

7

에바 부인

방학 중 한 번 데미안이 몇 해 전 어머니와 함께 살았던 집을 찾아가보았다. 나이 든 어떤 부인이 정원에서 산책하고 있어 말을 걸어보았는데, 그 집 주인이라고 했다. 데미안의 가족에 대해 물어보았다. 부인은 그들을 잘 기억하고 있었지만, 어디에 살고 있는지는 몰랐다. 내가 데미안 가족에 대해 관심이 있다는 걸 알고는 날 집 안으로 데리고 들어가 앨범을 찾아 데미안 어머니의 사진 한 장을 보여주었다. 데미안 어머니에 대한 기억은 거의 없었다. 하지만 사진을 보자 심장이 멎는 듯했다. 내가 꿈속에서 보았던 여인의 모습과 똑같았다. 바로 그 여인이었다. 키가 크고 거의 남자 같은 모습의 여인, 아들과 비슷한 생김새에 모성의 특징을 간직한, 아름다우면서도 매혹적이고 친근하지만 접근할 수 없는, 거부할 수 없는 악령과 같은 어머니, 운명이자 애인인 바로 그 여인이었다.

꿈에서 보았던 영상이 지상에 살고 있다는 사실이 내겐 엄청난 충격으로 다가왔다. 그런 모습의 여인, 내 운명의 모습을 가진 여인이 실재하고 있었던 것이다. 그녀는 도대체 어디에 있을까? 어디에? 더구나 데미안의 어머니였다.

그후 나는 곧 여행을 떠났다. 특별한 여행이었다. 마음 내키는 대로 이곳저곳을 끊임없이 돌아다녔다. 그녀를 연상시키는 모습, 그녀와 비슷한 모습을 좇아 뒤엉킨 꿈속에서처럼 기차를 타고 낯선 도시의 골목과 역을 찾아 헤매는 날들이 있었다. 그렇게 찾아다니는 일이 부질없는 것임을 느끼는 그런 날도 있었다. 그럴 때면 아무것도 하지 않고 공원 어딘가에, 호텔 정원이나 대합실에 앉아 나의 내면을 들여다보며 마음속에 남아 있는 그 영상이 살아 움직이도록 애썼다. 그러나 그렇게 하는 것도 이젠 부끄럽고 덧없는 일이 되었다. 잠도 제대로 잘 수 없었고, 달리는 기차 안에서 십오 분 정도 잠깐 눈을 붙이는 정도가 고작이었다. 한번은 취리히에서 어떤 여자가 날 따라온 적이 있었다. 예뻤지만 약간 뻔뻔스러운 여자였다. 난 그 여자가 마치 공기라도 되는 것처럼 거들떠보지도 않고 내 길을 계속 갔다. 한 시간이라 할지라도 다른 여자에게 관심을 보이느니 차라리 당장 죽는 편이 나을 것 같은 기분이었다.

내 운명이 날 끌어당기고 있음을, 그리고 그 운명이 실현될 날이 가까워졌음을 느꼈다. 그런데도 난 내가 할 수 있는 게 아무것도 없다는 사실에 너무나 초초했다. 한번은 인스부르크에 있는 어느 역을 막 출발하는 기차의 창가에서 그 여인을 상기시키는 얼굴을 보고 며칠 동안 침울했다. 그런데 갑자기 그 모습이 밤에 꿈속에 나타났다. 난 곧 그 여인을 찾는 것의 무의미함을 깨닫고 창피스러움과 처량한 마음에 바로 집으로 돌아왔다.

몇 주 뒤 H대학에 입학했다. 모든 게 실망이었다. 내가 들은 철학사 강의는 대학을 다니는 젊은이들의 행동처럼 허무하고 기계적이었다. 전부가 틀에 박힌 듯 획일적이었고, 이 사람이나 저 사람이나 모두 비슷했다. 아직 소년티가 나는 얼굴에 엿보이는 달아오른 즐거움은 우울할 정도로 공허해 보이고 기성품처럼 보였다. 하지만 난 자유로웠다. 온종일 나 자신을 위해 시간을 사용했고, 교외의 오래된 낡은 집에서 조용하게 지냈다. 책상 위에는 니체의 책 몇 권을 놓아 두었다. 니체의 책을 읽으며 그의 영혼의 고독을 느꼈다. 그를 거칠게 몰아간 운명의 냄새를 맡으며 그와 함께 괴로워했다. 하지만 자기의 길을 그렇게 거침없이 걸어간 사람이 있었다는 사실에 행복했다.

어느 날 늦은 저녁 가을바람을 맞으며 시내를 걷고 있다가 어느 술집에서 흘러나오는 대학생들의 노랫소리를 듣게 되었다. 열린 창문으로는 담배 연기가 자욱하게 빠져나왔다. 노랫소리는 한바탕 크고 요란했지만 활기가 없었고 생기 없이 단조로웠다.

난 길 모퉁이에 서서 귀를 기울였다. 술집 두 군데에선 판에 박힌

젊음의 쾌활함, 학습된 쾌활함이 어둠 속으로 소리를 지르고 있었다. 어딜 가도 왁자지껄한 모임이 있었다. 어딜 가도 운명의 짐을 내려놓고 따뜻한 아궁이 곁으로 도망치는 사람들이 있었다.

내 뒤로 남자 두 명이 천천히 지나갔다. 그들의 대화 몇 마디가 들렸다. "여기 학생들이나 흑인마을의 학생들이나 모두 똑같지 않나요?" "다 똑같지요. 심지어 문신이 아직도 유행이랍니다. 그게 청년 유럽의 모습이랍니다."

그 목소리가 내겐 놀랄 만큼 귀에 익었고 누군가를 생각나게 했다. 나는 어두운 골목길에서 두 사람을 쫓아갔다. 한 명은 키가 작고 우아해 보이는 일본인이었다. 가로등 아래에서 그의 미소 띤 노란 얼굴이 빛이 났다. 그때 다른 남자가 다시 말을 했다.

"당신네 일본에서도 여기보다 나을 건 없을 겁니다. 사람들은 대체로 사람들이 많이 모인 곳을 찾아가지요. 여기서도 마찬가집니다."

그 말 한 마디 한 마디가 기쁨과 놀라움으로 내게 다가왔다. 지금 말하는 사람은 내가 아는 사람이었다. 데미안이었다.

바람 부는 밤중에 어두운 골목길을 지나며 데미안과 일본인을 뒤따라갔다. 그들의 대화에 귀를 기울였고 데미안 목소리의 울림을 즐겼다. 옛날 음색을 그대로 지니고 있었다. 그 목소리에는 예전의 아름다운 안정감과 평안함이 있었고, 날 압도하는 힘이 그대로 있었다. 이제 모든 게 잘 해결되었다. 그를 찾아낸 것이다.

일본인이 교외 거리의 끝자락에서 데미안과 헤어진 후 집으로 들어갔다. 데미안은 길을 되돌아 나왔는데, 난 그대로 멈춰 선 채로 거리 한복판에서 그를 기다렸다. 두근거리는 마음으로 그가 나를 향해 오는 모습을 보았다. 갈색 비옷을 입은 그는 바른 자세로 탄력 있게 걸었고, 팔에는 작은 단장을 걸쳤다. 데미안은 흐트러짐 없는 발걸음을 유지하면서 내 앞까지 와서 모자를 벗고 자기의 환한 얼굴을 보여주었다. 굳게 다문 입술과 넓은 이마에 빛나는 예의 그 얼굴이었다.

"데미안!" 난 그의 이름을 크게 불렀다.

데미안이 내게 손을 내밀었다.

"그래, 너로구나, 싱클레어! 널 기다리고 있었어."

"내가 여기 있는 걸 알고 있었단 말이야?"

"확실히는 몰랐어. 하지만 그러길 바랐어. 직접 본 건 오늘 저녁이 처음이야. 너 계속 우리 뒤를 따라다녔지."

"나인 줄 바로 알았단 말이야?"

"물론이지. 약간 달라지긴 했지만, 그래도 네겐 그 표적이 있어."

"표적? 어떤 표적?"

"아직 기억하고 있는지 모르겠지만, 예전에 우린 그걸 카인의 표적이라고 했어. 그건 우리에게 있는 표적이야. 네겐 항상 그게 있었어. 그래서 내가 네 친구가 된 거야. 그런데 지금은 그 표적이 더 분명해졌어."

"난 몰랐어. 아마 알고 있었는지도 모르지. 한번은 네 모습을 그린 적이 있어, 데미안. 그런데 놀랍게도 그게 내 모습과 비슷하더라고. 그게 바로 표적이었을까?"

"맞아, 그게 바로 표적이야. 아무튼 널 보게 돼서 좋다. 어머니도 좋아하실 거야."

난 깜짝 놀랐다.

"어머니? 네 어머니가 여기 있다고? 날 전혀 모를 텐데?"

"아니, 알고 있어. 내가 얘기하지 않아도 널 보면 어머닌 아마 바로 알 거야. 그런데 오랫동안 전혀 소식이 없었잖아."

"몇 번 편지는 쓰려고 했는데, 잘 안 됐어. 그런데 얼마 전부턴 틀림없이 널 만날 수 있으리라는 느낌이 들었어. 매일같이 기다리고 있었거든."

데미안은 내게 팔짱을 끼고 한참을 걸었다. 그와 함께 걸으니 마음이 편했다. 편안함이 그에게서 나와 내게로 들어오는 느낌이었다. 우린 곧 예전처럼 이런저런 이야기를 나누었다. 학창 시절, 견진성사 수업, 그리고 당시 방학 때의 불행했던 만남 등을 떠올렸다. 다만 우리를 처음 만나게 해준 가장 긴밀한 사건이었던 크로머 이야기만은 이번에도 하지 않았다.

뜻밖에도 우리의 대화는 기이하면서도 예감에 가득 찬 이야기로 빠져들었다. 데미안이 일본인과 나누던 대화를 떠올리며 대학생활에 대해 이야기했고, 거기서 나아가 조금 동떨어져 보이는 다른 이야기들도 나누었다. 그래도 데미안의 말을 통해 모든 이야기들은 서로 밀접히 연결되었다.

데미안은 유럽의 정신과 이 시대의 특징에 대해 이야기했다. 어디를 가나 자기들끼리의 합종연횡만 있을 뿐 자유와 사랑이 없다고 했다. 학생 단체나 노래 동아리에서부터 국가에 이르기까지 모든 공동체는 강제로 만들어진 것이며, 불안과 도피, 당혹감에서 만들어진 것으로 그 내면에는 이미 부패와 붕괴가 임박해 있다는 것이다.

"연대란 멋진 거야. 하지만 지금 여기저기서 번창하고 있는 연대는 진짜 연대가 아니야. 진정한 연대란 개인과 개인이 서로를 앎으로써 새롭게 만들어지는 거야. 그래야 한동안은 세상을 바꿀 수 있어. 지금 연대라고 하는 건 자기들끼리 그냥 단체를 만드는 것에 불과한 거야. 사람들이 서로에 대한 두려움 때문에 서로에게로 도피하는 거지. 신사들은 신사들끼리, 노동자들은 노동자들끼리, 학자들은 학자들끼리 말이야. 사람들이 왜 두려워 하냐고? 자기 자신과 하나가 되지 못하기 때문이야. 자기 자신이 누구인지 알지도 못하고 인정해보지도 못했기 때문에 두려운 거야. 자기도 알지 못하는 것에 대한 두려움으로 가득 찬 사람들의 모임, 그게 지금 연대의 모습이지. 그들 모두는 이제까지 자기들이 살아왔던 낡은 삶의 법칙들이 더 이상 유효하지 않음을, 종교나 도덕 그 어느 것도 우리가 현재 필요로 하는 것을 충족시켜주지 못한다는 사실을 알고 있어.

유럽은 백년 이상 동안 그저 연구만 하고 공장만 세워왔어. 사람 한 명 죽이는 데 화약 몇 그램이 필요한지는 정확히 알고 있지만, 신에게 어떻게 기도를 드리는지, 한 시간을 어떻게 즐겁게 보낼 수 있는지에 대해선 전혀 몰라. 대학생들이 즐겨 찾는 술집을 한번 보라고. 아니면 부자들이 가는 유흥장을 봐도 마찬가지야. 어디에도 희망이 없어. 그래, 싱클레어, 그 어느 곳에서도 명랑함이 있을 수 없어. 저렇게 두려움으로 모인 사람들은 두려움과 악의 때문에 다른 사람을 신뢰하지 못하게 돼. 더 이상 이상이 아닌 이상에 매달려 있으면서 새로운 이상을 세우는 사람들에게 돌을 던지거든. 다툼이 벌어질 거야. 곧 싸움이 벌어질 거야, 틀림없어. 그렇다고 그런 다툼이 세상을 좀 더 좋게 만드는 건 아니야. 노동자가 공장주를 쳐죽여도, 러시아와 독일이 서로 총질을 해도, 그건 주인만 바뀌는 거야. 그렇다고 아무 소용도 없다는 뜻은 아니야. 지금의 이상이 얼마나 무가치한 것인지는 밝혀질 거야. 석기시대의 신들이 청소되는 거지. 지금 존재하는 이 세상은 죽으려고 하고 있어. 파멸에 빠지려 하고 있고 또 그렇게 될 거야."

"그럼 그때 우린 어떻게 되는 거야?" 내가 물었다.

"우리? 우리도 함께 파멸해 갈지 모르지. 우리 같은 사람들도 맞아 죽을 수 있으니까. 다만 그런 식으로 죽지 않기만 바랄 뿐이야. 우리에게서 남겨진 것들이나 우리 중 살아남은 사람 주위에 미래의 의지가 집결될 거야. 유럽이 한동안 기술과 과학을 내세워 소리를 지르며 억압해왔던 인류의 의지가 드러나는 거지. 그러면 인류의 의지가 국가나 민족, 협회나 교회 같은 오늘날의 공동체의 의지와는 결코 같지 않다는 게 드러날 거야. 자연이 인간과 함께 원하는 것은 오히려 각 개인의 마음속에, 너와 내 마음속에 새겨져 있어. 예수와 니체의 마음속에 새겨져 있는 것처럼 말이야. 물론 매일 그 모습이 달라질 수 있겠지만, 지금의 공동체들이 모두 붕괴되면 이런 중요한 흐름을 위한 공간이 생기게 될 거야."

우리는 꽤 늦은 시간 강가 정원 앞에서야 걸음을 멈추었다.

"여기가 우리 집이야." 데미안이 말했다. "곧 한번 들러. 기다리고 있을게."

난 기쁜 마음으로 서늘해진 밤공기를 뚫고 집으로 향했다. 여기저기서 집으로 돌아가는 대학생들이 소리를 질러대며 비틀거렸다. 가끔 난 그들이 보여주는 희극적 즐거움과 대립되는 내 삶의 고독을 느꼈다. 그 느낌은 때로는 부러움이었고 때로는 조롱이었다. 하지만 그들을 보면서 오늘처럼 편안하고 오늘처럼 은밀한 힘이 느껴진 적이 없었다. 이제 이런 건 나와 상관이 없었고, 이런 세계도 내겐 멀고 사소한 것이 되었다. 고향 도시의 관리들, 그 나이 들고 위엄 있어 보이던 신사들이 기억났다. 그들은 축복 받은 낙원의 기념품처럼 술집에서 허비한 대학시절의 추억에 집착했고, 시인이나 낭만주의자들이 유년기에 바치는 숭배처럼 학창시절의 사라져버린 '자유'를 예찬했다. 어디서나 똑같았다. 이미 지나가버린 시간

속 어딘가에서 '자유' 와 '행복' 을 찾았다. 그건 순전히 두려움 때문이다. 혹시나 자신의 책임을 기억하게 되고 자신의 길을 가도록 경고 받게 될까 하는 두려움 때문이다. 몇 년 간 술독에 빠져 살다가, 그 다음에는 무릎을 꿇고 기어들어가 국가에 봉사하는 근엄한 신사가 되는 것이다. 그렇게 썩었다. 우리 사회는 부패했다. 이런 대학생들의 멍청함은 그런 신사들에 비하면 아무것도 아니었다.

하지만 멀리 떨어져 있던 숙소에 도착해 잠자리에 들자, 이런 생각들은 모두 순식간에 사라져버렸다. 내 생각은 온통 오늘 하루 내가 받은 약속 하나에만 빠져 있었다. 원하기만 하면 내일 당장이라도 데미안 어머니를 볼 수 있을 것이었다. 대학생들이 술집에 가고 얼굴에 문신을 하든, 세계가 썩어 몰락 직전에 있든, 나와 무슨 상관이 있단 말인가! 난 단 한 가지, 내 운명이 새로운 모습으로 나와 마주하기만을 기다렸다.

아침 늦게까지 곤하게 잤다. 유년기 때 맞이했던 성탄절 이후론 겪어보지 못했던 장엄한 축제일처럼 새로운 날이 밝았다. 내심 불안하기도 했지만, 그렇게 떨리지도 않았다. 나에게 있어 중요한 하루가 밝았음을 느꼈고, 나를 둘러싼 세계가 변했음을, 깊은 관련성을 가지고 장엄하게 기다리고 있음을 느꼈다. 나직하게 내리는 가을비조차 아름답고 고요했으며, 축제일답게 엄숙하고 즐거운 음악으로 가득 찼다. 처음으로 바깥 세계가 나의 내면세계와 어울려 순수한 화음을 냈다. 그렇게만 계속되면 영혼의 축제가 시작되고 사는 보람도 느끼게 된다. 어떤 집도, 어떤 쇼윈도도, 골목의 어떤 얼굴도 내게 거슬리지 않았다. 모든 게 마땅히 그래야 하는 것처럼 그대로였지만, 예전의 일상적이고 습관적인 공허한 얼굴이 아니었다. 그것은 기대에 차 있는 자연의 모습, 경외심을 가지고 운명을 준비하는 모습이었다. 아직 소년이었을 때 성탄절이나 부활절 같은 커다란 축제일 아침에 그런 세계를 본 적이 있었다. 세상이 아직도 그렇게 아름다울 수 있다는 걸 알지 못했었다. 난 내면 세계에 빠져 사는 데 익숙해 있었다. 외부세계에 대한 감각을 상실해가는 데 익숙했고, 반짝이는 색체의 상실이 유년기의 상실과 불가분 관련 있다는 사실, 영혼의 자유와 남성성을 대가로 이러한 아름다운 빛을 포기해야 한다는 사실을 감수하는 데도 익숙해 있었다. 이제 난 그 모든 것들이 단지 엎어지고 어둠에 빠져 있었을 뿐이라는 걸 알았다. 그리고 유년의 행복을 포기한 대가로 자유를 얻은 사람도 세상이 빛나는 것을 볼 수 있다는 사실을, 어린아이처럼 그 내면의 전율을 맛볼 수 있다는 사실을 알았다.

지난 밤 데미안과 작별을 고했던 교외의 정원을 다시 찾았다. 키 큰 잿빛 나무들 뒤로 작은 집 한 채가 밝고 아늑하게 숨어 있었다. 커다란 유리벽 뒤로는 키 큰 다년생 관목들이 있었고, 깨끗하게 닦인 유리창 너머에는 그림과 서가가 달린 어두운 벽들이 있었다. 현관문은 온기가 감도는 작은 거실로 바로 이어졌다. 검은 옷에 흰 앞치마를 두른 나이 든 하녀가 말없이 날 안내하며 외투를 받아 주었다.

하녀는 나를 거실에 혼자 남겨 놓고 떠났다. 주위를 둘러보았다. 마치 꿈속 한가운데 서 있는 것 같았다. 문 위쪽, 어두운 빛깔의 나무벽에 걸려 있는 검은 테가 둘린 액자 속에는 내가 잘 알고 있는 그림이 들어 있었다. 지구라는 껍질을 깨고 날아오르려는 황금색 매의 머리를 가진 나의 새였다. 몹시 충격을 받은 나는 그대로 멈춰 서고 말았다. 마치 이 순간 내가 행하고 경험했던 모든 것이 해답과 실현으로 되돌아오는 것 같아 기쁘기도 했고 슬프기도 했다. 번개처럼 수많은 영상들이 뇌리를 스쳐갔다. 대문 아치 위에 오래된 돌 문장이 달려 있던 고향집, 그 문장을 그리던 소년 데미안, 두려움에 떨며 크로머의 속박에 얽혀 있던 어린 소년이었던 나, 기숙사 책상에 앉아 동경의 새를 그리는 청년이었던 나, 엉킨 실타래 같은 그물로 얽혀들던 영혼, 그 모든 것들이 떠올랐다. 그리고 지금 이 순간까지 있었던 그 모든 것들이 마음속에서 메아리치며 긍정되고 인정되었다.

젖어드는 눈으로 그림을 응시하며 나 자신의 마음을 읽고 있었다. 눈길을 아래쪽으로 돌리자, 새 그림 아래 열린 문 사이로 검은 옷을 입은 키가 큰 부인이 눈에 들어왔다. 바로 그 여인이었다.

난 아무 말도 할 수 없었다. 아름답고 기품 있어 보이는 부인이 자기 아들과 마찬가지로 시간과 나이를 초월한, 의지가 충만한 얼굴로 나를 향해 미소를 보내고 있었다. 내겐 그녀의 눈길이 꿈의 완성이었고, 그녀의 인사는 귀향을 의미했다. 말없이 나는 그녀에게 두 손을 내밀었다. 그녀는 단호하고 따뜻한 손으로 내 손을 잡아주었다.

"당신이 싱클레어죠. 바로 알아보았답니다. 잘 왔어요."

그녀의 목소리는 깊고 따뜻했다. 난 감미로운 포도주처럼 그 목소리에 젖어들었다. 그리고 눈을 들어 그 고요한 얼굴을, 깊이를 헤아리기 어려운 검은 두 눈을 들여다보았다. 생기 있고 성숙해 보이는 입을, 표적이 달린 자유롭고 당당한 이마를 바라보았다.

"얼마나 기쁜지 모르겠습니다." 이렇게 말하며 난 그녀의 두 손에 입을 맞추었다. "평생 동안 집을 떠나 있는 것 같았습니다. 그런데 이제야 집에 돌아오게 되었네요."

그녀는 어머니 같은 미소를 지었다.

"절대 집으로 돌아온 게 아닙니다." 다정스럽게 그녀가 말했다. "익숙한 길들이 함께 뻗어 있는 곳, 그곳에서는 온 세상이 잠시 동안 고향처럼 보이지요."

그건 내가 그녀에게로 가는 길에 느꼈던 감정을 말하는 것이었다. 그녀의 목소리와 말은 자기 아들과 매우 닮았으면서도 전혀 달랐다. 모든 게 더욱 성숙하고 따뜻했으며, 한결 더 분명했다. 데미안이 예전에 그 누구에게도 소년 같은 인상을 주지 않았던 것처럼, 그의 어머니도 장성한 아들을 둔 어머니처럼 보이지 않았다. 얼굴과 머리카락 주위로 감도는 숨결은 젊고 감미로웠다. 금빛 도는 피부는 탄력 있고 주름이 없었으며, 입도 그렇게 생기 있었다. 꿈속에서 본 것보다 훨씬 더 당당한 모습으로 지금 내 앞에 서 있는 것이었다. 그녀 가까이에 있다는 것이 내겐 사랑의 행복이었다. 그녀의 따스한 시선은 벅찬 충족감을 주었다.

이것이 바로 운명이 내게 자신의 모습을 보여준 새로운 영상이었다. 그 영상은 더 이상 엄격하거나 고독하지 않았다. 오히려 성숙하고 기쁨에 차 있었다. 난 결단을 내리거나 맹세를 할 필요가 없었다. 난 목적지에 도달해 있었다. 앞으로 갈 길이 멀리 찬란하게 보이는 곳, 약속의 땅을 마주 향하고 있는 곳, 행복의 나무 그늘이 드리워진 곳에 내가 도착한 것이었다. 앞으로 어떻게 되더라도 세상에서 이 여인을 안다는 것, 그 목소리에 젖어든다는 것, 그녀 곁에서 숨 쉰다는 것이 내겐 행복이었다. 그녀가 내게 어머니가 되든, 애인이 되든, 신이 되든, 그녀만 있다면 상관없다. 내가 가는 길이 그녀의 길과 가까이 있기만 하다면 아무렇지도 않을 것이다.

그녀가 내가 그린 매 그림을 가리켰다.

"이 그림을 받았을 때만큼 데미안이 기뻐한 적이 없었어요." 생각에 잠긴 듯이 그녀가 말했다. "나도 그렇고요. 우린 당신을 기다렸어요. 이 그림이 전해졌을 때, 당신이 우리에게 오는 중이란 걸 알게 되었어요. 싱클레어, 당신이 어린 소년이었을 때, 그때 데미안이 학교에서 오더니 이마에 표적을 지닌 애가 있다고, 그 애가 분명 자기 친구가 될 거라고 말한 적이 있어요. 그게 당신이었지요. 사는 게 쉽진 않았겠지만, 우린 당신을 믿었어요. 언젠가 방학 때 집에 왔을 때 다시 데미안을 만난 적이 있지요. 열여섯 살쯤이었을 겁니다. 데미안이 내게 그 얘길 해주었어요."

나는 말을 끊었다. "이런, 데미안이 그때 이야기를 해주었다고요! 그때가 내가 제일 비참하게 지내던 시절이었는데."

"그래요, 지금 싱클레어가 가장 어려운 문제에 직면해 있다고 막스가 이야기했어요. 다시 사람들의 무리 속으로 도피하려고 한다고, 단골술집도 있다고, 하지만 잘 안될 거라고, 지금은 표적이 가려져 있지만, 은밀히 자기를 태우고 있다고, 그렇게 말했어요. 맞나요?"

"네, 그랬어요. 맞아요. 그러고 나선 베아트리체를 발견했고, 마침내는 인도자가 한 명 나타나 저를 도와주었어요. 피스토리우스라는 사람이에요. 그제야 비로소 소년 시절 데미안에게 왜 그렇게 연결돼야 했는지, 왜 그에게서 벗어날 수 없었는지 분명하게 알게되었어요. 부인, 아니 어머니, 전 당시 가끔은 스스로 목숨을 끊지않으면 안되겠다고 생각했었습니다. 그 길은 누구에게나 그렇게 어려운 것인가요?"

그녀가 손으로 내 머리를 가볍게 쓰다듬었다.

"태어난다는 것은 언제나 힘든 일이에요. 새가 알에서 나오려고 애를 쓴다는 걸 당신도 잘 알지요. 곰곰이 생각해보고 한번 물어봐요. 대체 그 길이 그렇게 어려웠었나요? 그저 어렵기만 했었나요?

아름답지는 않았나요? 좀 더 편하고 쉬운 길을 알았다면 어떻게 했을까요?"

나는 고개를 저었다.

"어려웠어요. 꿈을 발견하기 전까지는 힘들었어요."

그녀는 고개를 끄덕이며 날 뚫어지게 바라보았다.

"그래요, 자신의 꿈을 찾아야 합니다. 그러면 길이 쉬워져요. 하지만 영원히 계속되는 꿈이란 없어요. 항상 새로운 꿈으로 대체되니까요. 어떤 꿈에도 집착하려 해서는 안 됩니다."

난 몹시 놀랐다. 그것이 경고였을까 아니면 방어였을까? 아무래도 상관없었다. 난 그녀의 인도를 받을 준비가 되어 있었다. 목적에 대해 묻지 않을 준비가 되어 있었다.

"얼마나 오래 제 꿈이 지속될지 잘 모르겠어요. 그저 영원했으면 하고 바랄 뿐이죠. 새 그림 아래에서 운명이 어머니처럼 그리고 애인처럼 절 맞아주었습니다. 나의 주인은 운명이지요, 다른 주인은 없습니다."

"그 꿈이 당신의 운명인 한에서, 당신은 그 운명에 충실해야 합니다." 엄숙한 목소리로 그녀는 내 말을 확인시켜주었다.

순간 어떤 슬픔이, 이처럼 행복한 시간에 죽고 싶다는 간절한 소망이 나를 사로잡았다. 한동안 눈물을 흘리지 않았던 나였다. 하지만 지금은 참을 수 없이 눈물이 솟구쳐 나올 것 같은 느낌이 들었다. 난 재빨리 그녀에게서 몸을 돌려 창가로 걸어가, 눈물에 흐려져 보이지 않는 눈으로 화분 너머 먼 곳을 바라보았다.

등 뒤에서 그녀의 목소리가 들려왔다. 그 목소리는 침착하면서도 가득 채운 포도주 잔처럼 부드러웠다.

"싱클레어, 아직도 어린아이 같군요! 당신의 운명은 당신을 사랑하고 있어요. 당신만 충실하다면, 당신이 바라듯이 언젠간 운명이 완전히 당신 것이 될 거예요."

난 마음을 추스르고 다시 그녀의 얼굴을 보았다. 그녀가 손을 내밀었다.

"내겐 친구가 몇 명 있어요." 미소를 지으며 그녀가 말했다. "몇 안 되는 아주 가까운 친구들인데, 날 에바 부인이라고 부르죠. 원한다면 날 그렇게 불러도 돼요."

그녀가 나를 문가로 데리고 가 문을 열고 정원을 가리키며 말했다. "바깥으로 나가보면 데미안이 있을 거예요."

난 충격을 받아 온 몸이 마비된 것처럼 나무 아래에 서 있었다. 꿈인지 현실인지 더욱 분간이 되지 않았다. 나뭇가지에선 빗방울이 부드럽게 떨어졌다. 강기슭을 따라 멀리까지 뻗어 있는 정원으로 천천히 들어섰다. 마침내 데미안의 모습이 보였다. 데미안은 정자 안에서 상의를 벗은 채로 샌드백을 치며 권투 연습을 하고 있었다.

걸음을 멈추고 그를 바라보았다. 멋있어 보였다. 넓은 가슴, 단호하고 남자다워 보이는 머리, 단단한 근육으로 들어올린 두 팔은 강하고 탄탄했다. 허리, 어깨, 팔 근육의 움직임은 마치 샘에서 솟아오르는 물 같았다.

"데미안!" 그를 불렀다. "거기서 뭐 하는 거야?"

그는 유쾌하게 웃었다.

"연습 중이야. 그 키 작은 일본인하고 한판 하기로 했어. 그 친구 고양이처럼 날쌘데다 머리도 잘 돌아가거든. 하지만 내가 그렇게 만만치 않을 거야. 아주 사소하긴 하지만 그에게 갚아주어야 할 일이 있어."

데미안이 옷을 걸치며 물었다. "어머니 만나봤니?"

"그래 데미안, 정말 근사한 분이시던데! 에바 부인! 이름도 정말 완벽하게 잘 어울리고. 마치 모든 존재의 어머니 같아."

데미안이 잠시 생각에 잠긴 표정으로 내 얼굴을 바라보며 말했다.

"벌써 그 이름을 들은 거야? 그럼 자랑스러워할 만하다. 어머니가 처음 만난 사람에게 자기 이름을 얘기해준 건 네가 처음이야."

그날부터 난 아들이나 형제처럼, 혹은 연인처럼 그 집을 드나들었다. 문을 열고 그 집에 들어설 때면, 정원의 커다란 나무들이 보이기만 해도 내 마음은 부유하고 행복했다. 집 바깥에는 현실이 있었다. 거리와 집, 사람과 시설, 도서관과 강의실이 있었다. 하지만 여기엔 사랑과 영혼이 있었다. 동화와 꿈이 살아 숨 쉬었다. 그렇다고 우리가 세상과 단절하며 산 것은 절대 아니었다. 우리는 세상의 중심에서 생각을 하고 대화를 나누었다. 다만 영역이 다를 뿐이었다. 다수의 사람들과 어떤 경계선에 의해 분리되어 있던 것이 아니라 시각에 차이가 있었다. 우리의 과제는 세상에 하나의 섬, 혹은 어떤 모범, 또 다른 가능성의 세계를 보여주는 일이었다. 오랫동안 고립되어 있었던 난 완전한 고독을 맛본 사람들 사이에서만 가능한 공동체를 알게 되었다. 다시는 행복한 사람들의 식탁이나 흥겨워하는 사람들의 축제에 되돌아가기를 바라지 않았다. 다른 사람들의 공동체를 보며 부러움과 향수를 느끼지 않게 되었다. 그렇게하여 나는 차츰 표적을 달고 있는 사람들의 내밀한 냉정에 동조하게 되었다. 난 서서히 표적을 지닌 사람들의 비밀을 전수받기 시작했다.

표적을 지닌 우리가 세상 사람들로부터 이상한 사람, 미친 사람, 위험한 사람으로 보이는 것은 당연했다. 우리는 뭔가에서 깨어난 사람들 혹은 깨어나고 있는 사람들이었다. 그러면서 점점 더 완벽하게 깨어있도록 노력했다. 그에 비해 다른 사람들의 노력과 행복 추구는 자신들의 의견이나 이상, 의무, 삶과 행복을 자기가 속한 무리의 그것과 좀 더 밀착시키는 것에 있었다. 그곳에도 노력이 있고, 힘과 위대함은 있었다. 표적을 지닌 우리가 새로운 것, 개별적인 것, 그리고 미래적인 것을 향한 자연의 의지를 제시하는 반면, 그들은 자신의 의견만 고집하는 것 같았다. 그들도 우리처럼 인류를 사랑했다. 하지만 그들에게 있어 인류란 무언가 완성된 것, 보존되고 보호되어야만 하는 것이었다. 그렇지만 우리에게 인류란 하나의 먼 미래, 우리 모두가 함께 향해 가고 있는, 아무도 그 모습을 모르고, 어디에도 그 법칙이 쓰여 있지 않은 미래였다.

에바 부인과 데미안, 그리고 나를 제외하고도 우리의 모임에는 개인적인 친분관계를 떠나 다양한 부류의 구도자들이 있었다. 그들 중 많은 이들이 특별한 길을 가고 있었고, 남들과는 다른 목표를 가지고 색다른 의견과 의무에 매달렸다. 개중에는 점성술사와 카발라 연구자, 톨스토이 추종자, 섬세하면서도 수줍어하고 마음이 여린 사람들, 새로운 종파의 신봉자, 요가 구도자, 채식주의자와 같은 여러 사람들이 있었다. 각자가 꿈꾸는 은밀한 삶을 서로 존중해준다는 것 말고는 사실 그들과 우리 사이의 공통점은 크지 않았다. 우리와 비슷한 사람들도 있었는데, 과거에서 신과 이상을 찾았던 인류의 탐구과정을 추적한다는 점에서 피스토리우스를 생각나게 했다. 그들은 여러 책을 가져다주면서 고대어로 쓰인 텍스트를 번역해주었고 옛 상징과 제의의 그림들을 보여주었다. 그러면서 지금까지 인류가 소유하고 있는 이상이란 각 개인의 무의식적인 꿈, 인류가 미래의 가능성을 예감하며 더디지만 포기하지 않고 쫓아갔던 그 꿈들로 이루어져 있다는 사실을 가르쳐주었다. 그렇게 우리는 머리가 천개 달린 신이 등장하는 고대 세계에서 기독교가 등장하는 시기에까지 이르는 경이롭고 복잡한 시대를 훑어보았다.

우리는 고독하고 경건한 사람들의 신앙고백과 민족에서 민족으로 이어진 종교의 변천과정을 알게 되었다. 그리고 수집한 자료를 통해 우리 시대와 유럽에 대한 비평적인 인식을 갖게 되었다. 유럽은 엄청난 노력으로 막강한 무기를 만들어낼 수 있게 되었지만, 정신은 극도로 황폐해져가고 있었다. 전 세계를 얻었지만 결국은 그때문에 자신의 영혼을 잃어버리고 말았던 것이다.

여기에도 특정한 희망과 구원의 교리를 따르는 신도와 신봉자들이 있었다. 유럽을 개종시키려는 불교도들이 있었고 톨스토이 추종자들과 그 밖의 다른 종파들이 있었다. 모두가 귀를 기울이기는 했지만, 폐쇄적인 우리 모임에서 이같은 의견들은 단지 상징으로서만 받아들여졌다. 표적을 지니고 있는 우리가 걱정하는 것은 미래를 어떻게 만들어나가는가의 문제가 아니었다. 우리에게 있어 그 어떤 종파나 구원론은 이미 죽어 있고 무익한 것이었다. 우리 각자가 완전히 자기 자신이 되는 것, 자신의 내면에 작용하는 자연의 의지를 따라 사는 것, 불확실한 미래가 초래할지 모르는 모든 상황에 대해 각자가 준비를 하는 것, 우리는 그것만을 우리의 의무이자 운명으로 느꼈다.

직접 입 밖에 내든 안 내든 상관없이, 새로운 탄생과 현재의 붕괴는 가까웠고, 우리는 이미 그것을 분명하게 느낄 수 있었다. 데미안이 이따금씩 내게 얘기해주었다. "앞으로 무슨 일이 벌어질지 짐작할 수가 없어. 유럽의 영혼은 마치 영원히 쇠사슬에 묶여 있는 짐승과 같아. 만약 풀려나게 된다면, 그 짐승이 처음 하게 되는 일들이 그리 환영받을 만한 건 아닐 거야. 하지만 이제까지 그렇게 오랫동안 계속해서 기만당하고 마비당해왔던 영혼의 진정한 궁핍이 백일

하에 드러나기만 한다면, 바른 길이든 굽은 길이든 그건 중요하지 않아. 그러면 우리의 날이, 사람들이 우리를 필요로 하는 날이 오는 거야. 인도자나 입법자로서가 아니라, 운명이 부르는 곳이라면 어디든 함께 가서 그곳에 서 있을 준비가 되어 있는 그런 의지가 있는 사람으로서 말이야. 자 보라고, 모든 사람들은 자신의 이상이 위협을 받게 되면 스스로도 믿을 수 없는 일을 할 수 있어. 하지만 새로운 이상, 새롭지만 어쩌면 위험하고 섬뜩할 수 있는 발전의 움직임이 문을 두드리면, 거기엔 아무도 없어. 만약 그때 거기에 누군가 함께 가는 사람들이 있다면, 그게 바로 우리일 거야. 그 때문에 우리에게 표적이 있는 거야. 공포와 증오심을 일으켜 당시 사람들을 좁다란 목가적인 세계에서 끌어내 위험하고 넓은 세계로 몰아간 카인에게 표적이 있었던 것처럼 말이야. 인류가 가는 길에 영향을 미친 모든 사람들, 그들 모두는 하나같이 자신에게 닥친 운명을 받아들일 준비가 되어 있었기 때문에 능력이 있고 영향력이 있었던 거야. 모세, 부처, 나폴레옹과 비스마르크가 그랬어. 어떤 조류를 따라가고 어느 편의 지배를 받는가는 자신의 선택사항이 아니야. 만약 비스마르크가 사회민주주의자들을 이해하고 그들의 의견에 동조했었다면, 영민한 지배자는 될 수 있었을지 모르지만 운명적인 인물이 될 수는 없었을 거야. 나폴레옹, 시저, 로욜라, 다른 모든 사람들도 마찬가지였어. 늘 생물학적으로, 그리고 발전사적으로 생각하라는 거야. 지표 위에서 일어난 지각변동이 물속에 살던 동물을 뭍으로, 뭍에 살던 동물을 물속으로 내몰았을 때, 그때도 자신의 운명을 미리 준비하던 그룹들이 있었어. 그래서 그들은 전혀 새롭고 들어보지도 못한 일들을 완수하면서 자신의 종(種)을 구해낼수 있었던 거야. 그들이 자신의 종(種) 안에서 보수주의자였는지, 현상 유지에 찬성하는 자였는지, 혹은 괴짜나 혁명가였는지는 알수 없어. 다만 그들은 준비를 하고 있었고, 그래서 자신의 종(種)을새로운 발전단계 속에서 구할 수 있었다는 거야. 우리가 알고 있는건 그거야. 그래서 우리가 준비를 하려는 거야."

데미안과 그런 대화를 나눌 때 가끔 에바 부인이 함께 했다. 하지만 에바 부인은 그런 식으로 이야기하지 않았다. 그녀는 자신의 생각을 말하는 우리 누구에게나 신뢰와 이해심이 가득한 경청자가되어 주었다. 이런저런 생각들이 마치 그녀에게서 나와 다시 그녀에게로 돌아가는 메아리 같은 존재가 되어주었다. 가까이 앉아 이따금씩 그녀의 목소리를 듣고 그녀 주변을 둘러싸고 있는 성숙함과 영혼의 분위기에 젖는 것이 내겐 더할 수 없는 행복이었다.

내게 그 어떤 마음의 변화나 동요가 있을 때, 에바 부인은 그걸바로 알아차렸다. 내가 잠잘 때 꾸는 꿈조차 그녀가 불어넣어준 영감인 것처럼 보였다. 자주 꿈 이야기를 들려주었는데, 그녀는 꿈을어렵지 않고 자연스러운 것으로 받아들였다. 그녀는 자신의 맑고깨끗한 느낌으로 모든 걸 이해할 수 있었다. 한동안 난 우리가 낮에나누었던 대화를 그대로 옮겨 놓은 것 같은 꿈을 꾸었다. 온 세상이 뒤흔들리는 꿈을, 혼자 혹은 데미안과 함께 두근거리는 마음으로 위대한 운명을 기다리는 꿈을 꾸었다. 운명은 여전히 베일에 가려 있었지만, 어딘가 에바 부인의 모습을 닮은 것 같았다. 그녀에게 선택되거나 배척당하는 것, 그것이 바로 운명이었다.

때때로 그녀가 미소를 띠면서 말했다. "당신의 꿈은 완전하지 않아요. 싱클레어, 당신은 제일 좋은 걸 잊어버렸어요." 그 말을 듣고 나면 미처 생각나지 못한 게 생각나기도 했다. 어떻게 그게 기억나지 않았는지 이해할 수 없을 정도였다.

때때로 난 만족스럽지 못했고 욕망에 시달렸다. 에바 부인을 포옹하지도 못하면서 곁에서 그저 바라만 보는 건 더 이상 견딜 수 없을 것 같다는 생각이 들었다. 그녀도 이런 내 마음을 바로 알아차렸다. 한번은 부인의 집에 가지 않다가 마음이 심란해져 다시 찾아간 적이 있었다. 그러자 그녀가 나를 구석으로 데리고 가며 말했다. "스스로도 믿지 못하는 그런 소망에 매달려서는 안됩니다. 당신이 원하는 게 무엇인지 잘 알아요. 그런 소망은 포기할 수 있어야 해요. 아니면 간절한 마음으로 제대로 소망해야 해요. 만약 마음으로부터 성취를 확신하면서 소망한다면, 그렇게 이루어질 겁니다. 하지만 당신은 소망하고, 다시 후회하고, 그러면서 두려워하고 있어요. 그 모든 걸 극복해야 합니다. 동화 한 편을 들려드릴게요, 잘 들어봐요."

부인은 별과 사랑에 빠진 한 젊은이의 이야기를 들려주었다. 젊은이는 바닷가에 서서 두 손을 벌려 별에게 기도했고, 그 별에 대해 꿈을 꾸며 별에 대한 생각만 했다. 하지만 그는 별이 인간의 포용을 받을 수 없다는 사실을 알고 있었다. 아니 안다고 생각했다. 자신의 꿈이 이루어질 수 있다는 희망도 없이 별을 사랑하는 것이 자신의 운명이라고 생각했다. 이런 생각으로 그는 사랑의 시를 지었다. 자신을 개선시키고 정화시켜 줄 말없는 고통과 체념의 시였다. 그러나 그의 꿈은 전부가 별을 향한 것이었다. 어느 날 밤 그는 다시 바닷가 높은 절벽에 서서 별을 쳐다보며 사랑에 불타올랐다. 그러다 별에 대한 사랑이 정점에 이른 순간, 별을 향해 허공으로 자신의 몸을 던졌다. 하지만 바로 그 순간 머릿속에는 '이건 불가능한 일이야' 라는 생각이 번개처럼 빠르게 스쳐갔다. 결국 그의 몸은 바닷가에 떨어져 산산조각이 나버렸다. 그는 사랑하는 것이 무엇인지 이해하지 못했다. 만약 자신의 몸을 던진 그 순간 꿈이 이루어질 수 있다는 단호한 확신과 영혼의 힘이 있었다면, 그는 하늘 위로 날아올라 별과 하나가 되었을지도 몰랐다.

"사랑은 간청할 필요가 없어요. 요구할 필요도 없지요." 에바 부인이 진지하게 이야기했다. "사랑은 그 자체로 확신에 이르는 힘이 있어야 해요. 그러면 사랑은 끌려가게 하지 않고 끌어오게 하죠. 싱클레어, 당신의 사랑은 나에게 끌려오고 있어요. 언젠가 당신의 사랑이 나를 끌어오게 하면, 그러면 내가 갈 거예요. 선물을 주듯이 그냥 주는 건 사랑이 아니에요. 내가 원하는 건 당신이 날 끌어가는 거예요."

에바 부인은 다른 동화 한 편을 더 들려주었다. 아무런 희망도 없이 한 여인을 사랑하는 남자가 있었다. 완전히 자기 생각에만 빠져든 이 남자는 사랑으로 인해 자신이 불타버릴 것 같다는 생각을 했다. 그에겐 이 세상이 사라져버린 것 같았다. 푸른 하늘과 초록 숲도 보이지 않았다. 시냇물 소리도 하프 소리도 들리지 않았다. 그에겐 모든 게 그렇게 사라져버렸다. 그는 빈곤하고 비참했다. 하지만 그의 사랑은 커져갔다. 자신이 사랑하는 아름다운 여인을 소유하지 못한다면 차라리 죽어버리는 게 나을 것 같았다. 그때 그는 사랑이 자기 마음속에 있는 다른 모든 것을 불태워버렸음을 느꼈다. 그러자 사랑의 힘이 강해지면서 여인을 끌어오기 시작했고, 여인은 거부할 수 없었다. 여인이 다가오자 그녀를 끌어안기 위해 그는 두 팔을 활짝 벌렸다. 그러나 막상 그녀가 그 앞에 서자, 그 모습은 완전히 달라져 있었다. 그는 자기가 잃어버린 세계가 자기 앞에 끌어당겨져 있음을 전율을 느끼며 보았다. 이 세계가 이제 그 앞에 서서 자신의 전부를 주기 시작했다. 하늘과 숲과 개울, 그 모든 것들이 새로운 색을 띠며 신선하고 찬란하게 다가와 그의 소유가 되어 그의 언어로 말을 했다. 단순히 한 사람의 여인을 얻는 대신 그는 마음속에 온 세계를 소유하게 되었다. 하늘에 있는 모든 별들이 그의 마음속에서 빛을 발했고 그의 영혼을 통해 기쁨의 불꽃으로 타올랐다. 그는 사랑을 했고, 그러면서 자신을 발견했다. 하지만 대부분의 사람들은 자신을 잃어버리기 위해 사랑을 한다.

에바 부인에 대한 사랑만이 내겐 삶의 유일한 내용처럼 보였다. 하지만 그녀의 모습은 매일 달라 보였다. 때때로 나의 본질이 무엇엔가 이끌리듯 지향하는 것이 에바 부인이라는 인물은 아닌 것 같다는 느낌이 확실했다. 그녀는 다만 나 자신을 나타내는 하나의 상징인 것 같았고, 나를 나 자신에게로 더욱 깊이 인도하기를 원하는 것 같았다. 가끔 그녀로부터 마음속에 품고 있는 절박한 질문에 대한 무의식적 대답 같은 말을 듣기도 했다. 그럴 때면 그녀 옆에서 관능적인 욕망에 불타올라 그녀가 만진 물건에 입을 맞추기도 했다. 그러면서 관능적이면서 비관능적인 사랑이, 현실과 상징이 서로 겹쳐졌다. 방에서 혼자 그녀를 조용히 생각할 때면, 그녀의 손이 내 손에, 그녀의 입술이 내 입술 위에 있는 것 같은 느낌이 들 때도 있었다. 혹은 그녀 곁에서 그녀의 얼굴을 보고, 그녀와 이야기를 나누고, 그녀의 목소리를 들으면서도, 그녀가 실제로 있는 건지, 꿈은 아닌지 하는 생각이 들기도 했다.

난 어떻게 하면 사랑을 영원히 소유할 수 있는지 예감하기 시작했다. 어떤 책을 읽다가 새로운 인식을 발견하게 되었는데, 그것은 마치 에바 부인의 입맞춤 같은 느낌이었다. 그녀가 내 머리카락을 쓰다듬으며 성숙하고 향기로운 온기를 미소로 보내주었을 때, 나 스스로가 내면의 진보를 이룬 것 같은 느낌을 받았다. 나에게 있어 중요한 모든 것, 운명적인 모든 것은 에바 부인의 모습을 닮았다.

내 모든 생각 속에 그녀의 모습이 있었고, 그녀의 모습 속에 내 모든 생각이 있었다.

크리스마스 방학을 부모님 집에서 보냈다. 이 주일 동안 에바 부인과 떨어져 지내는 건 틀림없이 고통스러운 일이 될 것이라고 생각했었다. 하지만 그렇지 않았다. 집에서 그녀에 대해 생각하는 건 오히려 근사했다. H시로 돌아오고 나서도 이틀 동안 그녀의 집에 가지 않았다. 그녀에 대한 관능적 욕망에서 벗어나 마음의 안정을 찾은 지금의 상태를 즐기고 싶었기 때문이었다. 그녀와의 결합이 새로운 비유적 방식으로 이루어지는 꿈을 꾸기도 했다. 꿈속에서 그녀는 내가 그 안으로 흘러 들어가는 바다였다. 그녀는 별이었고 나도 별이 되어 그녀에게로 향했다. 우리는 서로 만났고, 서로가 서로를 끌어당기고 있음을 느꼈다. 서로 함께 하면서 영원토록 행복하게 서로의 주위를 가까이 맴돌았다.

에바 부인을 다시 찾아갔을 때 난 이 꿈을 이야기해주었다. 그녀가 말했다. "아름다운 꿈이네요. 그 꿈을 실현시켜봐요."

이른 봄날, 내가 결코 잊을 수 없는 날이었다. 거실에 들어서자 열린 창문으로 부드러운 바람이 히아신스의 짙은 향기를 방 안에 드리우고 있었다. 아무도 보이지 않아 난 계단을 올라 데미안의 서재로 갔다. 그리고 가볍게 문을 두드리고는 언제나처럼 대답도 기다리지 않고 문을 열고 들어섰다.

방은 어두웠고 커튼은 모두 드리워 있었다. 데미안이 화학실험실로 꾸며 놓은 조그만 옆방으로 통하는 문이 열려 있었다. 그곳에 먹구름을 헤치고 밝고 하얀 봄 햇살이 비쳐 들고 있었다. 난 아무도 없다고 생각하고 커튼 한쪽을 젖혔다.

그러자 커튼이 쳐진 창문 가까이에 데미안이 이상한 모습으로 걸상 위에 웅크리고 앉아 있는 모습이 보였다. 순간 예전에도 이 모습을 본 것 같다는 생각이 번개처럼 스쳐갔다. 그는 꼼짝도 않고서 두 팔을 늘어뜨리고 두 손은 무릎 위에 놓은 채 앉아 있었다. 두 눈을 크게 뜨고 약간 앞으로 숙인 얼굴은 생기가 없고 멍해 보였다. 눈동자에는 마치 유리조각에서 그런 것처럼 작은 빛이 반사되어 반짝였다. 창백한 얼굴은 자기 자신에게 침잠해 있었고, 몸서리쳐지는 응결 상태 이외에 다른 표정이라고는 아무것도 찾아볼 수가 없었다. 그 모습은 마치 사원 입구에 있는 태곳적 동물의 가면과 같았다. 숨도 거의 쉬지 않는 것처럼 보였다.

난 되살아난 기억에 전율을 느꼈다. 수년 전 아직 조그만 소년이었을 때, 지금과 꼭 같은 그의 모습을 본 적이 있었다. 그렇게 그의 두 눈은 자신의 내면을 응시했었다. 그렇게 그의 두 손은 생기 없이 나란히 놓여 있었고, 파리 한 마리가 그의 얼굴 위를 기어갔었다. 육 년 전이었을 것이다. 그때도 그는 꼭 이렇게 나이가 들어 보였고 시간을 초월해 있는 것처럼 보였다. 얼굴에 있는 주름 하나도 오늘과 다르지 않았다.

두려움에 사로잡힌 채 조용히 방을 나와 계단을 내려오다 거실에서 에바 부인을 만났다. 창백하고 피곤해 보였는데, 그런 표정은 본 적이 없었다. 그림자가 창문을 스쳐 지나가자 밝은 태양이 갑자기 사라졌다.

"데미안에게 갔었어요." 난 급하게 소곤거리듯 말했다. "무슨 일이 있었나요? 잠을 자는 건지 아니면 무엇에 몰두해 있는 건지 잘 모르겠어요. 예전에도 한 번 그렇게 하고 있는 걸 본 적이 있어요."

"그 애를 깨우지는 않았죠?" 그녀가 황급히 물었다.

"예, 내가 들어가는 소리를 듣지 못했어요. 방에서도 바로 나왔고요. 에바 부인, 무슨 일이죠, 말해주세요."

에바 부인이 손등으로 이마를 훔치며 말했다. "걱정하지 말아요, 싱클레어. 아무 일도 아니에요. 생각에 깊이 잠겨 있는 거예요. 그리 오래 걸리지 않을 거예요."

비가 내리기 시작하는데도 에바 부인은 정원으로 나갔다. 함께 가지 않는 게 좋을 것 같다는 생각이 들었다. 그래서 거실 안을 왔다 갔다 하며 정신을 혼미하게 만드는 히아신스 향기를 맡기도 하고, 문 위에 걸어 놓은 새 그림을 쳐다보기도 했다. 그러자 오늘 아침 이 집을 가득 채우고 있었던 기이한 그림자가 답답하게 느껴졌다. 이것이 무엇일까? 무슨 일이 일어난 것일까?

에바 부인은 곧 되돌아왔다. 빗방울이 그녀의 짙은 머리카락 위에 방울져 있었다. 안락의자에 앉은 그녀는 매우 지쳐 보였다. 난 그녀에게 다가가 몸을 굽히고, 그녀의 머리카락 위에 맺힌 물방울에 입을 맞추었다. 그녀의 두 눈은 밝고 고요했지만, 물방울은 눈물 같은 맛이 났다.

"데미안에게 갔다 올까요?" 속삭이듯 내가 물었다.

그러자 힘없이 미소를 지으며 그녀가 말했다.

"어린아이처럼 굴지 말아요, 싱클레어!" 자신을 옭아매는 속박을 깨뜨려버리려는 듯 그녀가 큰 소리로 경고했다. "지금은 가고 나중에 다시 오도록 해요. 지금은 이야기를 할 수 없군요."

난 그 집에서 나와 시내를 지나 산으로 달려갔다. 흩날리는 옅은 비가 나를 향해 떨어졌고, 겁에 질린 것처럼 구름이 낮게 흘러갔다. 아래쪽에는 거의 바람이 불지 않았는데, 높은 곳에서는 폭풍이 부는 것 같았다. 이따금씩 순간적으로 잿빛의 어두운 구름을 뚫고 태양이 빛을 발했다.

그때 하늘 너머로 노란빛의 옅은 구름이 흘러갔다. 구름은 잿빛 벽에 막혀 더 가지 못하고 멈추었는데, 그러자 바람이 노란빛과 푸른빛으로 거대한 새의 모습 같은 형상을 만들었다. 이 새는 푸른빛 혼돈의 세계를 뛰쳐나와 커다란 날갯짓을 하며 하늘로 사라져갔다. 그리고 나자 천둥소리가 들리더니 비가 우박과 뒤섞여 쏟아져 내렸다. 짧고 무서운, 엄청난 소리를 내는 천둥이 새찬 빗발을 얻어맞은 풍경 위로 내리쳤다. 그러더니 곧 다시 햇살이 비쳐 들었고, 갈색 숲 너머 가까운 산 위로는 창백한 눈이 희미하게 비현실적으로 빛났다.

몇 시간 뒤 온몸이 비에 젖어 창백한 모습으로 돌아온 내게 데미안이 직접 현관문을 열어주었다. 그는 자기 방으로 나를 데리고 갔다. 실험실에는 가스불이 타고 있었고 종이가 여기저기 흩어져 있었다. 일을 하고 있었던 것처럼 보였다.

"앉아. 피곤하겠네. 날씨가 엉망이야. 밖에 오래 있었나봐. 곧 차를 내올 거야."

"오늘 무슨 일이 있을 것 같아. 그저 잠깐 천둥번개 친 것만은 아닌 것 같아." 머뭇거리며 내가 말했다.

무엇인가를 찾아내려는 듯이 데미안이 날 쳐다보며 물었다. "뭔가를 본 거구나?"

"응, 순간적으로 구름 속에서 어떤 형상을 분명하게 봤어."

"무슨 형상?"

"새였어."

"매? 매였지? 꿈에서 봤던 그 새?"

"맞아, 바로 그 매였어. 엄청나게 크고 노란색이었어. 검푸른 하늘로 날아가더라고."

데미안은 깊게 숨을 내쉬었다.

문을 두드리는 소리가 들렸다. 나이 든 하녀가 차를 가져왔다.

"차 마셔, 싱클레어. 내 생각엔 그 새를 우연히 본 게 아닌 것 같아."

"우연히? 그런 걸 우연히 볼 수 있어?"

"물론 아니지. 뭔가 어떤 의미가 있을 거야. 그게 뭔지 알겠니?"

"아니. 다만 그게 어떤 충격이나 운명의 한 걸음 같은 걸 의미하는 건 아닐까 생각해. 내 생각엔 우리 모두와 관계 있는 것 같아."

데미안은 흥분한 것처럼 방 안을 빠르게 왔다갔다 했다.

"운명의 한 걸음!" 큰 소리로 그가 외쳤다. "지난밤에 나도 똑같은 꿈을 꿨어. 어머니도 그 비슷한 이야기를 했고. 꿈속에서 난 사다리를 타고 나무나 탑 같은 곳을 올라갔어. 위에서 보니 커다란 평지가 보였는데, 도시나 마을 할 것 없이 온 나라가 불타고 있는 거야. 그게 뭔지 전부 설명해줄 수는 없어. 내겐 분명하게 보이는 게 하나도 없거든."

"꿈을 자신과 관련시켜 해석하는 거야?" 내가 물었다.

"나와? 물론이야. 자기와 관련되지 않는 꿈을 꾸는 사람은 아무도 없어. 그렇다고 자기하고만 관계되는 건 아니야. 그건 네 말이 맞아. 난 자기 영혼의 동요를 보여주는 꿈과 매우 드물긴 하지만 온 인류의 운명을 암시해주는 꿈을 정확하게 구별할 수 있어. 그런 꿈을 꾼 적은 거의 없지만 말이야. 그게 예언이었다고, 그대로 이루어졌다고 할 만한 그런 꿈을 꾼 적은 한 번도 없어. 꿈에 대한 해석은 명료하지가 않아. 하지만 나하고만 관련된 게 아닌 그런 꿈을 꾼 게 분명해. 그 꿈은 전에도 꾼 적이 있는 그런 꿈인데, 이 꿈이 계속 나타나는 거야. 싱클레어, 전에도 얘기한 적이 있지만, 이 꿈들은 어떤 예감을 주는 그런 꿈이야. 우리가 살고 있는 세상은 정말 썩어 있어. 그렇다고 그게 몰락이나 그 비슷한 걸 예언할 만한 근거가 되지 않는다는 건 우리도 알아. 하지만 몇 년째 되풀이되고 있는 꿈속에서 내가 추측하는 건, 아니 느끼는 건, 낡은 세계의 붕괴가 점점 가까워지고 있다는 거야. 이런 예감이 처음엔 아주 약하고 먼 느낌이었지만, 점점 명확하고 분명해졌어. 내가 알고 있는 건 다만 나와 관련된 무언가 크고 끔직한 일이 다가오고 있다는 사실뿐이야. 싱클레어, 우리가 자주 이야기했던 일을 곧 경험하게 될 거야. 세상은 새롭게 변화하려 해. 죽음의 냄새가 나. 그 어떤 새로운 것도 죽음 없이는 오지 않아. 그건 내가 생각했던 것보다 더욱 끔직할 거야."

그의 말에 깜짝 놀란 나는 그를 쳐다보며 조심스럽게 말했다.

"나머지 꿈도 이야기해줄 수 있어?"

데미안은 고개를 저으며 말했다.

"아니, 못 하겠어."

문이 열리고 에바 부인이 들어왔다.

"여기 있었구나. 다들 슬퍼 보이는데?" 그녀는 생기 있고 전혀 피곤해 보이지 않았다. 데미안은 어머니에게 미소를 지어 보였다. 그녀는 겁에 질린 아이에게 다가오는 어머니처럼 그렇게 우리에게 다가왔다.

"슬프지 않아요, 어머니. 우린 그저 이 새로운 표적이 뭘까 하고 수수께끼를 풀어보고 있었어요. 하지만 확실한 게 아무것도 없네요. 미래에 벌어질 일은 예고 없이 찾아올 거예요. 그러면 우리가 알아야 할 게 무엇인지 곧 알게 되겠지요."

난 기분이 좋지 않았다. 작별인사를 하고 혼자 거실을 지나올 때 히아신스의 향기가 시들어 죽어 있는 것처럼 느껴졌다. 그림자가 우리 위로 드리워졌다.

8
종말의 시작

여름 학기 동안에도 H시에 머무를 수 있도록 부모님에게 얘기를 해놓았다. 집 안에 있는 대신 우리는 늘 강가에 있는 정원에 나와 있었다. 권투시합에서 보기 좋게 진 일본인은 떠났고 톨스토이 추종자도 없었다. 데미안은 말에 빠져 매일같이 말을 탔다. 나는 종종 데미안의 어머니와 단둘이 시간을 보냈다.

가끔씩 내 삶에 찾아온 평화로움에 스스로도 놀라곤 했다. 혼자 지내는 데, 포기하는 데, 고통 속에서 허우적거리는 데 너무나 오랫동안 익숙해 있었기 때문이었다. 그래서인지 H시에서 보낸 몇 달은 꿈처럼 느껴졌고, 난 마치 마술에 걸린 듯 아름답고 편안한 생각과 일만 하면서 지낼 수 있었다. 이것이 우리가 구상했던 새롭고 좀 더 높은 수준의 공동체의 전조라는 생각이 들었다. 이러한 행복감

속에서도 때로는 깊은 슬픔이 엄습했다. 이런 상태가 오래 갈 거라고는 생각하지 않았다. 내겐 만족과 평안이 허락되어 있지 않았다. 내게 필요한 것은 고통과 압박이었다. 어느 날엔가는 이 아름다운 사랑의 세계에서 깨어나 고독과 싸움만이 있을 뿐인 세계, 평화와 공존이 없는 그런 타인들의 차가운 세계에 혼자, 완전히 혼자 서게 되리라는 걸 알고 있었다. 그래서 난 내 운명이 아직은 아름답고 고요한 풍경 속에 머물러 있음을 기뻐하며 더욱 간절한 마음으로 에바 부인의 옆을 떠나지 않았다.

그 해 여름의 몇 주가 빠르게 지나갔다. 여름 학기도 끝나가고 있었다. 이별의 시간이 다가왔지만 이별을 생각할 수 없었고, 생각하지도 않았다. 나비가 꽃을 떠나지 않듯 그렇게 난 아름다운 날들만 생각했다. 행복했던 시절이었고 내 인생 처음으로 삶의 의미가 충족되었던, 그리고 공동체의 일원으로 인정받았던 시간이었다. 하지만 이후에는 어떻게 될지 몰랐다. 어쩌면 또다시 투쟁과 동경으로 괴로워하고 꿈을 꾸며 혼자가 될지 몰랐다.

그러던 어느 날 이런 예감이 너무나 강렬하게 엄습해와 에바 부인에 대한 사랑이 갑자기 고통으로 불타오르기 시작했다. 더 이상 그녀를 볼 수 없을 것 같았다. 집 안을 거니는 그녀의 단호하고 다정한 발걸음 소리도 들리지 않았고, 책상 위에 놓인 그녀의 꽃도 보이지 않았다. 도대체 내가 얻은 것은 무엇이었던가? 그녀를 얻는 대신, 그녀를 얻기 위해 투쟁하는 대신, 그녀를 영원히 나의 것으로 만드는 대신, 난 그저 꿈을 꾸고 안락함에 빠져 있었다. 진정한 사랑에 대해 그녀가 말해주었던 모든 이야기들이 떠올랐다. 헤아릴 수 없는 많은 이야기들, 다정하면서도 경고를 잊지 않았던 이야기들, 가벼운 유혹과 약속 같은 이야기들이 생각났다. 그런 것들로 내가 이루어낸 것은 무엇이었던가? 아무것도 없었다. 아무것도.

방 한가운데 서서 모든 의식을 모아 에바 부인을 생각했다. 그녀가 내 사랑을 느끼도록, 그녀가 내게 이끌려 오도록 하기 위해 영혼의 힘을 한 곳으로 모으려 했다. 그녀가 내게 와야 했고, 나의 포옹을 갈망해야 했다. 나의 입맞춤이 그녀의 성숙한 사랑의 입술을 탐욕스럽게 헤쳐 놓아야 했다.

나는 선 채로 온몸이 차가워질 때까지 긴장을 늦추지 않았다. 내게서 힘이 빠져나가고 있음을 느꼈다. 잠시 동안 내 안의 밝으면서도 싸늘한 무엇인가가 단단하게 응축되었다. 가슴에 수정 한 덩이를 지니고 있는 것 같은 느낌이었다. 그리고 그것이 바로 나라는 사실을 알게 되었다. 냉기가 가슴까지 차올랐다.

그 무서운 긴장감에서 깨어나자 무엇인가가 오고 있다는 걸 느꼈다. 몸은 죽을 것 같이 피곤했지만 마음은 황홀하게 불타올랐다. 에바 부인이 방 안으로 들어오는 걸 볼 준비가 되어 있었다.

그때 길게 뻗어 있는 거리 가까이에서 말발굽 소리가 요란스럽게 들려오다 갑자기 멈추었다. 나는 창가로 뛰어갔다. 데미안이 말에서 내리고 있었다. 아래로 내려갔다.

"무슨 일이야, 데미안? 어머니에게 무슨 일이 생긴 건 아니지?"

데미안은 내 말을 귀담아 듣지 않았다. 얼굴은 몹시 창백했고, 이마 양쪽에서 뺨을 타고 땀이 흘러내렸다. 그는 거친 숨을 내쉬는 말의 고삐를 정원 울타리에 매고 내 팔을 잡고서 함께 거리로 내려갔다.

"소식 들었지?"

난 아무것도 들은 게 없었다.

데미안이 내 팔을 잡으며 어둡고 연민에 찬 눈으로 내게 얼굴을 돌렸다. 평소와는 다른 눈빛이었다.

"그래, 친구, 이제 시작됐어. 러시아와의 관계가 심각해졌다는 얘긴 알고 있을 거야."

"뭐야, 전쟁이 터진 거야? 그렇게 되리라곤 전혀 생각하지 못했는데."

주변에 아무도 없었지만 그의 목소리는 아주 작았다.

"아직 정식으로 선포된 건 아니야. 하지만 전쟁이야. 내 말 믿어. 그날 이후 이 문제로 부담을 주진 않았지만, 그때부터 세 번이나 새로운 징후를 봤어. 그러니까 그건 세계의 몰락도, 지진도, 혁명도 아닌 전쟁인 거야. 사태가 어떻게 돌아갈지는 곧 알게 되겠지. 사람들이 기뻐들 할 거야. 벌써부터 다들 한번 터지기를 기다리고 있어. 그들에게는 삶이 그렇게 건조해진 거지. 하지만 곧 알게 될 거야, 싱클레어, 이건 시작에 불과해. 어쩌면 큰 전쟁이 될지도 몰라,

아주 큰 전쟁. 하지만 이것도 그저 시작에 불과해. 새로운 것이 시작되는 거야. 낡은 것에 매달려 있는 사람들에게 새로운 것은 충격으로 다가올 거야. 넌 어떻게 할 거야?"

난 당혹스러웠다. 그 모든 게 아직 낯설고 믿어지지 않았다.

"잘 모르겠어. 넌 어떻게 할 건데?"

데미안이 어깨를 움찔하며 말했다.

"동원령이 선포되면 입대해야겠지. 난 장교거든."

"그래? 전혀 몰랐어."

"그럴 거야. 그게 내가 살아가는 방식 중 하나야. 잘 알겠지만, 난 다른 사람 눈에 띄는 걸 좋아하지 않아. 뭔가를 빈틈없이 하기 위해 준비도 많이 하는 편이고. 일주일 후면 아마 전쟁터에 있게 될 거야."

"그래도….."

"자, 들어봐. 그렇게 감상적으로 생각할 필요 없어. 살아 있는 사람에게 총을 겨누도록 하는 게 기본적으로는 나도 달갑진 않아. 하지만 그건 부차적인 문제야. 이제 우리 모두가 커다란 수레바퀴 속으로 휩쓸려 들어가게 될 거야. 너도 마찬가지고. 너도 곧 징집명령을 받게 될 거야."

"그럼 네 어머니는?"

그제야 십오 분 전에 있었던 일이 다시 생각났다. 그 사이 세상이 바뀐 것이다. 감미롭기 그지없는 모습을 불러내기 위해 온 힘을 모았었다. 그런데 이제 갑자기 운명이 무시무시한 가면을 쓰고 날 위협하며 바라보고 있었다.

"어머니? 걱정할 필요 없어. 어머닌 괜찮아. 지금은 이 세상 그누구보다도 안전한 곳에 계셔. 우리 어머닐 사랑하고 있는 거지?"

"알고 있었어?"

밝고 환하게 데미안이 웃었다.

"물론이지. 사랑하지도 않으면서 우리 어머니를 에바 부인이라고 부르는 사람은 아무도 없었어. 그런데 어떻게 된 거지? 네가 오늘 어머니나 날 부른 것 맞지?"

"그래, 내가 불렀어. 네 어머니를 불렀어."

"어머닌 그걸 느꼈어. 네게 가봐야 한다고 갑자기 날 보내더라고. 마침 러시아 소식을 이야기하고 있던 중이었거든."

우리는 다시 거리를 되돌아왔다. 많은 이야기를 나누진 않았다. 데미안은 말에 올라탔다.

위층 내 방으로 들어오고 나서야 비로소 피곤함이 느껴졌다. 데미안이 전한 소식, 그리고 그 전에 있었던 긴장감 때문이었다. 하지만 에바 부인이 나의 부름을 들었다고 했다. 나의 온 생각이 마음속으로 그녀에게 전해진 것이었다. 그녀가 직접 와주었다면 좋았을 것이다. 그래도 그 모든 게 얼마나 기이하고 얼마나 아름다웠던가. 이제 전쟁이 일어난다고 했다. 우리가 자주 이야기했던 일이 벌어지기 시작하는 것이다. 데미안은 이미 많은 걸 예견하고 있었다. 이제 세상사의 흐름이 그 어느 곳에서도 우리를 비껴가지 않게 되었다는 게 얼마나 기이한 일인가. 이제 와서 그것이 갑자기 우리의 가슴을 뚫고 가려 한다. 모험과 거친 운명이 우리를 부르고, 지금, 아니 머지않아, 세상이 우리를 필요로 하고 스스로를 변화시키려 하는 순간이 다가오고 있는 것이다. 데미안의 말이 옳았다. 감상적으로 받아들여서는 안됐다. 그처럼 고독한 〈운명〉이라는 문제를 이제는 내가 많은 사람들과 함께 경험해야 한다는 사실이 잘 이해가 되진 않았다. 그래 잘 됐다!

난 준비가 되었다. 저녁에 시내를 지나가는데, 구석구석이 커다란 흥분으로 들끓고 있었다. 어디서나 〈전쟁!〉이라는 말이 들렸다.

에바 부인의 집에 가서 정원 정자에서 함께 저녁 식사를 했다. 내가 유일한 손님이었다. 누구도 전쟁에 관한 이야기를 꺼내지 않았다. 밤이 늦어 집으로 돌아가려 하자 에바 부인이 말했다. "사랑하는 싱클레어, 당신이 오늘 날 부른 것 알아요. 내가 왜 직접 가지 못했는지 잘 알 거예요. 하지만 잊지 말아요. 당신은 이제 부름에 대해 알게 된 거예요. 언제든 표적을 지니고 있는 사람이 필요하거든 그렇게 다시 부르도록 해요."

에바 부인이 자리에서 일어나 정원의 어스름을 뚫고 먼저 나갔다. 비밀에 가득 찬 부인은 그렇게 위엄 있고 당당하게 말없는 나무들 사이를 걸어갔다. 작고 사랑스러운 많은 별들이 그녀의 머리 위에서 빛나고 있었다.

상황은 급격히 진전되었다. 곧 전쟁이 벌어졌고, 데미안은 은회색 군복을 입고 무척 낯선 모습으로 떠났다. 데미안의 어머니를 집으로 바래다주었지만, 그녀와도 곧 작별했다. 그녀는 입맞춤을 해주며 잠시 동안 날 가슴에 안아주었다. 그녀의 불타는 두 눈이 내 눈으로 가까이 타들어왔다.

모든 사람들이 형제가 된 것 같았다. 그들은 조국과 명예를 말했다. 하지만 그것은 그들 모두가 한순간이나마 가려진 얼굴 속에서 바라본 운명이었다. 젊은 남자들이 병영에서 나와 기차에 올랐고, 난 그 많은 얼굴들에서 표적 하나를 보았다. 그것은 우리의 표적이 아니었다. 그것은 사랑과 죽음을 의미하는 아름답고 고귀한 표적이었다. 나 역시 한 번도 본 적 없는 사람들로부터 포옹을 받았다. 어떤 의미인지 이해가 되었고 기꺼이 받아들였다. 그들이 그렇게 하는 것은 일종의 도취였다. 운명의 의지가 아니었다. 하지만 그러한 도취는 신성했고 마음을 움직였다. 그들 모두가 불안한 시선으로 운명의 두 눈을 들여다보았기 때문이었다.

내가 전쟁터에 투입되었을 때는 거의 겨울이었다.

그동안 경험해보지 못했던 총격전의 충격에도 불구하고 처음엔 모든 것이 실망이었다. 예전의 내겐 인간이 하나의 이상을 위해 살아가는 게 왜 그렇게 불가능한지가 고민이었다. 그러나 지금은 많은 사람들이, 거의 모든 사람들이 이상을 위해 죽을 준비가 되어 있었다. 다만 그것은 개인의 이상, 자유로운 이상, 자신이 선택한 이상이 아니었다. 그것은 집단적이고 강제된 이상이 틀림없었다.

그러나 시간이 지나면서 내가 인간을 과소평가해왔음을 알게 되었다. 군인으로서의 의무와 공동의 위험이 그들을 너무나 획일화시켜 놓은 것이다. 그 때문인지 살아 있거나 죽어가는 많은 사람들이 운명의 의지에 화려하게 다가갔다. 공격할 때뿐만 아니라 어느 때고 많은 사람들이, 너무나 많은 사람들이 확신에 찬, 약간은 무언가에 홀린 듯한 시선을 가지고 있었다. 이런 시선을 가지고 있는 사람들은 목적도 모른 채 엄청난 무언가에 자신을 내맡긴다. 이런 사람들은 그것이 자기가 늘 원했던 것이라고 믿고 싶어 한다. 자기들은 준비가 되어 있고 쓸모가 있으며, 자기들로부터 미래가 만들어질 거라고 생각하고 싶어 한다. 세상이 전쟁과 영웅, 명예와 또 다른 낡은 이상에 얽매어 있는 것처럼 보일수록, 인간성을 부르짖는 목소리는 그만큼 더 멀기만 하고 희미해져갔다. 이 모든 건 전부 피상적이었다. 전쟁의 외면적인 목적, 정치적인 목적에 대한 질문이 피상적일 수밖에 없는 것과 마찬가지였다.

저 깊은 곳에서는 새로운 인간성 같은 무언가가 생성 중에 있었다. 난 많은 사람들을 볼 수 있었다. 그들 중 많은 이들이 내 옆에서 죽어갔는데, 그들에게는 증오와 분노, 살육과 말살이 특정한 대상에 묶여 있지 않다는 생각이 들었다. 그렇다. 대상은 목적과 마찬가지로 완전한 우연이었다. 그 원초적인 감정, 가장 파괴적인 감정도 적을 향해 있는 것이 아니었다. 피비린내 나는 그들의 행동은 단지 자기 내면의 발산이었다. 새로 태어나기 위해 광분하고, 죽이고, 말살하고, 죽으려고 하는, 내면에서 파괴된 영혼의 발산이었다. 거대한 새가 알에서 나오기 위해 투쟁하고 있었다. 알은 세계였고 세계는 산산이 파괴되어야 했다.

어느 이른 봄날, 우리가 점령한 농가 앞에서 보초를 서고 있었다. 간간이 미풍이 불었고 플랑드르 하늘 높이로 구름 떼가 흘러가고 있었다. 구름 뒤 어딘가에 달이 숨어 있을 것만 같았다. 온종일 어딘지 모르게 불안하고 마음이 어수선했다. 어두운 초소에서 보초를 서며 마음속 깊이 지금까지의 삶과 에바 부인, 그리고 데미안을 생각했다. 포플러 나무에 기대어 서서 구름이 서서히 떠다니는 하늘을 바라보고 있었는데, 하늘에서 간간히 비치던 광명이 곧 커다랗게 솟구치는 일련의 영상들로 바뀌었다. 이상하게 맥박의 움직임은 줄어들고 피부는 바람과 비를 느끼지 못했지만 마음만은 밝게 깨어 있었다. 어떤 안내자가 주위에 있는 것 같은 그런 느낌이었다.

구름 속에서 커다란 도시가 보였다. 그곳에서 수백만의 사람들이 빠져나와 광대한 풍경 속으로 떼를 지어 흩어져갔다. 그들 가운데로 강력한 신의 모습을 띤 형상 하나가 나타났다. 산처럼 거대했고 머리에는 반짝이는 별을 달았는데, 어딘지 에바 부인의 표정도 지니고 있었다. 마치 커다란 동굴에 빨려들 듯 그 형상 속으로 사람들의 대열이 몰려들더니 사라졌다. 여신은 바닥에 웅크리고 앉았다. 여신의 이마에선 상흔이 밝게 빛났다. 여신은 마치 어떤 꿈에 사로잡힌 것처럼 보였다. 두 눈을 감자 여신의 커다란 얼굴이 고통으로 일그러졌다. 갑자기 날카롭게 소리를 지르자 이마에서 별들이 튀어나오기 시작했다. 수천 개의 빛나는 별들이 활 모양으로 퍼지면서 멋진 포물선을 그리며 검은 하늘 너머로 솟아올랐다.

그 별 중 하나가 날카로운 소리를 내며 나를 향해 똑바로 날아왔다. 마치 나를 찾아오는 것처럼 보였다. 그러더니 엄청난 굉음을 내며 수천 개의 불꽃으로 작열했다. 내 몸이 솟구쳐 올라갔다가 땅바닥으로 내동댕이쳐졌다. 천둥과 같은 소리를 내면서 세상이 내 머리 위로 무너져 내렸다.

난 흙과 상처로 뒤덮인 채 포플러 나무 가까운 곳에서 발견되었다. 어느 지하실에 누워 있었는데, 포탄 퍼붓는 소리가 머리를 떠나지 않았다. 난 마차에 실려 빈 들판을 지나 어딘가로 이송됐다. 대개는 잠이 든 상태였거나 의식이 없었다. 그러나 잠이 깊이 들수록 무언가가 나를 끌어당기고 있다는 느낌, 날 지배하는 어떤 힘을 내가 따라가고 있다는 그런 느낌이 더욱 강해졌다.

어느 마구간 짚더미 위에 누워 있었다. 어두워서인지 누군가 내 손을 밟고 지나갔다. 움직이진 못했지만 마음 깊은 곳에서는 그 무엇인가가 날 더욱 강하게 끌어당겨주기를 원했다. 난 다시 마차에,

나중엔 들것과 사다리에 실려 어딘가로 보내졌다. 그 어딘가로 가라는 명령을 받은 것 같다는 느낌이 들었다. 시간이 지나면서 그러한 느낌은 점점 강해졌고, 마침내는 그곳에 가지 않으면 안된다는 절박한 느낌만 남았다.

드디어 목적지에 도착했다. 밤이었고 의식을 완전히 회복한 상태였다. 마침 내면의 끌림과 충동을 강렬하게 느끼던 중이었다. 넓은 홀 바닥에 깔아 놓은 자리에 누워 보니, 이곳이 바로 내가 부름을 받았던 곳일지 모르겠다는 느낌이 들었다. 주위를 살펴보니 내 매트리스 바로 옆에 다른 매트리스가 바싹 붙어 있었고, 그 위에 누군가가 누워 있었다. 그가 몸을 굽혀 나를 바라보았는데, 이마에 표적을 지니고 있었다. 막스 데미안이었다.

나는 말을 할 수 없었다. 데미안도 말을 할 수 없었거나 말을 하지 않으려 했다. 그는 그저 나만 바라보았다. 그의 머리 위 벽에 걸린 등불이 그의 얼굴을 비춰주었다. 그는 나를 향해 미소를 지었다. 데미안은 꽤 오랫동안 내 두 눈만 들여다보았다. 그러다 천천히 자기 얼굴을 내 얼굴 가까이로 가져왔고, 우리 사이는 거의 얼굴이 맞닿을 정도가 되었다.

"싱클레어!" 속삭이듯 그가 말했다.

나는 그에게 그의 말을 알아들었다는 신호를 눈으로 보냈다.

그는 거의 동정에 가까운 미소를 지어 보였다.

"어이, 꼬마!" 웃으며 그가 말했다.

이젠 그의 입과 내 입이 맞닿을 정도가 되었다. 나직이 그가 말을 계속했다.

"프란츠 크로머 아직도 생각나?"

나는 그에게 눈을 깜박여 보였다. 미소를 지을 수도 있었다.

"싱클레어, 잘 들어. 난 곧 떠나게 될 거야. 크로머에 대해서든, 아니면 다른 어떤 일에 대해서든 언젠가 다시 내가 필요할 때가 있을 거야. 그래서 날 부른다고 해도 이젠 그렇게 말이나 기차를 타고 바로 달려올 수가 없어. 그럴 땐 네 자신의 내면에 귀를 기울여야 해. 그러면 내가 네 안에 있다는 걸 알게 될 거야. 그리고 참! 에바 부인이 말했어. 너한테 안 좋은 일이 생기면 나더러 자기가 해준 입맞춤을 해주라는 거야. 자, 눈을 감아, 싱클레어!"

난 순순히 눈을 감았다. 계속해서 조금씩 피가 흐르고 있는 내 입술 위에 그가 가볍게 입 맞추는 게 느껴졌다. 그리고 난 곧 잠이 들었다.

다음 날 아침 잠에서 깨어나보니, 의사가 붕대를 감아야 한다고 했다. 정신을 차리고 옆자리의 매트리스를 돌아보았다. 한 번도 본 적 없는 낯선 사람이 누워 있었다.

붕대를 감을 때 몹시 아팠다. 그 이후 내게 일어났던 모든 일이 아팠다.

하지만 이따금 열쇠를 찾아내 나 자신의 내면 깊은 곳으로 완벽하게 들어가면, 어두운 거울 속에 운명의 형상이 잠들어 있는 그곳에서 난 그저 검은 거울 위로 몸을 숙이기만 하면 되었다. 그러면 나 자신의 모습이 보였다. 그 모습은 이제 데미안과 완전히 닮아 있었다. 내 친구이자 삶의 인도자였던 그와.

데미안, 자기에게 이르는 아름다운 투쟁

1.

"시인이 아니라면 아무것도 되지 않겠다."

이것이 헤르만 헤세가 열네 살 때 한 결심이다.

선교사의 가정에서 태어나 종교적인 분위기에서 성장했으나 예민한 감수성과 자유로움을 추구하는 예술가적 기질을 숨길 수 없었던 그는 기존의 질서에 예속되기를 거부하며 거칠게 투쟁하는 소년기를 보냈다. 엄격하고 획일적인 규범의 세계인 신학교에서 탈주를 시도했다가 실패한 후 신경쇠약 증세에 시달리다 자살을 시도할 만큼 극단적으로 자신을 밀어붙였고, 경건한 세계의 사람들인 가족들과 심각한 불화를 겪었다.

이렇게 불안하고 절망적이었던 청소년기의 체험과 사유는 이후 자신의 작품에 큰 영향을 미쳤다. 비교적 이른 나이인 20대에 「페터 카멘친트」(1904)로 작가적 성공을 거둔 후 자신의 자화상이라 할 수 있는 「수레바퀴 아래서」(1906)를 비롯해 「크눌프」(1915), 「데미안」

(1919), 「싯다르타」(1922), 「황야의 이리」(1927), 「나르치스와 골드문트」(1930), 「유리알 유희」(1943)에 이르기까지 집요하게 인간 실존의 고독과 진정한 자아를 찾기 위해 방황하는 인간의 내면적 투쟁을 그렸다.

1차 세계대전을 거치면서 독일의 극단적인 애국주의에 동조하지 않는다는 이유로 독일 문단과 출판계로부터 극심한 비난과 공격을 당했고, 2차 세계대전 중에는 히틀러의 광기 어린 폭정에 저항하며 그의 저서들이 판매 금지와 출판 금지를 당하는 등 파란을 겪었지만 헤세는 평생 평화에 대한 신념을 버리지 않았다. 그리고 아버지의 죽음, 아내의 정신병, 그 자신의 신병(身病) 등으로 삶의 위기와 고비를 겪는 가운데서도 그는 오직 자기 실현의 길만을 걸었다.

2.

헤세의 작품을 관통하는 중심 키워드는 "길"이다. 좀 더 정확이 말하면 "자신에게 이르는 길"이다. 작품 속 주인공들은 나름대로 무언가를 열심히 추구하지만 잘 되지 않는다. 그 와중에 숱한 어려움을 겪고, 때론 좌절하고 때론 실패한다. 한편으론 소중한 사람을 만나기도 하지만, 자신에게 이르는 길을 무던히도 막아버리는 사람들은 도처에 있다. 자신에게 이르는 길은 쉽지 않다. 어떤 이는 그 길을 가려 하다 포기하고, 어떤 이는 길 자체를 떠나려 하지 않는다. 대부분은 자신에 이르는 길이 아닌 누군가가 가르쳐준 길, 내 길은 아니지만 넓고 보기 좋아 많은 사람들이 가는 그 길을 간다. 단지 몇몇 사람들만이 좁고 힘들지만 자신에게 이르는 길을 당당하게 걸어간다. 「데미안」의 주인공 싱클레어도 그렇게 자신에게 이르는 길을 가는 청년이다. 물론 그렇게 가기까지의 과정에는 수많은 시행착오를 겪는 극심한 성장통이 놓여 있다.

"진정 내 마음이 원하는 대로,
그렇게 살아가려 했다.
그게 왜 그렇게 힘들었을까?"

「데미안」을 읽으려 할 때 처음으로 접하게 되는 문장이다. 세상은 진정 내 마음이 원하는 대로 살아가게 내버려 두지 않는다. 그래서 자기에게 이르는 길을 걷기는 무척이나 어렵다. 하지만 자신에게 이르는 길은 어쩌면 단순할지 모른다. 어른이 된 싱클레어가 자신의 청춘시절을 회상하며 하는 말처럼, 진정한 나를 찾기 위해서는 '지금 내 안의 피를 움직이게 하는 내면의 목소리', '더 이상 자신을 속이지 않고자 하는 내 몸 깊은 곳에서 울려나오는 그 목소리'에 귀를 기울이면 될 것이다.

물론 그것이 그렇게 쉬운 일은 아니다. 집에서, 학교에서, 군대에서, 직장에서, 국가에서 들리는 더 큰 목소리에 나 자신의 목소리는 항상 묻히고 만다. 생각이 깊어지고 고민하게 된다. 갈등하게 된다. 누구의 목소리를 들을 것인가?

세상이 복잡해서일까? 아니다. 그 세상을 살아가는 우리가 복잡해서일 것이다. 단순한 것이 아름다울 수 있다. 내면 깊은 곳에서 울려 나오는 자신의 목소리를 듣자. 그리고 자신에게 이르는 길을 당당하게 가보자.

3.

그러려면 먼저 깨어버릴 것이 있다. 자신에게 이르는 길을 가지 못하도록 막는 알과 같은 어떤 세계를 부수어야 한다. 이러한 세계는 물리적인 세계일 수 있고 어떤 선입관이나 기존 지식과 사상 혹은 종교나 이념의 세계, 낡았지만 견고한, 그래서 전혀 깨질 것 같지 않은 어떤 시스템일 수 있다. 아버지일 수 있고 선생님일 수 있다. 나 자신을 기존의 인식과 제도에 견고하게 붙들고자 하는 모든 사고와 제도, 그리고 무엇보다 그것을 지탱하는 정형화된 교육일 수 있다. 그래서 부숨의 과정은 투쟁을 필요로 한다. 자신을 막아서는 세계는 자연스럽게 붕괴되지 않는다. '나'는 이 세계를 마치 새가 알에서 나오기 위해 투쟁하듯, 사력을 다해 전심으로 부수어야 한다. 그래야 낡은 허물을 벗고 새로운 세계로 날아오를 수 있다.

"새는 알에서 나오려고 투쟁한다. 알은 세계다. 태어나려고 하는 자는 하나의 세계를 깨뜨려야 한다. 새는 신에게로 날아간다. 신의 이름은 아브락사스다."

이렇게 하나의 세계를 깨뜨리려는 사람은 데미안과 같이 자의반 타의반으로 낙인이 찍힌다. 보통 사람들과 다르기 때문이다. 이런 사람은 다르게(틀린 게 아니다) 생각하고, 다르게 보고, 다르게 행동한다. 어쩌면 누군가 말하는 '또라이'일 수 있겠지만, 이런 '또라이'들이 좀 더 세상을 재미있고 살 만하게 만들 수 있다. 자기 분야에서 묵묵하게 자기의 길을 가는 사람, 그러면서 자기만이 아니라 다른 이와 함께 세상을 좀 더 살만한 세상으로 만들어가고자 하는 사람, 그런 사람이 있어 그나마 세상이 돌아가는 것은 아닐까?

중고등학교 시절 누구나가 처음으로 경험해보았을 만한 가슴 아팠던 혹은 아렸던, 그러나 많은 시간이 지나 아련한 기억으로 남는 여러 일들이 있을 것이다. 주먹 꽤나 쓰는 놈들에게 소위 '삥'을 뜯기던 기억, 처음으로 아버지에게 대들었던 기억, 처음 술을 마신 날의 기억, 처음으로 성(性)에 대해 눈을 뜨던 기억, 처음으로 영혼의 친구를 만났다고 생각했던 기억, 잘 알지도 못하면서 멋있어 보이려 니체의 책을 들고 다니던 기억 등등. 누구나 청소년기를 보내면서 한 번쯤 겪어볼 만한 일들이다. 그런데 재미있게도 그리고 놀랍게도 이런 일들이 「데미안」에 그대로 등장한다. 통과의례(通過儀禮)로 겪는 혹은 겪어야 하는 청소년의 모험은 여기 한국이나 독일이나 다르지 않은가보다. 아니 그런 일들은 자기에게 이르는 길에서 '나'가 겪어야 하는 그야말로 소중한 경험일 것이다.

김요한

헤르만 헤세 연보

1877년 7월 2일 독일 남부 소도시 칼브에서 요한네스 헤세와 마리 헤세 사이에
　　　　서 장남으로 태어남.

1881~1886년 헤세 가족은 스위스 바젤로 이주.

1886~1889년 칼브에 돌아와 학교에 들어감.

1890년 괴핑엔에서 라틴어 학교를 다님. 뷔르템베르크 주정부 장학생으로 선발.

1891년 마울브론 신학교 입학. 7개월 후 신학교를 도망쳐 나옴.

1892년 정신치료 시작. 자살 기도. 슈테텐 정신요양원 입원. 칸슈타트 김나지움
　　　　입학.

1893년 서점 판매원 수업.

1894~1895년 칼브의 시계공장에서 실습.

1895~1898년 튀빙엔 헤켄하우어 서점에서 견습사원. 첫 시집 「낭만의 노래」 발표.

1899년 산문집 「한밤중 이후의 시간」 발표.

1901년 첫 번째 이탈리아 여행.

1902년 「시집」 발표.

1903년 두 번째 이탈리아 여행.

1904년 「페터 카멘친트」 발표. 마리아 베르누이와 결혼. 자유문필가로 여러 신문에 기고.

1906년 「수레바퀴 아래서」 발표.

1907년 단편집 「이 세상에」 발표.

1908년 단편집 「이웃사람들」 발표.

1910년 장편소설 「게르투르트」 발표.

1911년 인도여행.

1912년 단편집 「우회로」 발표. 스위스 베른으로 이주.

1913년 「인도여행」 출간.

1914년 장편 「로스할데」 발표.

1915년 소설 「크눌프」 발표. 단편집 「청춘은 아름답다」 출간.

1916년 J.B.랑 박사에게 정신 치료를 받음.

1919년 장편소설 「데미안」 익명으로 발표.

1920년 시집 「화가의 시」, 단편집 「클링소어의 마지막 여름」, 여행소설 「방랑」 발표.

1921년 창작의 위기가 옴. 칼 구스타프 융에게 정신분석 받음.

1922년 소설 「싯다르타」 발표.

1923년 첫번째 부인 마리아 베르누이와 이혼.

1924년 스위스 국적 취득. 루트 뱅어와 재혼.

1925년 소설 「요양객」 발표.

1926년 여행기 「그림책」 발표.

1927년 장편소설 「황야의 이리」 발표. 두 번째 부인과 이혼.

1928년 「관찰」과 「위기, 일기의 한 토막」 발표.

1929년 시집 「밤의 위로」 출간.

1930년 장편소설 「나르치스와 골드문트」 발표.

1931년 니논 돌빈과 재혼. 「내면의 길」 출간.

1932년 「동방순례」 발표.

1933년 「작은 세계」 출간.

1934년 시선집 「생명의 나무에서」 출간.

1935년 단편집 「우화집」 발표.

1936년 고트프리트 켈러 문학상 수상.

1939~1945년 나치에 의해 「수레바퀴 아래서」, 「황야의 이리」, 「나르치스와 골드
문트」가 판매 금지됨.

1942년 최초의 시전집 「시집」 출간.

1943년 「유리알 유희」 2권으로 발표.

1945년 시선집 「꽃 핀 가지」, 소설 「베르톨트」, 「꿈의 여행」 출간.

1946년 괴테문학상, 노벨문학상 수상.

1950년 빌헬름 라베상 수상.

1951년 「후기 산문」과 「서간집」 출판.

1952년 헤세전집(전6권) 출간.

1955년 독일 서적협회의 평화상 수상.

1962년 8월 9일 뇌출혈로 세상을 떠남.